조선남자
朝鮮男子
-천능의 주인-

조선남자 16권

초판1쇄 펴냄 | 2021년 01월 19일

지은이 | K.석우
발행인 | 성열관

펴낸곳 | 어울림 출판사
출판등록 / 2009년 1월 23일 제 2015-000062호
주소 / 경기도 고양시 일산동구 무궁화로 43-55, 801호 (장항동, 성우사카르타워)
TEL / 031-919-0122
FAX / 031-919-0127
E-mail / 5ullim@hanmail.net

값 8,000원

ISBN 978-89-992-7063-5 (04810)
ISBN 978-89-992-6190-9 (SET)

OULIM MODERN FANTASY

16

K.석우 현대판타지 장편소설

조선남자

朝鮮男子

-천능의 주인-

어울림

조선남자

朝 鮮 男 子

-천능의 주인-

목차

필독

본문에 등장하는 의학용어는 가급적 현재 의학용어에 맞게 사용할 예정입니다.

다만 의료상황이나 응급상황을 묘사함은 현실의 의료상황이나 응급상황과는 다른 작가의 작품구성 상 필요에 의해 창작되었음을 알려드립니다.

또한 본문에서 언급하는 지역과 인간관계, 범죄행위, 법과 현 시대의 묘사는 현실과 관계없는 허구임을 밝힙니다.

격랑(激浪)

"이게 어떻게 된 일이냐?"

염소하와 황명의 부축을 받고 호텔 특실로 들어서는 단목승을 본 인보방의 방주 단관휘가 눈을 치켜뜨면서 입을 벌렸다.

급하게 자리에서 일어서는 바람에 그의 앞에 놓여 있던 마작패가 헝클어지면서 노름판이 깨져 버렸다.

중국 본토식의 음식들이 테이블 위에 놓인 방 안에는 사해련의 련주 창여걸을 비롯해 사해련의 모든 수좌들이 모여 마작노름을 하고 있던 중이었다.

사해련주 창여걸은 중국정부에서 정식으로 외교절차를

받고 한국으로 입국한 것이 아닌 독자적으로 한국에 들어온 것이기에 공식적인 행보를 할 수가 없었다.

행여 자신의 얼굴을 알고 있는 중국외신기자들의 눈에 띌 경우 한국에 몰래 들어온 입장을 설명해야 하는 난감한 상황이 만들어질 수 있었기에 꼭 필요한 경우가 아니라면 외출을 자제했다.

그 때문에 이렇게 사해련의 수좌들이 호텔방에 모여 마작노름을 하며 일정을 허비하고 있었다.

그런 상황에서 한국인 의사 김동하와 한서영을 데려오겠다고 호언하며 나간 단목승이 염소하와 황명의 부축을 받으며 호텔로 돌아온 것은 단번에 분위기를 엉망으로 만들어 놓기에 충분했다.

한눈에 보아도 염소하와 황명의 부축을 받고 호텔로 돌아온 단목승의 상태는 말 그대로 초주검이 되어 있었다. 하얗게 질린 얼굴은 통증으로 인해서 식은땀으로 범벅이 되어 있었고 입술은 하얗게 타들어갔다.

인보방의 방주 단관휘가 놀란 것처럼 다른 사람들도 놀란 얼굴로 단목승을 바라보았다.

청지림의 림주 염백천이 염소하를 보며 물었다.

"소하야, 이게 어찌 된 일이냐?"

염소하가 단목승을 호텔의 소파에 뉘었다.

단목승의 입에서 앓는 소리가 흘러나왔다.

하지만 손목뼈가 가루가 될 정도로 으스러진 상황이었기에 당장 통증을 멈추게 할 수도 없는 일이었다.

단목승을 뉘인 염소하가 약간 흐트러진 머리칼을 정리하며 할아버지 염백천을 바라보았다.

그때까지 사해련의 련주인 창여걸은 마작을 하던 원형의 테이블에서 일어서지도 않고 굳은 표정으로 소파에 누워 있는 단목승을 바라보고 있었다.

창여걸도 인보방의 방주 단관휘의 아들 단목승이 어떤 인물인지 너무나 잘 알고 있었다.

아버지 단관휘를 대신하여 인보방의 모든 사업을 추진할 정도로 대범하고, 훗날 인보방을 이끌고 자신을 대신해서 사해련의 련주가 될 자질을 갖추고 있다고 생각한 단목승이다. 그런 단목승이 이런 모습으로 돌아온 것은 사해련의 련주인 창여걸도 놀랄 만큼 특별한 일이었다.

염소하가 힐끗 소파에 누워 앓는 소리를 흘리고 있는 단목승을 바라보다가 머리를 돌렸다.

"김동하라는 자에게 당했어요."

"뭐?"

염백천의 입이 벌어졌다. 단목승의 아버지 단관휘가 눈을 껌벅이며 염소하를 바라보았다.

"누구에게 당했다고?"

염소하의 시선이 아들의 상태를 보고 놀란 얼굴로 바라보고 있는 단관휘에게 향했다.

"우리가 데려와야 했던 한국인 여의사 한서영과 같은 일행인 김동하예요. 그자가 단 오라버니를 저렇게 만들어 놓았어요."

염소하의 말에 단관휘의 얼굴이 돌덩이처럼 굳어졌다.

"어, 어떻게? 그놈이 어떻게 승아를 저렇게 만들어 놓을 수 있단 말이냐?"

단관휘는 아들 단목승이 인보방 내부에서도 자신을 제외하고는 견제할 사람조차 없을 정도로 강하다는 것을 알았다. 실력도 실력이지만 자신과는 달리 한번 결정하면 물러섬이 없고 반기를 드는 상대에게는 잔인할 정도로 가혹한 단목승이었다.

그것 때문에 다른 사람들에게 원한도 많이 맺었지만 그것까지 대수롭지 않게 여길 정도로 단목승은 강했다.

그런 단목승이 이렇게 염소하와 황명의 부축을 받고 돌아와 앓는 신음소리를 흘리니 단관휘로선 어이가 없을 정도로 놀랄 일이었다.

염백천이 급하게 소파에 누운 단목승에게 다가갔다.

계속해서 앓는 신음소리를 흘리고 있는 단목승의 상태를 살펴보기 위해서였다.

염소하가 할아버지를 보며 입을 열었다.

"단오라버니의 오른손 손목뼈가 완전히 으스러졌어요. 돌아오면서 잠시 살펴보았지만 아마 앞으로 영원히 단오라버니의 오른손은 사용할 수 없을 것 같아요."

염소하의 말에 단목승의 아버지 단관휘의 얼굴이 일그러졌다. 사해련과 인보방을 배후로 두고 있는 아들 단목승이라면 중국 국가 보위부 간부라고 해도 함부로 하지 못할 정도의 엄청난 영향력을 가지고 있었다.

그런 단목승이 중국도 아닌 소국인 한국에 와서 이런 기가 막힐 상황에 처한 것이 믿어지지 않았다. 그때 마작노름을 하고 있던 원탁의 테이블에 앉아있던 사해련의 련주 창여걸이 굳은 얼굴로 염소하를 바라보았다.

"그 의사라는 한가 성을 쓰는 계집과 그놈을 만난 것이냐?"

염소하가 대답했다.

"네, 한서영이 다니던 병원에서 한서영이 병원에 모습을 드러내기를 기다리고 있다가 어렵게 만났습니다."

염소하는 단목승이 자신들과 함께 병원의 앞 편의점에서 한서영을 기다리다가 한서영의 여동생 한유진을 발견하고 그녀를 유혹하기 위해서 혼자 병원에 들어갔다가 봉변을 당한 이야기는 하지 않았다.

오른손 뼈가 완전히 으스러져 망가진 단목승에게 그것까지 일러바치는 것은 심하다고 생각했기 때문이었다.

사해련주 창여걸의 눈이 번득였다.

"그런데 데려오지 못했다고?"

창여걸은 단목승과 함께 나간 염소하와 황명, 황선 오누이들의 실력이라면 한서영과 김동하를 발견하는 즉시 이곳으로 데려올 수 있을 것이라고 생각했다.

"갑자기 벌어진 상황이어서 어쩔 수 없었습니다. 련주님, 그리고 이곳은 한국이기 때문에 조금만 수상한 기미가 보이면 한국의 공안들이 출동합니다."

염소하의 설명을 들은 단관휘가 이를 악물며 소리쳤다.

"그렇다고 승아를 이렇게 만든 놈을 그냥 두고 너희들만 돌아와? 이 의리 없는 것들 같으니……."

단관휘는 다른 사람은 멀쩡한데 아들 단목승만 다쳐서 돌아온 것이 너무나 화가 났다. 아들 단목승이 싸우는데 다른 사람들은 그냥 수수방관 했다고 생각한 것이다.

염소하는 단목승이 여색을 밝히다 그렇게 된 것이라고 변명을 하고 싶었지만 꾹 참았다. 비록 단목승을 좋아하지는 않지만 그렇다고 그의 여성편력을 까발려 그를 창피하게 만들고 싶지는 않았기 때문이었다.

한편 급하게 단목승의 상태를 살펴본 청지림의 림주 염백천이 단목승의 팔과 몸에 몇 개의 침을 꽂았다.

침을 놓는 염백천의 이마에 내천 자가 그려져 있었다.

손녀 염소하의 말대로 단목승의 오른손은 손목부터 완전히 뼈가 으스러져 이 상태라면 영원히 오른손은 사용할 수가 없었기 때문이었다.

염백천이 몇 개의 침을 단목승의 몸에 놓아주자 식은땀을 흘리며 연신 앓던 신음소리를 뱉어내던 단목승의 숨소리가 점차 잦아들었다. 몸의 통증을 제어하는 혈맥에 침을 놓아 통증의 감각을 못 느끼게 만든 것이었다.

통증이 점차 사라지는 것을 느낀 단목승은 그제야 조금씩 편하게 숨소리를 안정시키고 있었다. 단목승에게 침을 놓은 염백천이 굳은 얼굴로 몸을 일으켰다.

"내 손녀의 말대로 단방주의 아들은 앞으로 오른손을 사용할 수 없을 것 같습니다. 손을 다시 사용하려면 으스러진 뼈 대신 인공적으로 뼈대를 이식해야 하는데… 그건 제가 할 수 없으니 중국으로 돌아가면 외과의를 만나 의논해 보시는 것이 좋을 것 같군요."

염백천의 말을 들은 단관휘가 이를 악물었다.

단관휘가 염소하를 보며 물었다.

"그 김동하라는 놈이 무엇으로 승아를 이렇게 만든 것이냐? 승아가 저렇게 될 정도라면 그놈이 쇠몽둥이라도 휘두른 것이냐?"

염소하가 대답했다.

"그건 저도 보지 못했습니다. 하지만 제가 단오라버니를 처음 보았을 때 그 김동하라는 자가 단오라버니의 기호혈을 봉하고 있었던 것으로 보였습니다."

순간 단관휘를 비롯해 방 안에 모여 있던 모든 사람들의 얼굴이 굳어졌다.

"기호혈?"

사해련주 창여걸이 굳은 얼굴로 물었다.

염소하가 머리를 끄덕였다.

"네. 기호, 결분, 천료를 모두 제압당한 것으로 보였습니다."

염소하는 염백천의 손녀답게 청지림에서 가르치는 인체의 중요혈맥을 거의 다 외우고 있었다.

아들의 부상에 염소하와 황명, 황선을 원망하던 단관휘도 놀란 얼굴로 눈을 동그랗게 떴다.

기호혈이라면 압도적으로 강한 상대가 하급자들에게 굴

욕을 안겨주기 위해 사용하는 수법으로 인체의 쇄골부근의 혈맥을 말한다. 그곳이 제압당하면 언급하기도 난감한 굴욕적인 상황이 벌어진다는 것을 이곳에 있는 사람이라면 모르는 사람이 없었다. 사해련주 창여걸이 물었다.

"그 김동하라는 자가 점혈을 익혔단 말이냐? 중국인도 아닌 그 자가 어찌 그럴 수가 있나?"

"그가 점혈을 익힌 것인지는 알 수가 없지만 제가 보기에는 그렇게 보였습니다."

창여걸이 다시 물었다.

"그럼 단방주의 아들이 그자와 싸우다 저렇게 된 것이냐?"

염소하가 머리를 흔들었다.

"저희들이 단오라버니를 찾았을 때는 이미 단오라버니가 부상을 입고 그자에게 제압이 되어 있었던 상황이었어요. 그래서 보지 못했습니다."

"……."

창여걸의 이마에 주름이 만들어졌다.

단관휘가 이를 악물고 캐물었다.

"그럼 너희들은 어디에 있었단 말이냐? 승아가 저 꼴이 될 때까지 도대체 너희들은 무엇을 하고 있었던 것이냐?"

단관휘의 물음에 염소하와 황명 황선 오누이가 입술을 질끈 깨물고 머리를 숙였다. 염소하는 단목승이 이곳 한국에서도 중국에서 하던 버릇을 버리지 못하고 발정 난 수캐처럼 여자 꽁무니를   다가 그렇게 된 것이라고 되받아치고 싶은 것을 억지로 참고 있었다. 염소하가 대답 대신 할아버지 염백천을 바라보며 입을 열었다.

"할아버지와 제가 치료를 했던 그 두 망나니의 상태를 기억하세요?"

갑작스런 염소하의 물음에 염백천이 눈을 껌벅였다.

"그자에게 당해서 할아버지와 제가 치료를 한 두 멍청이들 말이에요."

"그건 왜 묻느냐?"

염백천은 갑작스런 손녀의 말이 언뜻 이해가 되지 않았다. 염소하가 굳은 얼굴로 입을 열었다.

"할아버지와 제가 그 두 멍청이들의 혈맥이 막혀 있었던 원인을 알지 못했는데 그게 그자의 말로는 용린활제라는 금제였다고 했어요. 금제를 가한 후 칠 주가 지나면 저절로 풀어졌을 것이라고 하더군요."

순간 염백천의 얼굴이 굳어졌다.

"용린활제?"

"김동하라는 그자의 말로는 분명 그게 용린활제라는 금제라고 했어요."

염백천이 눈을 껌벅였다.

"그게 그럴 수가 있는 것인가? 유부, 옥중, 신장, 영허와 천돌, 선기, 화개……."

말을 하던 염백천이 천천히 입술을 다물었다.

방금 염백천이 읊은 혈맥은 인체의 중심 한가운데 모여 있는 중요한 혈맥이었다. 그런 곳을 금제하는 건 웬만큼 혈맥에 정통한 사람이 아니라면 엄두도 내지 못할 정도로 높은 의술을 익혀야 가능했다.

그리고 그곳을 금제했다면 김동하라는 한국인 사내는 자신보다 더 혈맥에 정통하다는 것을 의미했다.

그때 거여방의 방주 황군화가 자신의 아들 황명과 황선을 보며 질책하듯 입을 열었다.

"단방주의 아들이 저리 되었는데 너희들은 무엇을 했느냐? 또 단방주의 아들이 저리 되었다면 응당 그 두 년놈을 잡아 데리고 돌아와야 하지 않았겠느냐?"

황군화는 아들과 딸을 단목승의 곁에 붙여서 한서영과 김동하를 데려오라고 내보낸 자신의 계산이 어긋나자 화가 치밀어 자식들을 질책했다.

염소하가 머리를 돌리자 눈에 아버지 황군화 방주에게 혼나고 있는 황명과 황선 오누이가 보였다.

두 사람의 얼굴에는 불만 섞인 표정이 가득했다.

혼이 나야 할 상황이 아닌데 혼이 나고 있는 것에 대한 불만인 모양이었다. 염소하가 입을 열었다.

"그 두 사람은 내일 자신들의 발로 이곳으로 찾아오게 될 거예요. 복수는 그때 해도 늦지 않을 겁니다."

염소하의 말에 듣고 있던 사해련의 련주 창여걸이 굳은 얼굴로 물었다.

"그 두 사람이 자신의 발로 이곳으로 찾아온다는 말이냐?"

"네."

염소하가 단호하게 머리를 끄덕였다.
염백천이 급하게 물었다.
"그 두 사람이 자신의 발로 이곳을 찾아 올 것이라니? 그게 어찌 된 일이냐?"
"김동하와 한서영은 할아버지가 치료해준 두 멍청이들의 부모가 자식들을 그렇게 만든 것에 대해 복수하기 위해 자신들을 찾고 있는 것으로 알고 있어요. 우리가 두 멍청이의 부모를 돕는 것으로 아는 거예요. 그래서 그 부모들을 만나기 위해 이곳으로 올 거예요."
염소하의 말에 황명이 끼어들었다.
"맞습니다. 그놈과 여자는 내일 오후 2시에 이곳으로 올 겁니다. 자신들의 입으로 여기로 올 것이라고 말했으니 틀림없습니다."
원탁의 테이블에 앉아 염소하의 말을 듣고 있던 창여걸이 웃었다.
"허허, 그러니까 굳이 그들을 강제로 데려올 필요가 없었던 것이로군?"
염소하가 대답했다.
"네. 련주님."
"기가 막히는군. 단방주의 아들이 강제로 데려오는 것보다는 훨씬 나을 것 같군 그래. 그들을 강제로 데려올 경우 한국 공안이나 사람들의 이목을 피해야 하는 부담감도 있었을 텐데 그들이 스스로 찾아온다면 그보다 좋은 일은 없겠지."

창여걸은 김동하와 한서영이 자신들의 발로 스스로 이곳으로 찾아온다는 것이 마음에 들었다.

창여걸이 힐끗 염소하를 바라보며 물었다.

"어떻게 그런 생각을 했지?"

염소하가 입가에 살짝 미소를 머금고 입을 열었다.

"그자들은 아직 화신공사에서 자신들에게 엄청난 현상금까지 걸고 있는 것을 모르고 있는 것 같았어요. 대신 우연하게 만난 두 멍청이들에게 금제를 가한 것 때문에 두 멍청이의 부모가 자신들을 찾고 있다는 것으로 알고 있더군요. 그래서 그것을 조금 이용했습니다."

염소하의 말에 창여걸이 웃음기를 띤 얼굴로 염백천을 바라보았다.

"염림주, 앞으로 청지림은 염림주의 손녀가 더 번성시킬 것 같구려."

염백천이 급하게 머리를 숙였다.

"감사합니다."

련주의 손녀에 대한 칭찬이 염백천의 가슴을 뿌듯하게 만들었다.

한편 그때까지 으스러진 손목의 통증 때문에 신음을 흘리고 있던 단목승이 눈을 떴다.

손의 통증이 사라지자 겨우 정신이 든 것이다.

단목승은 부서져 나간 자신의 오른손을 바라보았다.

뼈가 으스러진 채 마치 고무로 겉을 씌운 것처럼 기묘한 모습으로 늘어져 있는 그의 오른손이 보였다.

"끄응."
또다시 단목승의 입에서 앓는 소리가 흘러나왔다.
아들이 정신을 차리자 단관휘가 급하게 다가왔다.
"스, 승아, 괜찮은 것이냐?"
단관휘는 아들 단목승이 눈을 뜨고 정신을 차리는 모습에 다행이라는 생각이 들었다.
단목승이 이를 악물고 소파에서 몸을 일으켰다.
뼈가 으스러진 팔에서 기묘한 감각이 느껴졌지만 그래도 아까의 죽을 것 같은 통증은 희미한 둔통으로 느껴졌기에 겨우 살았다는 생각이 들었다.
"아버지."
"오냐."
"내일 그 년놈들이 이곳으로 오면 제 손으로 그 년놈들을 처리하게 도와주세요."
단목승의 눈이 이글거리고 있었다. 그것은 자신을 서늘한 시선으로 내려다보던 김동하의 그 차가운 얼굴이 뇌리에서 지워지지 않고 통증 속에서도 계속 떠올랐기 때문이었다. 단목승에게 그것은 두 번 다시 기억하고 싶지 않은 악몽이었다. 반드시 이 치욕은 자신의 손으로 갚아주고 싶은 생각밖에는 없었다.
단관휘가 아들의 손을 보며 입을 열었다.
"중국으로 돌아가면 네 손의 뼈를 새로 이식시켜 주마. 전보다 더 단단하고 두 번 다시 부러지지 않을 만큼 강한 것으로 말이다."

단목승이 이를 갈았다.

"전 제 손의 뼈를 그놈의 뼈로 새로 넣을 겁니다."

단목승은 자신을 한심한 눈빛으로 내려다보던 김동하의 그 눈빛이 너무나 싫었다.

그때였다.

"정신이 드나?"

어느새 자리에서 일어서서 소파로 다가온 사해련의 련주 창여걸이 단목승의 앞에 서 있었다.

단목승이 고개를 숙였다.

"죄송합니다 련주."

단목승은 김동하와 한서영을 데려오지 못한 것이 자신의 무능함을 증명하는 것 같아 치욕스럽다는 생각이 들었다.

창여걸이 머리를 흔들었다.

"죄송할 필요 없네. 청지림의 염림주의 손녀의 꾀 덕분에 그들이 제 발로 여기를 찾아오게 만들었으니 그것으로 충분하네."

"……."

단목승이 창백한 얼굴로 자신과 조금 떨어진 곳에 서있는 염소하를 바라보았다. 염소하의 표정은 무표정했다. 단목승이 염소하를 향해 가볍게 머리를 숙였다가 들었다.

자신이 한서영의 여동생 한유진을 유혹하기 위해 병원으로 들어갔다가 지금의 상황이 된 데 대해 비밀을 지켜준 것이 고맙다는 의미였다.

염소하가 머리를 돌렸다. 단목승이 자신에 대해 감사를

하는 것이 어색하게 느껴졌기 때문이었다.
사해련주 창여걸이 인보방의 방주 단관휘를 보며 입을 열었다.
"내일 두 사람이 이곳에 도착하면 곧장 두 사람을 데리고 중국으로 돌아가도록 합시다. 어차피 단방주의 아들 치료도 해야 할 상황이니 이곳에 더 머물 필요도 없소."
단관휘가 머리를 끄덕였다.
"알겠습니다 련주."
단관휘는 아들이 이 꼴이 된 한국땅에 더 머물고 싶은 생각이 없었다. 그때 단목승이 입을 열었다.
"련주님, 한 가지 부탁이 있습니다."
창여걸이 멈칫하며 단목승을 바라보았다.
"본국으로 돌아가는 비행기의 좌석 하나를 더 만들어 주시기 바랍니다."
단목승의 말에 창여걸이 입을 열었다.
"누굴 또 데려가고 싶은가?"
단목승이 하얀 이를 드러내며 차갑게 웃었다.
"제 팔을 이렇게 만든 원인을 가진 여자 한 명입니다."
"뭐라고?"
"비행기의 요금을 내라고 하신다면 얼마든지 낼 것입니다. 그러니 꼭 본국으로 돌아갈 때 좌석 하나 더 부탁드립니다."
단목승은 자신이 한눈에 반했다가 지금의 상황까지 오게 된 한유진을 반드시 중국으로 데려가고 싶었다.

단목승의 두 눈이 마치 화염처럼 타오르고 있었다.
단목승의 말을 들은 염소하가 머리를 돌렸고 황명과 황선도 살짝 질린 표정으로 시선을 다른 곳으로 돌렸다.
단목승의 요구를 들은 단관휘가 물었다.
"네 팔을 그렇게 만든 원인이 있는 여자라고 했느냐?"
"예. 전 그 여자를 데리고 중국으로 돌아가 평생 내 수족으로 삼고 부릴 생각입니다. 이 팔을 대신해서 말입니다."
단목승의 단호한 말에 단관휘가 아무 말도 하지 못하고 아들의 얼굴을 바라보았다. 단목승은 내일 김동하와 한서영이 이곳에 도착하면 그들을 인질로 삼고 한유진까지 이곳으로 불러들일 생각이었다.

* * *

멍멍멍!
현관으로 들어서는 순간 하얀 털뭉치 같은 강아지가 김동하와 한서영을 향해서 달려들었다.
김동하의 눈이 커졌다.
"유진이구나? 네가 어떻게 여기에 있어?"
김동하는 자신과 한서영을 향해 꼬리를 흔들며 달려드는 포메라니언 유진을 보며 너무나 반가워 유진을 안아 올렸다. 그때 거실에서 이은숙이 환한 미소를 머금고 걸어 나오며 집으로 들어서는 김동하와 한서영 그리고 한유진을 보며 입을 열었다.

"내가 데려왔어. 유진이가 못 가니까 혼자 있을 것 같아서."

말을 하던 이은숙의 눈이 커졌다.

"너 유진이 맞니?"

이은숙은 둘째 딸 한유진을 보며 놀란 듯이 입을 벌렸다. 하얀색 원피스를 걸친 한유진은 너무나 달라져 있었다. 평소에는 천방지축이라며 놀려도 전혀 이상이 없을 정도의 한유진이 지금은 마치 곧 시집을 갈 새신부처럼 화사한 모습으로 변해 있었던 것이다.

하얀색의 원피스를 걸치고 약간 수줍은 듯 서 있는 한유진은 평소에 이은숙이 알던 말괄량이 둘째딸과는 너무나 다른 모습이었다.

이은숙은 다른 것은 몰라도 평소에 자신의 배를 빌어 태어난 세 딸들이 자신을 닮아 다른 사람들이 시샘을 낼 정도로 아름답게 성장했다는 것에 큰 자부심을 느끼고 있었다. 막내 한강호가 세 누나의 기세에 질려서인지 남자답지 못하고 소심하게 성장하는 것이 마음에 걸렸지만 그것도 점차 나이가 들면 달라질 것이다.

한유진은 자신을 보며 놀라는 엄마를 보며 쑥스러운 듯 머리를 긁었다.

"그럼 내가 누구겠어?"

옷 하나를 바꾸었을 뿐인데 엄마가 이처럼 놀라는 것이 쑥스럽고 황당했다. 한서영이 웃으면서 입을 열었다.

"유진이가 평소에 입고 다니던 옷들이 너무 캐주얼 한 옷

들뿐이어서 내가 좀 바꿔줬어."

"잘했다. 저 덜렁이가 이렇게 달라지다니 너무나 신기해."

이은숙이 환한 미소를 머금고 다시 한번 둘째딸 한유진을 바라보았다. 한유진이 엄마의 놀라는 시선이 부끄러운지 재빨리 신발을 벗고 거실로 들어가 버렸다.

그때 김동하의 품에 안겨 있던 포메라니언 유진이 김동하의 얼굴을 핥으며 마치 헬리콥터의 날개처럼 꼬리를 흔들었다. 한서영이 그런 유진의 등을 쓰다듬었다.

"오랜만이네 우리 유진이."

멍멍.

포메라니언 유진이 자신을 어루만지는 한서영의 손등을 핥으며 낮게 짖었다.

강아지 유진도 오랫동안 떨어져 있었던 김동하와 한서영을 다시 만나게 된 것이 무척 반가운 모양이었다.

김동하가 신발을 벗고 유진을 안고 거실로 들어서며 이은숙에게 물었다.

"아파트에 다녀오셨어요?"

이은숙이 고개를 끄덕였다.

"응. 유진이가 끔찍한 일을 당한 것이라 가고 싶지 않았지만 애가 혼자 있는 것이 걱정스러워 데리러 갈 수 밖에 없었어."

"잘 하셨어요."

김동하는 자신과 한서영이 아파트에 들러 유진을 데려와

야 한다고 생각했는데 결국 어머니가 데려온 것을 고맙게 생각했다.

한서영도 거실로 들어서기 위해 신발을 벗었다.

그때 한서영의 얼굴을 보며 이은숙이 입을 열었다.

"아파트 매물로 내놨어."

한서영이 눈을 동그랗게 떴다.

"아파트를 판다고요?"

"그래. 유진이가 변을 당한 곳이라서 그런지 이제는 그곳 근처도 가기 싫어. 너 시집가면 줄려고 산 건데 이젠 그것 없어도 되지 않니?"

"하긴 그렇긴 한데……."

한서영은 한동안 자신이 혼자 살았던 반포의 아파트를 어머니가 판다고 하는 말에 약간은 서운한 감정이 들었다. 그 아파트는 한서영이 혼자서 간직할 추억들이 제법 많이 쌓여 있는 곳이기도 했다. 그리고 제일 중요한 것은 그곳에서 김동하를 처음 만났다는 사실이었다.

하지만 엄마에게 반포의 아파트는 동생 한유진이 끔찍한 변을 당한 곳이기도 했기에 어쩔 수 없다는 듯이 머리를 끄덕였다. 이은숙이 다시 입을 열었다.

"여기도 팔 거야."

"뭐?"

이은숙은 본인이 살고 있는 이 아파트도 팔 것이라고 했다. 한서영이 눈을 크게 뜨면서 이은숙을 바라보았다.

이은숙이 약간 다부진 표정으로 입을 열었다.

"이제 아파트는 싫어. 그냥 정원이 있는 큰집을 사서 그곳에서 모두 함께 살 거야. 네 아빠랑도 이야기 끝냈어."

"그래?"

한서영은 엄마가 얼마 전에 집으로 쳐들어온 권휘 일당에 대한 기억이 끔찍하게 싫어진 모양이라고 생각했다.

이은숙이 거실로 들어서는 한서영의 얼굴을 보며 입을 열었다.

"두 아파트를 정리하고 네 아빠가 돈을 좀 더 보태면 좋은 집을 얻을 수 있을 것 같아."

"이사 갈 집을 벌써 봤어?"

큰딸의 물음에 이은숙이 하얀 이를 드러내며 웃었다.

"응. 사진으로만 봤지만 아직 실물로 보지는 못했어. 근데 네 아빠 친구 영식이 아재에게 말했더니 서초동 쪽에 좋은 매물이 나와 있다고 하더라. 그 사람 그런 재주는 용해."

엄마가 말한 영식이 아재는 서초동에서 주택 중개사를 하고 있는 권영식이라는 사람이었다.

약간 덜렁거리는 기질을 가지고 있는 아빠 친구 권영식은 평소에도 딸부자인 아빠를 부러워하는 사람이었다.

술을 좋아하는 애주가였고 낚시를 좋아하는 권영식은 가끔 아빠를 만나면 늘 세 딸 중 한 명을 자신의 며느리로 달라고 농담과 진담을 구분하기 힘들 정도로 농을 일삼는 사람이었다.

한서영이 엄마와 함께 거실로 들어서며 입을 열었다.

"서초동은 비쌀 텐데."
"시끄러. 너 돈 많잖아. 네 아빠도 보탠다고 했으니 너도 좀 보태."
이은숙이 한서영을 향해 살짝 눈을 흘겼다.
한서영은 엄마의 말에 어이가 없었는지 피식 웃었다.
하긴 현재 현금으로 한서영만큼 많은 돈을 가지고 있는 사람도 대한민국에서는 드물었다. 이은숙은 꼭 이사를 할 결심을 굳힌 것인지 다부진 표정이었다.
한서영이 머리를 끄덕였다.
"그렇게 해 그럼. 엄마가 원하면 이사를 가야지."
한서영도 김동하와 신혼살림을 할 곳으로 동생 한유진이 변을 당한 반포의 아파트는 왠지 꺼림칙하다는 생각이었다. 김동하와 함께 있다면 이 세상에서 그 어떤 곳보다 안전할 것이 분명하지만 그럼에도 동생이 칼에 찔려 사망했던 곳이기에 마음속으로 꺼려졌다.
한서영이 엄마를 보며 입을 열었다.
"병원에 사표 내고 왔어."
한서영의 말에 이은숙이 머리를 끄덕였다.
"잘했다. 앞으로 김서방 공부나 좀 도와주며 오붓하게 살아. 지금까지 해온 건 좀 아깝지만 전문의가 아니면 어떠니? 죽은 사람도 살리는 내 사위라면 전문의 수백, 아니 수천 명보다 나을 텐데. 호호."
이은숙은 이미 거실로 들어가 유진과 함께 노닥거리고 있는 김동하를 힐끗 보며 대답했다.

한서영이 생긋 웃었다.
"그럴 거야. 참, 엄마. 아까 병원에서 좀 이상한 일이 있었어."
한서영은 병원에서 만난 단목승과 그 일행에 대한 이야기를 이은숙에게 털어 놓았다. 큰딸의 이야기를 듣고 있던 이은숙이 놀란 표정을 지었다.
"그런 일이 있었니?"
"응, 그때 동하의 가족에 대한 흔적을 찾으러 백령도에 갔다가 돌아오던 길에 그 사람들이 동하에게 당한 거야. 그걸 가지고 앙심을 품고 있더라고."
"세상에……."
"내일 그 사람들의 부모를 만나서 그날 있었던 일에 대해서 모두 설명할거야. 그래도 계속 앙심을 품는다면 아마 그 사람들이 더 큰 손해를 보게 될 거야. 특히 그 두 멍청이들은 다시 한번 동하에게 혼줄 날 거고."
한서영은 병원에서 마주친 염소하가 말한 호텔에서 두 멍청이들의 부모를 만날 생각이었다.
이은숙이 이마를 찌푸리며 입을 열었다.
"그 사람들 꽤 높은 사람들이라며? 한 명은 차장검사고 한 명은 법률회사 대표라면서? 그래도 괜찮겠니?"
이은숙은 사위와 딸에게 앙심을 품은 사람들이 차장검사와 법률회사 대표라는 것이 마음에 걸렸다.
한서영이 빙긋 웃었다.
"상관없어. 나쁜 짓을 한 것도 아닌데 뭐."

"삼촌하고 그 윤검사라는 분에게 미리 부탁을 해놓는 것이 좋지 않을까?"

여기서 삼촌이란 남편 한종섭의 하나뿐인 동생인 한동식 변호사고, 윤검사는 인왕산에서 죽은 강아지 때문에 인연을 맺게 된 윤경민 부장검사를 뜻했다.

한서영이 머리를 흔들었다.

"그럴 필요 없어. 나하고 동하가 충분히 해결할 수 있어 엄마."

"그, 그래?"

이은숙이 살짝 머리를 갸웃거렸다.

하지만 평소에도 다부진 큰딸 한서영이었기에 이번일도 빈틈없이 처리할 수 있을 것이라고 믿었다.

이은숙이 거실에서 강아지 유진과 놀고 있는 김동하의 눈치를 살피다가 큰딸의 손을 잡으며 작게 입을 열었다.

"그보다 너 좀 따라와 봐."

한서영의 큰 눈이 동그랗게 변했다.

"뭔데?"

"따라와 봐."

이은숙은 한서영을 안방으로 끌어당겼다.

엄마의 표정이 심상치 않다는 것을 느낀 한서영이 엄마에게 손이 잡힌 채 안방으로 들어갔다. 안방의 문을 닫은 이은숙이 방바닥에 앉으며 한서영을 바라보았다.

"잠시 앉아봐."

"왜?"

한서영이 눈을 깜박이며 엄마를 바라보다 이은숙과 무릎을 마주대고 앉았다.

"뭔데?"

이은숙이 한서영의 얼굴을 보며 물었다.

"너 진짜 미국에서 김서방이랑 뭔 일 없었어?"

"뭔 일이라니?"

말을 하던 한서영이 엄마가 무슨 의미로 그것을 묻는 것인지 눈치채고 얼굴을 붉혔다.

"엄만 날 뭐로 보고?"

"시끄러. 엄마에게만 말해봐. 진짜 무슨 일이 없었니?"

이은숙은 미국에서 큰딸 한서영과 사위 김동하에게 반드시 무슨 일이 있었기를 바라는 듯한 눈치였다.

한서영이 웃었다.

"호호, 없어. 그리고 동하가 언제 적 사람인지 잊었어? 조선시대에서 온 남자야. 그냥 선비라고 선비, 숙맥도 저런 숙맥이 없다니까."

"그래?"

이은숙이 머리를 갸웃했다.

평소에도 큰딸이 거짓말을 할 줄 모른다는 것을 잘 알고 있는 이은숙이다. 그런 큰딸의 입에서 이렇게 완강한 반응이 나온다면 그것은 진짜로 없는 일이었다.

"근데 그건 왜 물어?"

이은숙이 힐끗 큰딸 한서영의 얼굴을 바라보다가 입을 열었다.

"실은 너와 김서방의 사주를 가지고 궁합을 봤는데……."

이은숙의 말에 한서영의 얼굴이 시뻘겋게 달아올랐다.

"엄마."

"너랑 김서방 사이에 자식복이 가득할 거라더라."

"뭐?"

"호호 어쩜 그것도 나하고 네 아빠랑 꼭 닮았니?"

이은숙도 결혼 전에 남편 한종섭과의 사이에 자식이 많이 있을 것이라는 궁합이야기를 친정어머니에게 들었다. 그리고 이제는 자신의 딸이 결혼을 하게 될 것이기에 참지 못하고 궁합을 본 것이다.

한서영의 얼굴이 새빨갛게 달아올랐다.

이은숙이 그런 큰딸의 얼굴을 보며 환하게 웃었다.

"이왕이면 많이 낳아서 키우거라. 엄마와 아빠는 이 세상에서 너희 사남매가 누구보다 소중해. 억만금이 있어도 너희들과는 바꾸지 않을 거야. 너도 이제 동하랑 결혼을 하게 되면 그것을 알게 될 거야. 엄마는 지금까지 살아오면서 내 인생을 잘못 살았다고 생각해 본 적이 없어. 그건 바로 너희들이 있었기 때문이야."

한서영이 엄마의 손을 잡았다.

"그럴게. 꼭 엄마처럼 살게."

"호호 근데 정말 미국에서 별일이 없었던 거야?"

"엄마."

한서영이 어이가 없다는 듯이 엄마를 흘겨보았다.

이은숙이 웃었다.
"아니면 말고, 난 행여 네가 식도 올리기 전에 배가 불러오면 어쩌나 하고 생각했던 것뿐이다."
말을 하는 이은숙의 얼굴에 살짝 아쉬워하는 표정이 떠올랐다가 지워졌다. 이내 표정을 고친 이은숙이 한서영을 보며 입을 열었다.
"그나저나 혼수준비를 시작해야 하지 않겠니?"
"혼수준비?"
"그래. 반포와 여기 아파트를 시세보다 약간 떨어지게 내놓았는데 팔리면 이사를 해야 할 거고 그때 이사를 하면서 아예 네 혼수를 같이 넣을 생각이다."
"그래?"
한서영이 잠시 눈을 깜박였다.
혼수준비를 한다는 엄마의 말에 그제야 자신이 김동하와 결혼을 해서 부부가 되는 날이 멀지 않았다는 느낌이 들었다.
"동하랑 이야기 해볼게."
"동하에겐 말하지 말고 그냥 너하고 엄마가 같이 준비해보자."
이은숙은 사위인 김동하를 혼수준비로 귀찮게 할 생각은 조금도 없었다. 또한 평소의 혼수는 딸과 친정엄마가 준비하는 것이 맞다고 생각하고 있었다.
한서영의 눈이 반짝였다. 김동하라면 혼수준비에 대해서는 전혀 관심이 없을 것이라고 생각했다.

한서영이 머리를 끄덕였다.
"그래. 알았어 엄마."
"호호 이 세상에서 제일 좋은 것들만 골라줄 거야."
처음으로 딸을 타인의 품에 넘겨주는 이은숙이기에 딸이 가장 편하게 살아갈 수 있는 혼수로 골라줄 욕심에 절로 의욕이 넘쳐났다.

실마리

부드럽게 일렁이는 물결 위에 거의 끝머리만 조그맣게 보이는 찌톱이 살짝 물에 잠겼다가 다시 제자리로 돌아왔다. 3만평이 넘어가는 오봉저수지의 건너편 옥녀봉의 봉우리가 물 위에 그늘을 만들고 있었다.

저수지 한편에 좌대를 펴고 앉은 한동식의 눈빛이 반짝였다. 자신이 수임한 재판에서 승소를 할 경우 만사를 젖혀놓고 낚시를 떠나는 한동식이 오늘 찾은 곳은 평소에도 그가 붕어얼굴을 보기 위해 자주 찾는 당진의 오봉저수지였다.

운전을 싫어하는 한동식이었기에 늘 낚시를 떠나면 사무

장인 서영환 사무장이 이곳으로 한동식을 태워다 주었다. 서영환 사무장의 본가가 당진시내였기에 그로서는 한동식이 낚시를 갈 경우 본가를 방문하는 것이 마치 순서처럼 정해져 있었다. 그 때문에 서영환 사무장이 돌아간 이후 한동식은 홀가분하게 혼자서 낚시를 즐겼다.

서영환 사무장이 자신을 데리러 돌아오는 시간이 오후 4시이니 아직 시간은 넉넉하게 남아 있었다.

한동식의 옆쪽으로 밀짚모자를 쓴 낚시꾼이 20m 정도 떨어진 거리에서 제법 큰 붕어를 걸어놓고 낚싯대와 씨름을 하는 모습이 보였다. 5m가 넘는 낚싯대가 활처럼 휘어져 있는 것으로 보아 밀짚모자 낚시꾼에게 걸려든 고기는 30cm가 넘는 월척일 것이 분명했다.

찰방—

낚싯대에 걸려든 고기가 물 위로 모습을 드러냈는지 고요한 저수지의 수면에 파문이 일어났다. 한동식이 힐끗 그쪽을 바라보다가 이내 자신이 던져놓은 찌톱을 바라보았다. 물결에 살짝 흔들리던 찌톱이 이내 물속으로 잠시 사라졌다가 천천히 위쪽으로 솟아올랐다.

한 치, 두 치…….

마치 물속에서 무언가가 밀어올리는 느낌이 들 정도로 아주 천천히 위쪽으로 솟아오르는 찌톱이었다.

한동식의 눈빛이 살짝 흔들렸다.

너무나 고운 찌올림이라는 생각이 들었다.

받침틀에 올려놓은 낚싯대의 손잡이 쪽으로 손을 가져가

는 한동식의 손바닥이 살짝 간지러운 느낌이 들었다.
하지만 이내 눈빛이 신중해졌다.
이제 찌는 거의 한 뼘이나 위로 솟아올랐다.
챔질 순간이다.
"엿차."
촤악—
낚싯대를 한순간에 낚아채는 한동식의 손에 묵직한 감각이 느껴짐과 동시에 이내 반대편으로 강하게 당기는 고기의 저항력이 느껴졌다.
피피피핑—
낚싯대와 연결된 낚싯줄에서 피아노 소리와 같은 반탄성이 울렸다.
"이거 제법 큰 놈이네?"
한동식의 입가에 환한 미소가 걸렸다.
고기의 저항은 평소에 낚시를 즐기는 한동식이 느끼기에도 상당히 큰 대물임을 직감하게 만들 정도였다.
고기의 저항은 한동안 계속되었다. 잔잔하던 수면 속으로 가라앉은 낚싯줄이 사방으로 요동쳤다.
조사경력 20년이 넘은 한동식이었지만 한 손으로 물속의 고기를 제압하지 못할 정도로 강력한 손맛이었다.
옆쪽에 앉아 있던 밀짚모자를 쓴 낚시꾼이 활처럼 휘어져 피아노줄 같은 반탄성을 터트리는 한동식의 모습을 보았다.
밀짚모자 낚시꾼은 이미 30cm급의 월척 붕어를 낚아서 살림망에 쟁여놓았다. 그런 그가 활처럼 휘어져 두 손으로 고기와 씨름하고 있는 한동식의 모습을 호기심이 가득한 얼굴로 바라보고 있었다.

자주는 아니지만 가끔은 월척이 훨씬 넘는 40cm급의 붕어가 출몰하는 오봉저수지였다.

한동식이 물속의 고기와 씨름한지 3분 정도가 지나자 물 위로 얼굴을 내미는 누런 황금빛의 비늘이 보였다.

첨벙.

"와, 대물이다."

얼핏 보아도 월척을 훨씬 넘는 말 그대로 대물붕어의 모습이 얼핏 비쳤다가 다시 물속으로 사라졌다.

핑핑핑.

연속해서 낚싯줄에서 피아노줄 같은 반탄성이 울렸다.

하지만 이내 조금씩 힘이 빠지는 듯한 느낌이 들었다.

동시에 물 위로 몸을 옆으로 뉘인 황금빛의 물고기가 떠올랐다. 어느새 다가왔는지 한동식의 옆으로 밀짚모자를 쓴 낚시꾼이 서서 탄성을 터트렸다.

"헛, 정말 대물을 낚으셨네요."

한동식이 두근거리는 가슴을 가다듬고 입가에 미소를 올렸다.

"하하, 내 20년 만에 이런 대물은 처음입니다. 정말 손맛이 예술이네요. 하하하."

한동식의 눈에 비친 붕어는 거의 빨래판 같은 크기의 괴물붕어였다. 밀짚모자 낚시꾼도 물 위로 떠오른 붕어의 모습을 보며 머리를 절레절레 흔들었다.
"여기 오봉지에서 꾼들 사이에 떠도는 말로 오봉지의 곡신용왕이라는 별명을 가진 놈이 가끔 한 번씩 얼굴을 비춰준다는 말이 있는데 그게 바로 저놈인 모양이오. 얼굴만 비추고 줄을 터트리고 다시 돌아간다고 해서 얻은 별명이지요. 허허 나도 여길 자주 찾지만 저렇게 큰놈은 처음입니다."
이제는 물 위에 힘이 빠진 듯 옆으로 누운 황금색의 붕어는 억울한 듯 입을 뻐끔거렸다. 한동식이 드러누운 황금색의 붕어에서 시선을 떼지 못하고 입을 열었다.
"곡신용왕이라고요?"
한동식은 이곳 오봉저수지를 자주 찾지만 곡신용왕이라는 말은 처음으로 듣는 말이었다.
밀짚모자 낚시꾼이 입을 벌리며 웃었다.
"여기 청금리 오봉제가 오래전에는 곡리라는 말로도 불렸다오. 그래서 나온 말일 겁니다." 그때였다.
촤아아악.
철벙.
티잉.
"이런……."
물 위에 드러누워 천천히 끌려나오던 황금색의 붕어가 순간 엄청난 힘으로 요동치며 물 위에서 버둥거리다 이내 물속으로 순식간에 빨려들어갔다. 동시에 이제 완전히 낚아냈다고 안심하고 있던 한동식이 채 낚싯대를 세울 틈도 없이 그대로 아래로 빨려들며 줄이 끊어졌다.

밀짚모자의 낚시꾼과 한동식의 입에서 저절로 아쉬워하는 탄성이 울렸다. 한동식은 줄이 끊어진 채 반듯하게 곧추선 낚싯대를 허탈한 표정으로 바라보았다.

밀짚모자 낚시꾼이 혀를 찼다.

"허허 곡신용왕의 얼굴을 보면 그날 낚시는 끝났다고 하던데… 아쉽겠습니다 그려. 나도 구경만 했지만 곡신용왕은 처음 보았는데 나 역시 그만 접어야 할 것 같네요. 쯧쯧."

한동식이 줄이 끊어진 낚싯대를 다시 받침대에 올리며 밀짚모자의 낚시꾼을 돌아보았다.

밀짚모자의 낚시꾼은 60살이 넘어 보이는 노인이었다.

검게 탄 얼굴에 순박하게 생긴 노인이 물속으로 사라진 대물 붕어가 아쉬운지 연신 물속으로 시선을 던지고 있었다.

"여기가 곡리였다고요?"

한동식의 말에 밀짚모자 낚시꾼이 대답했다.

"예, 예전부터 여기에 철새인 고니가 자주 찾아와 머물다 가니 곡리라고 불렀다고 합니다."

"그럼 곡신용왕이라는 말은 그 고니 때문에 생긴 겁니까?"

한동식이 눈을 깜박이며 밀짚모자 낚시꾼을 바라보았다. 밀짚모자 낚시꾼이 대답했다.

"예, 뭐 믿기는 힘든 말이지만 들리는 말로는 해마다 여기로 찾아온 고니부부가 여기서 새끼까지 낳아서 머물렀다고 합니다. 그러다 어느 날 오리 사냥을 나온 사냥꾼의 손에 수놈 고니가 죽고 암놈 고니와 새끼 고니만 남았는데 그놈들이 수놈 고니를 못 잊어 북쪽으로 돌아갈 때를 놓치고 그만 여기서 모두 죽었다고 하더군요. 그런데 죽은 암놈 고니의 부부애를 애틋하게 생각한 용왕의 도움으로 죽은 암놈 고니가 붕어로 환생이 되어 남편인 수놈고니가 돌아오기를 기다리고 있는데 그놈이 바로 곡신용왕이라는 놈이지요. 허허 누군가 지어낸 말이지만 제법 그럴싸한 말이라는 생각이 들지 않습니까?"

"그런가요?"

"곡신용왕은 낚기도 힘들지만 낚아 낸다고 해도 그 말을 들으면 다시 놓아준다고 했습니다."

밀짚모자 낚시꾼의 말을 들은 한동식이 천천히 머리를 끄덕였다.

"듣고 보니 그놈을 낚아서는 안 되는 놈이었군요."

"하하, 하지만 그놈의 얼굴을 보면 헤어진 사람들과 다시 만나게 되고 사이가 좋지 않았던 사람들과는 화해가 된다고 하는 말이 있습니다."

밀짚모자 낚시꾼의 말에 한동식이 입을 벌리며 웃었다.

"하하하 그런가요?"

"그러니 곡신용왕을 낚지 못했어도 실망하지 마시구려."

"예, 감사합니다."

한동식은 친절하게 설명해 준 밀짚모자 낚시꾼의 말에 마음이 푸근해졌다.

한동식은 좀 전에 보았던 그 곡신용왕이라는 별명이 붙은 붕어를 낚아내서 형과 형수에게 가져다 줄 생각이었지만 밀짚모자 낚시꾼의 말을 듣고 차라리 놓친 것이 다행이라는 생각이 들었다.

밀짚모자 낚시꾼이 한동식을 보며 입을 열었다.

"그나저나 빈손으로 돌아가시기 뭐하시면 내가 낚은 붕어를 좀 드릴까? 잔챙이는 놓아주고 월척급으로 서너 마리 되니 그중 두 마리 정도는 가져가시구려."

한동식이 웃으며 머리를 흔들었다.

"하하 아닙니다. 그저 손맛이나 보러 왔는데 곡신용왕과 씨름한판 했으니 그것으로 충분합니다."

"허허 빈손으로 돌아가도 정말 괜찮겠소?"

"예, 그나저나 속이 출출해서 여기까지 온 김에 어죽이나 한 그릇 먹고 돌아가야 할 것 같네요. 일행이 데리러 오기로 한 시간이 좀 일러서 식사나 해야 할 것 같습니다."

여기까지 서영환 사무장이 한동식을 데리러 오기로 약속한 시간이 아직 두 시간이나 남아 있었다.

낚싯대를 챙기는 한동식을 내려다보던 밀짚모자 낚시꾼이 입을 열었다.

"어탕이나 어죽을 드시려면 저기 위쪽 옥녀봉 아래 동하루라는 곳으로 가시는 것이 좋을 겁니다. 그곳이 이곳에서는 꽤 유명한 곳이지요. 맛이 좋고 음식이 깔끔해서 서울에서도 유명한 사람들이 많이 찾아오는 곳입니다."
밀짚모자 낚시꾼의 말에 한동식의 눈이 껌벅였다.
"동하루요?"
"예, 오래전부터 이곳 당진에서는 알음알음 맛집으로 소문이 난 곳입니다. 운치도 좋아서 정자 아래 수로 속으로 흐르는 물속에서 헤엄치며 노는 고기를 보며 마시는 막걸리 한 사발은 세상의 모든 고민을 날려 버릴 정도라고 합니다. 허허허."
"그래요?"
한동식이 머리를 갸웃거렸다.
조카사위 될 놈의 이름이 김동하였기에 동하루라는 이름이 왠지 낯설지 않게 느껴진 것이다.
"동하루라는 곳이 언제부터 생긴 겁니까?"
한동식의 질문에 밀짚모자 낚시꾼이 대답했다.
"글쎄요. 내가 이곳 청금리 토박인데 내가 어릴 때에도 있었다고 들었습니다. 지금 동하루의 주인이 대를 이어 운영한다고 하더군요."
"그래요?"
한동식이 눈을 가늘게 뜨고 건너편 옥녀봉이 있는 곳을 바라보았다. 옥녀봉은 봉이라고 하기에도 빈약해 보이는 해발 100m도 되지 않는 낮은 봉우리였다. 하지만 짙은 숲으로 이루어진 옥녀봉은 무척이나 운치 있게 보였다. 한동식이 밀짚모자 낚시꾼을 보며 입을 열었다.
"혹시 낚시를 접으실 생각이시면 저랑 약주나 한잔 하시겠습니까? 동하루라는 곳에서 말입니다."

한동식의 말에 밀짚모자 낚시꾼이 잠시 멈칫했다가 입을 열었다.

"약주를 하셔도 되겠습니까? 운전은 어떡하시려고?"

한동식이 웃었다.

"하하 전 운전을 하지 않습니다. 제가 변호산데 워낙 교통사고 사건을 많이 다루다 보니 운전하는 것이 무섭더군요. 그래서 다른 사람이 운전하는 차만 탑니다."

한동식의 말에 밀짚모자 낚시꾼이 살짝 놀란 표정을 지었다.

"변호사 선생이셨소?"

"예. 사기꾼 잡는 사기꾼이지요. 하하하."

"예끼 그런 말이 어디 있소?"

밀짚모자 낚시꾼이 한동식의 농담에 실소를 터트렸다.

"잠시만 기다리시구려. 나도 곡신용왕의 얼굴을 봤으니 낚시는 이제 물 건너갔다고 봐야 하니 낚시를 접어야 할 것 같습니다."

말을 마친 밀짚모자 낚시꾼이 약간 서두는 걸음으로 자신의 채비가 놓인 곳으로 걸어갔다. 그 모습을 바라보던 한동식도 이내 자신의 낚시 장비를 챙기기 시작했다.

곡신용왕의 손맛을 본 이상 더 이상의 손맛은 한동식에게 별로 의미를 안겨주지 못할 것이었기 때문이다.

장비를 챙기는 한동식의 손놀림이 분주했다.

부우우우우웅.
옥녀봉 아래 위치한 동하루로 오르는 약간의 언덕길을 낡은 1톤 트럭이 거친 엔진음을 터트리며 올랐다.
이내 약 300평 정도의 부지를 정리해서 만든 동하루의 주차장으로 들어선 트럭은 비어 있는 한쪽 주차장에 차를 세우고 멈추었다.
동하루의 주차장에는 벤츠와 같은 외제승용차를 비롯해 값비싼 국산 대형차들이 십여 대 주차되어 있었다.
주차장 한쪽에 멈춰선 트럭의 조수석이 열리면서 붉은색과 검은색이 조화롭게 어우러진 낚시복을 걸친 한동식 변호사가 차에서 내려섰다.
한동식이 재빠르게 주변의 경치를 살펴보았다. 주차장 끝에서 보면 조금 전까지 낚시를 하던 오봉저수지의 풍경이 한눈에 들어오는 곳에 동하루가 위치하고 있었다.
한동식이 힐끗 자신이 조금 전에 타고 온 트럭을 바라보았다. 트럭의 짐칸에는 자신의 낚시 장비와 밀짚모자 낚시꾼의 낚시 장비가 마치 짐짝처럼 실려 있었다.
밀짚모자 낚시꾼의 트럭 덕분에 낚시장비를 가지고 동하루의 언덕을 올라오는 수고는 하지 않을 수 있었다.
낚시 장비란 생각 외로 갖춰야 할 장비들이 많아 제법 무거웠기 때문이다.
밀짚모자 낚시꾼이 차에서 내려 한강식에게 다가왔다.
낚시터에서 처음 만났지만 꽤 순박해 보이는 얼굴이어서 한동식의 마음에 들었다.

"변호사 선생, 어떻소? 제법 괜찮은 곳이지요?"

밀짚모자 낚시꾼의 말에 한동식이 빙그레 웃으며 머리를 끄덕였다.

"예, 마음에 드는군요."

"허허 안으로 들어가면 더 마음에 들 거요."

말을 마친 밀짚모자 낚시꾼이 주차장 한가운데 마련된 돌계단을 향해 걸음을 옮겼다. 돌계단은 주차장에서 10개 정도의 화강암 계단으로 만들어 져 있었다.

돌계단을 올라서자 정문으로 보이는 문설주의 위에 동하루(東河樓)라는 한문으로 적힌 현판이 보였다.

현판의 글씨는 웅장하고 힘이 실려 있는 서체가 아닌 예쁘고 정갈한 서체였다.

눈썰미가 예민한 사람들이라면 동하루의 현판글씨를 적은 사람이 남자가 아닌 여자라는 것을 단번에 알 수 있을 정도로 단아한 느낌이 들었다.

나무로 만들어진 열린 문의 안쪽은 오래된 고풍의 한옥 정원을 보는 듯했다. 푸른 잔디가 깔린 마당의 좌우로 역시 오래된 느낌의 한옥 두 채가 세워져 있었고 두 채의 한옥 사이에는 두 한옥을 이어주는 대청이 놓여 있었다. 대청의 뒤쪽으로는 시원한 느낌의 정자와 같은 두 개의 작은 누각이 세워져 있는 모습이었다.

기묘한 것은 누각의 사이로 마치 수로처럼 패인 골이 만들어져 있었고 수로는 정원 한쪽에 떨어져 있는 작은 못과 연결되어 있었다.

산 쪽에서 흘러내리는 물이 수로로 연결되어 연못으로 들어가 아래쪽으로 만들어진 작은 개울을 타고 흘러나갔다. 수로에는 동하루에서 파는 민물고기들이 자유롭게 수로를 따라 헤엄을 치고 있었다.

연못과 수로에 사는 물고기는 이곳 저수지에서 잡은 고기가 아닌 것으로 보이는 송어와 잉어 그리고 민물 매운탕의 재료로 보이는 메기 등이 섞여 있는 모습이었다.

전체적으로 운치가 느껴지는 이곳 동하루의 풍경은 한동식이 상상했던 것보다 훨씬 푸근하고 여유롭게 느껴지는 풍경이었다.

동하루의 손님으로 보이는 사람들이 누각에 상을 받고 앉아서 식사를 하고 있는 모습이 참으로 정겨웠다. 밀짚모자 낚시꾼이 한동식의 옆으로 다가서며 입을 열었다.

"여긴 올 때마다 기분이 새로워진다오. 허허 원고에 시달리다 머리를 식히기 위해 낚시를 한 뒤에 여기서 식사를 하면 꼭 오래 전 고향집에 온 느낌이 들곤 했었지요."

밀짚모자 낚시꾼의 말에 한동식이 그를 돌아보았다.

"글을 쓰십니까?"

밀짚모자 낚시꾼의 말에 원고라는 말이 들어 있기에 한동식은 그가 글을 쓰는 사람이라고 생각했다.

밀짚모자 낚시꾼이 빙긋 웃었다.

"뭐 소일거리 삼아서 세상사람들에게 하고 싶은 말들을 글로 끄적거리고 있습니다."

"아."

한동식이 눈을 껌벅이며 밀짚모자 낚시꾼의 얼굴을 다시 한번 바라보았다.

검게 탄 얼굴에 야위어 보이는 모습이었기에 한동식은 그가 이곳 근처에서 농사를 짓는 농부라고 생각했었다.

하지만 그런 낚시꾼이 글을 쓰는 사람이었다는 것에 다시 한번 놀란 얼굴로 그를 바라보았다.

그때였다. 좌측의 한옥에서 앞치마를 두른 40대 정도의 여자가 밖으로 나오다가 마당에 서 있는 한동식과 밀짚모자 농사꾼을 발견하고 걸음을 멈추었다.

여자의 눈이 커졌다.

"어머나. 윤선생님."

여자는 밀짚모자 낚시꾼의 얼굴을 알고 있는 듯이 하얀 이를 드러내며 반색을 했다.

밀짚모자 낚시꾼이 웃으면서 입을 열었다.

"잘 계셨소?"

밀짚모자 낚시꾼의 말에 여자가 두 손을 앞치마에 닦으며 다가왔다.

"근 보름 만에 오시네요."

"하하 밀린 원고가 있어서 그걸 마무리 하느라 좀 뜸했습니다."

"호호 이제 원고는 끝나셨어요?"

여자는 밀짚모자 낚시꾼이 글을 쓰는 사람이라는 것을 알고 있는 듯했다.

밀짚모자 낚시꾼이 웃으면서 대답했다.

"그러니까 이렇게 낚시를 나온 거지요. 허허."
여자가 웃으면서 물었다.
"그래 손맛은 좀 보셨어요? 고기 낚은 것 있으면 여기 풀어주고 가세요."
여자가 장난스레 정원의 한쪽에 만들어진 연못을 가리켰다. 밀짚모자 낚시꾼이 대답했다.
"붕어를 몇 마리 낚긴 했지만 아까 모두 풀어주고 왔소. 잉어가 낚였다면 여기에 풀어주었을 테지만 오늘은 잉어가 걸려들지 않더군요."
"호호 괜한 말이었어요. 윤선생님 성품을 아는데 농을 한 거예요."
"나도 그럴 줄 알고 말한 겁니다."
윤선생이라 불린 밀짚모자 낚시꾼과 동하루의 여인은 서로가 잘 알고 있는 듯한 모습이었다.
동하루의 여인이 한동식을 바라보며 눈을 깜박였다.
"근데 이분은……."
밀짚모자 낚시꾼이 웃으면서 입을 열었다.
"낚시터에서 만난 분이오. 변호사 양반인데 이분 때문에 오늘 곡신용왕을 보았지요."
"어머나."
"그 때문에 여기 동하루에서 막걸리 한잔 하러 들를 수도 있었지요."
"곡신용왕을 보았다면 낚시를 접어야 했을 테니 그러실 만도 하네요."

여인도 오봉저수지의 터줏대감이라고 소문난 곡신용왕에 대한 이야기를 알고 있는 모양이었다.

밀짚모자 낚시꾼이 한동식을 바라보며 입을 열었다.

"변호사 선생도 인사하시구려. 여기 이분이 동하루의 사장님이시오."

밀짚모자 낚시꾼의 말에 한동식이 여인을 향해 가볍게 머리를 숙였다.

"안녕하십니까? 처음 뵙겠습니다."

한동식이 인사를 하자 여인이 마주 인사를 했다.

"동하루에 오신 것을 환영합니다."

한동식에게 인사를 하는 동하루의 여주인의 입가에 잔잔한 미소가 떠올랐다. 한동식은 자신에게 인사를 하는 동하루의 여주인이 참으로 곱다고 생각했다.

두 사람의 인사를 지켜본 밀짚모자 낚시꾼이 주변을 살피다가 입을 열었다.

"청루에는 손님이 없는 것 같은데 우리가 청루에 앉아도 되겠소?"

동하루의 뒤쪽 누각은 홍루와 청루라는 명칭으로 불린다. 그것을 의미하듯 두 개의 누각에는 고풍스런 두 개의 천으로 만들어진 등이 있었다.

하나는 푸른 천이고 다른 하나는 붉은 천으로 감싸진 등이 계단난간에 걸쳐져 있었다. 오른쪽의 붉은 등이 걸린 홍루에는 이미 손님들로 보이는 사람들이 앉아서 식사 중이었다. 홍루에서는 동하루의 연못이 한눈에 내려다보였기에 사람들은 홍루를 더 선호했다.

여인이 머리를 끄덕였다.

"물론이에요. 윤선생님이 오셨는데 자리를 만들어 드려야지요."

여인이 흔쾌하게 머리를 끄덕이며 두 사람을 대청의 뒤쪽 청루 쪽으로 안내했다.

대청에는 여러 사람들이 큰 상을 받고 식사를 하고 있었고 오른쪽의 한옥 안에서도 식사를 하는 손님들이 보였다. 한동식은 동하루의 여인이 안내하는 청루로 향하며 주변을 살펴보았다.

동하루의 주인 성품을 단번에 느낄 수 있을 정도로 동하루의 정원과 한옥 그리고 주변은 정갈하게 손질이 되어 있었다. 얼핏 살펴본 동하루의 대청도 윤이 반질거릴 정도로 깔끔하게 관리되어 있었다.

여인이 이내 청루의 계단으로 두 사람을 안내했다.

"잠시 기다리시면 곧 상을 내올게요. 늘 드시는 것으로 하실 거죠?"

여인은 밀짚모자 낚시꾼이 평소에 동하루에 들르면 자주 먹는 음식이 뭔지 알고 있는지 오늘도 같은 상을 볼 것인지 물었다. 밀짚모자 낚시꾼이 대답했다.

"내가 혼자라면 그러겠지만 오늘은 손님이 있어서 이분 의향을 물어봐야 할 것 같소 하하."

밀짚모자 낚시꾼이 한동식을 바라보았다.

한동식이 눈을 껌벅이다가 이내 입을 열었다.

"저는 뭐라도 상관없습니다. 선생님이 좋아하시는 것으로 하지요. 식성이 나쁘지 않아 이것저것 가리지 않습니다."

"그래요?"

밀짚모자 낚시꾼이 싱긋 웃었다. 이내 여인을 향해 머리를 돌린 밀짚모자 낚시꾼이 입을 열었다.

"그럼 같은 것으로 해주시구려. 아마 이분도 좋아하실 것 같으니 말이오."

"예. 염려하지 마세요."

"그리고 막걸리도 한 주전자 가져다주시고."

"네."

곱게 대답한 여인이 몸을 돌렸다. 여인이 돌아가자 밀짚모자 낚시꾼이 청루로 오르며 입을 열었다.

"자 우리도 올라가 앉지요. 청루와 홍루는 자리다툼이 심해서 자칫하면 자리를 뺏길 수도 있습니다."

"예."

이내 두 사람이 청루에 올라가 자리를 잡고 앉았다.

사방이 트인 정자와 같은 모습의 누각은 무척이나 시원하고 청량했다.

누각 아래로 빙 돌아가며 만들어진 수로에는 송어와 잉어 등이 함께 자연스럽게 물살을 가르며 헤엄을 쳤기에 더더욱 그런 느낌이 짙었다. 자리에 앉은 밀짚모자 낚시꾼이 밀짚모자를 벗으며 한동식을 바라보았다.

"허허 우리 이렇게 만난 것도 인연인데 서로 통성명이나 합시다. 나 윤종호라는 사람이오."
한동식이 급하게 고개를 숙였다.
"한동식입니다. 서울에서 로진이라는 작은 법률회사를 운영하고 있는 중입니다."
말을 마친 한동식이 품에서 지갑을 꺼내어 자신의 명함을 건네주었다. 윤종호라는 밀짚모자 낚시꾼이 한동식의 명함을 두 손으로 받으며 고개를 끄덕였다.
명함을 건넨 한동식이 잠시 눈을 깜박였다.
윤종호라는 이름이 낯설지 않았기 때문이었다.
잠시 무언가를 생각하던 한동식이 눈을 크게 뜨며 윤종호를 바라보았다.
"혹시… 강산기행이라는 작품을 쓰신 분이 선생님이 아니십니까?"
강산기행은 대한민국의 구석구석을 여행하며 여행자로서의 느낌을 기행문으로 서술한 작품이었다.
한때는 젊은 대학생들 사이에서는 필독서로 알려질 만큼 유명한 작품으로 소문이 나 있었다.
윤종호가 씨익 웃었다.
"허허 오랜만에 내 작품을 기억해 주시는 분이 계시네요."
"어이쿠, 내가 눈썰미가 약해서 유명한 윤선생님을 앞에 두고도 몰랐네요."
한동식은 자신과 마주 앉은 사람이 강산기행의 작가라는 사실에 반색을 하며 자세를 고쳐 앉았다.

윤종호가 빙그레 웃으며 한동식을 바라보았다. 꽤 오래된 작품이었지만 자신이 작품을 기억하고 작가인 자신을 알아봐 주는 것이 그다지 나쁘지 않은 기분이었다.

윤종호 역시 한동식이 선한 인상을 가지고 있다는 것이 마음에 들었다. 윤종호가 한동식을 보며 미소를 머금은 얼굴로 입을 열었다.

"나도 한선생이 변호사라는 것을 몰랐지요. 어디 나처럼 시간이 남아돌아 낚시나 다니는 한량쯤으로 생각했습니다."

"하하 그런가요?"

두 사람이 환하게 인사를 하는 와중에 아까 마주쳤던 여인과는 다른 30대의 여인 두 명이 양쪽에서 상을 마주잡고 청루로 올라왔다.

상위에는 주문한 요리가 아닌 간단한 안주거리와 밑반찬이 있었고 꽤 낡은 양철 주전자가 놓여 있었다.

좀 전에 윤종호가 주문한 막걸리가 담긴 주전자였다.

양철주전자의 겉에 맺힌 작은 이슬같은 것은 안에 든 막걸리가 무척 차갑다는 것을 의미하고 있었다.

상을 내려놓은 30대의 여자가 입을 열었다.

"매운당과 송어회는 사장님이 직접 손질해서 준비 중이니 곧 나올 겁니다."

"고맙소."

윤종호가 이를 드러내며 웃었다.

상을 내려놓은 두 여인이 다시 청루의 계단을 내려가 주방으로 보이는 한옥으로 돌아갔다.
윤종호가 머리를 돌려 한동식을 보며 입을 열었다.
"여기에 오면 내가 즐겨먹는 음식이 바로 매기 매운탕과 송어회라오. 한선생께서 식성이 나쁘지 않다고 하셨으니 그것으로 되겠지요?"
"어이구 그것이면 충분하지요. 매기매운탕과 송어회라면 저도 무척 좋아합니다."
한동식도 오렌지 빛깔이 선명한 송어회를 무척 즐기는 사람이었다. 일부러 찾아가 즐기지는 않아도 가끔은 동료 변호사들과 멀리 야외로 나가면 송어회를 자주 먹었다.
바다낚시보다 민물낚시를 즐기는 한동식이었기에 송어회에 대한 매력을 누구보다 잘 알았다.
윤종호가 한동식의 앞에 놓인 양철잔에 주전자에 가득 담긴 막걸리를 따라주었다.
쪼르르르륵—
투박해 보이는 양철사발에 하얀 쌀뜨물같은 막걸리가 가득 채워졌다.
한동식의 잔에 술을 채운 윤종호가 입을 열었다.
"이 막걸리는 이곳 동하루에서만 전해지는 방식으로 담가 걸러낸 동하루에서만 맛볼 수 있는 전통 막걸리요. 아마 한잔 드셔보시면 무척 마음에 들 겁니다."
말을 마친 윤종호가 자신의 잔에도 술을 채웠다. 두 사람이 서로 잔을 가볍게 마주친 다음 입으로 가져갔다.
막걸리를 한번 맛본 한동식의 눈이 동그랗게 변했다.

기가 막힌 맛이었다.

누룩 향과 한동식이 아스라한 꼬맹이 시절에 아버지 몰래 형과 맛보던 그런 맛이 막걸리 속에 담겨 있는 느낌이 들었다. 지금 시중에서 흔하게 구할 수 있는 공장형 말걸리와는 전혀 다른 말 그대로 막걸리의 정통을 그대로 이어받은 느낌이었다.

탁.

"크어, 정말 기가 막히는 맛이네요. 어릴 때 형과 함께 아버지 몰래 훔쳐 먹었던 그 막걸리 맛이 느껴집니다."

한동식이 감탄성을 터트리며 윤종호를 바라보았다.

윤종호가 웃으면서 대답했다.

"그렇지요? 나도 처음 이곳에서 이 막걸리를 먹어보고는 그날부터 이곳 동하루의 막걸리가 아니면 손을 대지도 못했습니다. 시중에 나와 있는 공장에서 생산된 막걸리하고는 비교를 할 수가 없을 정도로 깊은 누룩 향에 반했지요."

윤종호의 말에 한동식이 머리를 끄덕였다.

"저도 그럴 것 같습니다. 이곳 오봉지에 자주 낚시를 다녔지만 여기에 이런 곳이 있다는 것도 처음 알았고 이런 술맛이 있다는 것도 처음 알았습니다. 아마 저도 윤선생님처럼 이곳의 단골이 될 것 같은데요. 하하."

"그럼 여기 오봉지에 내려오실 때 전화주시구려. 내 한선생이 오면 덕분에 또 이렇게 동하루 막걸리를 맛볼 수 있을 것 아니겠소?"

"하하 그러겠습니다. 저에게 형님이 한 분 계신데 그 형님도 이 막걸리 맛을 보면 기가 막히게 생각하실 겁니다."

"하하 그럼 같이 오시면 되겠네요."

"꼭 같이 오도록 하겠습니다."

한동식은 딱 한 잔 맛을 본 동하루의 막걸리에 진심으로 반해버렸다. 윤종호가 그런 한동식의 잔에 다시 막걸리를 채워 주었다.

한동식이 잔에 채워지는 막걸리를 보며 입을 열었다.

"그런데 여기 동하루에 일하는 사람들이 모두 여자인 것 같습니다."

"하하 눈치챘소? 여기 동하루에는 남자는 손님들뿐이라오. 사장이나 종업원이나 모두 여자들뿐이지요."

윤종호의 말에 한동식이 눈을 껌벅였다.

"예? 그럼?"

"하하 아까 본 사장의 남편은 없는지 궁금하십니까?"

"그, 그게……."

한동식은 처음 보는 동하루의 여사장의 근황을 물어보는 자신이 약간 부끄러웠는지 살짝 얼굴이 붉어졌다.

윤종호가 웃으면서 입을 열었다.

"하하 동하루에 처음 오는 손님이면 누구나 다 그것을 궁금해 하지요. 나 역시 처음에 여기 동하루의 여사장을 보았을 때 그게 궁금했으니까요."

"그, 그렇습니까?"

한동식은 자신의 민망함이 특별한 경우가 아니라는 것에

다행이라는 느낌이 들었다.

"결론만 말하자면 여사장에게도 남편이 있고 자식이 있소. 아마 조금 있으면 아주 예쁜 처녀가 여기로 올 거요. 여사장의 딸이지. 그 딸이 나중에 이곳 동하루의 새로운 주인이 될 거요."

윤종호의 말에 한동식이 눈을 껌벅였다.

"여사장님의 딸이라고요?"

"그렇소. 이곳 동하루는 대대로 여자들에게만 이어진다고 하더군요. 슬하에 사내만 있고 딸이 없으면 며느리가 이어받고 그렇게 전해진다고 들었습니다. 더불어 여기 주방에서 음식 만드는 법이나 술 담그는 기법도 오직 여자에게만 전해집니다. 사내들은 절대로 동하루에는 얼씬도 하지 못하지요. 아무리 자식이나 남편이라고 해도 외간취급을 당한다는 말이요 하하. 사내는 오직 손님들만 이곳 동하루에 들어올 수 있을 뿐이지요. 그 외에는 같은 식구라고 해도 절대로 동하루에 들어오지 못합니다."

"신기하군요."

한동식이 머리를 갸웃했다.

윤종호가 웃으면서 입을 열었다.

"여사장에게 듣기로는 그게 꽤 오래된 전통으로 내려온다고 들었습니다. 그리고 이 동하루의 주인에게는 수백 년이나 이어져 내려온 하나의 가업이 있다고 들었습니다. 가업이라고 해서 가문에서 전해지는 직업같은 것이 아니라 가문에서 풀어야 하는 숙제라는 뜻이라고 하더군요, 나도

들었지만 그게 뭔지 뜻을 모르겠더이다."

윤종호의 말에 한동식이 머리를 갸웃했다.

"가업이라고요?"

"한선생, 혹시 여기 처음 들어왔을 때 못 보셨소?"

"예?"

뜬금없는 윤종호의 말에 한동식이 눈을 껌벅였다.

"동하루에 처음 들어오면 보이는 좌측의 한옥 처마 밑에 글자가 적혀 있습니다. 혹시 진인사대천명이라는 뜻을 아시오?"

한동식이 눈을 껌벅이며 대답했다.

"그 뜻을 모르는 사람이 어디에 있습니까? 진인사대천명. 사람으로 도리를 다한 후 하늘의 천명을 기다리라는 뜻이 아닙니까?"

한동식의 말에 윤종호가 빙긋 웃으며 대답했다.

"그런데 진인사는 없고 대천명만 있다면 그게 무슨 뜻이겠소?"

"그게……."

"대천명, 하늘의 천명을 기다리라는 뜻인데 난 그게 무슨 의미인지 모르겠소. 진인사대천명이라면 그건 가업이 아닌 가훈쯤으로 보아야 할 것인데 이곳 동하루는 대천명이라는 것을 가업으로 생각하고 있다고 합디다, 허허."

"천명? 천명을 기다린다고요?"

한동식이 눈을 껌벅이더니 순간 머릿속에 김동하의 얼굴이 떠올랐다. 큰조카사위가 될 놈이었다.

더구나 김동하라는 이름과 이곳 동하루가 같은 '동하'라는 이름을 사용한다는 것도 마음에 걸렸다.

그때였다. 작은 소반에 정갈하게 포를 뜬 송어회와 메기 매운탕이 담겨진 냄비를 든 두 명의 여인이 청루로 다가왔다. 송어회는 무척 깔끔하게 손질이 되어 있었고 메기 매운탕은 한소끔 끓여낸 것인지 김이 모락모락 피어올랐다. 뜨거운 매운탕이었기에 무척 조심스럽게 들고 움직였다.

특별한 것은 송어회를 들고 오는 여인은 이제 고작 20대 후반으로 보이는 아름다운 여자였다.

165cm 정도의 적당한 키에 한복을 곱게 입고 앞치마를 두른 여자는 젊은 나이의 여자답지 않게 무척 단아하고 조용해 보였다. 메기 매운탕을 든 여인은 한동식이 이곳 동하루에 들러서 처음 만난 동하루의 여주인이었다.

"오래 기다리셨지요?"

여주인이 상위에 메기 매운탕을 내려놓으며 살포시 웃었다. 송어회를 가져온 여인이 한쪽에 송어회가 담긴 접시를 가지런히 내려놓았다.

윤종호가 한동식을 바라보며 입을 열었다.

"좀 전에 내가 말했지요? 이 아가씨가 여사장님의 따님이라오. 나중에 여사장님을 대신해서 이곳 동하루의 주인이 되실 아가씨지."

윤종호의 말에 젊은 아가씨의 얼굴이 살짝 붉어졌다.

여사장이 웃으면서 물었다.

"두 분께서 제 딸 이야기를 하고 계셨어요?"

여주인은 동하루에 처음 온 손님들이 누구나 궁금해 하는 것에 대한 대화를 나누고 있었다는 것을 눈치챘다.

그리고 그것이 그렇게 싫지 않다는 표정이었다.

윤종호가 머리를 흔들었다.

"허허 그게 아니라 전에 주인께서 내게 말해준 이곳 동하루에 얽힌 이야기를 하고 있던 중이요. 물론 여주인께서 이미 결혼을 해서 남편과 자식이 있다는 것도 말해주었지요."

윤종호의 말을 들은 여주인이 빙긋 웃었다.

"호호 누구나 그걸 참 궁금해 하더라고요."

여주인이 머리를 돌려 한동식을 바라보았다.

"근데 뭐가 제일 궁금하셨나요?"

한동식이 약간 붉어진 얼굴로 대답했다.

"방금 윤선생님으로부터 이곳 동하루에 대천명이라는 가업이 있다는 말을 들었습니다. 진인사 대천명이라면 그 뜻을 알겠지만 대천명이라는 글자뿐이라는 것에 좀 놀랐지요. 더구나 그게 가훈이 아닌 동하루에서 풀어야 할 숙제라는 뜻의 가업이라는 것이 놀라웠습니다."

여주인이 입술을 살짝 비틀며 웃었다.

"저도 처음엔 그게 뭔지 몰랐어요. 오래전부터 동하루에만 전해져 오는 가업인데 동하루가 존재하는 한 천명을 기다려야 한다고 하더군요."

한동식이 머리를 갸웃했다.

"그게 언제부터 전해진 것입니까?"

"글쎄요. 저도 정확하게는 모르지만 아주 오래전 선대의 할머니께서 이곳 동하루를 지을 때 동하루의 처마에 적어 올렸다고 들었어요. 동하루라는 이름도 그때 만들었고요."

여주인은 자신이 알고 있는 것을 그대로 들려주었다.

한동식의 눈이 껌벅였다. 여주인이 계속 말을 이었다.

"동하루라는 이름에도 사연이 있다고 들었어요. 선대의 할머님께서 잃어버린 자식의 이름이 동하라는 이름이었다고 하더군요. 그래서 그 이름을 잊지 않기 위해 이곳 동하루를 만드신 거예요."

순간 한동식의 얼굴이 굳어졌다.

한동식은 김동하에 대한 내력을 모두 알고 있는 몇 명 되지 않는 사람 중 한 명이었다.

자신의 조카인 한서영이 결혼을 하겠다며 자신을 찾아온 날 친구인 윤경민 부장검사와 함께 만난 적이 있었다.

그날 윤경민 부장검사가 김동하에게 법원에서 허가한 가족관계 창설등록서를 내주던 날 김동하에게 얽힌 사연을 모두 들었던 기억이 떠올랐다. 한동식은 어쩌면 조카사위가 될 김동하에게 잊힌 가족의 끈이 이곳에 실마리로 남아 있을지 모른다는 생각이 머리를 스쳐갔다.

그리고 동하루에서 가업으로 남겨졌다는 대천명이라는 그 의미가 조카사위가 가지고 있는 그 엄청난 능력을 의미하는 것이 아닌지 궁금해졌다. 한동식의 표정이 굳어지는 것을 본 동하루의 여주인의 표정도 굳어졌다.

한동식이 물었다.

"혹시 그 선대의 할머님이라는 분의 성함을 아십니까?"

여주인이 대답했다.

"유씨 성을 쓰신 분이세요. 이곳 동하루의 뒤편에 그분의 묘소가 있어요, 현비유인 강화유씨 지묘(顯□孺人 江華劉氏之墓)라고 적혀 있습니다. 그리고 이곳 동하루의 새주인에게만 전해지는 주방비서의 제일 처음 가주에는 하연(河蓮)이라는 이름이 적혀 있고 두 번째가 종희(宗姬)라는 이름이 적혀 있어요. 그 뒤로 쭉 이 동하루를 이어온 주방숙수님들의 이름이 적혀 있지요. 그걸로 봐서는 아마 유하연이라는 분이 그 선조할머니의 이름인 것 같아요. 근데 그걸 왜 물으시는지 궁금하네요. 지금까지 그것을 물어본 분은 없었거든요."

여주인이 한동식의 얼굴을 빤히 바라보았다. 처음 보는 한동식이 동하루의 사연을 묻는 것이 이상하게 생각되었기 때문이다.

한동식이 여주인의 얼굴을 빤히 바라보며 다시 물었다.

"그 천명이라는 것이 무엇인지 알고 계십니까?"

한동식의 물음에 여주인이 잠시 머뭇거리다가 입을 열었다.

"그건… 제가 듣기로는 하늘의 힘이라고 들었어요. 하늘이 가진 힘 말이에요."

한동식이 중얼거렸다.

"신의 능력도 하늘의 힘이겠지요."

"네?"

여주인은 한동식이 혼잣말처럼 중얼거리는 소리를 들으며 눈을 크게 떴다.

한동식이 여주인의 얼굴을 빤히 바라보았다.

"혹시 이곳 동하루를 처음 세우신 유하연이라는 선대의 할머니의 아들 이름이 김동하 아니었는지요?"

한동식의 말에 여주인이 놀란 듯 눈을 동그랗게 떴다.

"그걸 어떻게 아세요? 맞아요. 대천명이라는 휘호를 적어 대청에 걸어놓으신 선대의 할머님 아드님 이름이 김동하였어요. 그건 그냥 우리 집안에서만 전해져 온 내력인데……."

여주인이 다시 한번 놀란 듯 한동식을 바라보았다.

한동식은 가슴이 두근거렸다.

한동식이 여주인의 얼굴을 빤히 바라보며 입을 열었다.

"이곳 동하루가 언제 처음 생겨난 것인지 아십니까?"

여주인이 잠시 눈을 깜박이다가 한동식을 바라보며 입을 열었다.

"그건 잘… 하지만 제가 여기 동하루의 주인에게만 전해지는 주방비서에 12번째 이름을 적었어요. 그것으로 비교해 보면 500년 정도 된 것 같네요."

여주인의 맑은 눈이 한동식의 얼굴을 빤히 바라보고 있었다. 그때 옆에 있던 윤종호가 끼어 들었다.

"한선생, 한선생께서 말씀하시는 것을 들으니 이곳 동하루에 전해지는 대천명이라는 가업에 대해 뭔가 알고 계시는 것 같습니다."

윤종호의 말에 한동식이 잠시 머뭇거렸다.

"확실한 것은 아니지만 제 조카사위가 이곳 동하루와 연관이 있을 것 같은 생각이 들어서요."

"예?"

윤종호가 깜짝 놀란 표정을 지으며 한동식을 바라보았다. 그것은 여주인과 송어회를 가져온 여주인의 딸도 마찬가지였다.

동하루에 전해지는 대천명이라는 가업에 대해서 그 사연을 알고 있는 사람은 몇 명 되지 않았다. 동하루를 찾아오는 손님들도 본채 처마에 걸려 있는 대천명이라는 휘호를 보며 그 내용의 의미를 캐묻는 사람은 드물었다.

대한민국의 구석구석을 여행하며 강산기행이라는 작품을 쓴 윤종호같은 작가라면 대천명이라는 휘호에 의문을 가지겠지만 대부분의 손님들은 그저 멋으로 적은 글이라고 생각했을 뿐이었다. 갑작스런 한동식의 말에 여주인이 눈을 크게 뜨며 물었다.

"어떻게 선생님의 조카사위가 이곳 동하루와 연관이 있다고 생각하세요? 그럴 이유라도 있나요?"

여주인의 말에 한동식이 잠시 머뭇거렸다.

여주인에게 조카사위인 김동하에 대해서 이야기 한다면 아마도 믿지 못하거나 미친놈 취급을 받을 수도 있기 때문이다. 잠시 머뭇거리던 한동식이 입을 열었다.

"말로 설명 드리기 곤란하네요. 하지만 그 친구가 이곳에 온다면 아마 그 친구를 통해 대천명이라는 가업에 얽혀 있는 사연을 알 수 있을지도 모릅니다."

"어떻게……."

대천명은 동하루에만 전해지는 사연이었고 외부로 드러난 적은 거의 없었다. 여주인이 놀란 얼굴로 한동식을 바라보자 한동식이 품에서 전화기를 꺼내어 들었다.

두근거리는 마음을 다스리며 일단 형님인 한종섭 회장의 전화번호를 눌렀다.

띠디디디딧—

몇 번의 신호가 지나가자 약간 귀찮다는 느낌이 드는 형님 한종섭의 목소리가 들렸다.

—뭐야? 바쁜데 뭔 전화질이냐?

한종섭이 바쁘다는 것을 느낄 수 있을 만큼 전화기 건너로 어수선한 분위기가 감지되었다.

"평소에는 직원들 잘도 부려먹으면서 회사가 커지니까 웬일로 형님이 바쁜 척하시는 거요?"

—뭐 인마?

"형님이 직접 안 챙겨도 이제는 서진도 대기업 범주에 들어가잖소. 그러니 형님이 직접 챙기는 것보다 직원들이 효과적으로 움직이게 놔두는 것도 괜찮을 거요."

한동식은 서진무역이라는 작은 회사를 운영하며 경영난에 허덕이던 형님이 레이얼 시스템과 합작으로 설립한 서진인터내셔널의 총수가 되면서 상당히 많은 변화가 생겼다는 것을 알고 있었다. 서진 인터내셔널의 법률대리를 자신이 속한 로진로펌에서 맡고 있었기에 내부 사정을 그 누구보다 훤하게 꿰뚫는 것이다.

형님은 서진무역을 운영하던 시절 꿈꾸던 이상을 지금 실현하기 위해 그 누구보다 바쁘게 움직이는 사람이었다.

—용건이 뭐냐? 법률문제는 없는 것 같은데.

동생 한동식이 싱거운 소리나 할 정도로 자주 전화를 걸어오지 않는 사람이라는 것을 알고 있는 한종섭의 반응이었다. 한동식이 눈썹을 살짝 찌푸리며 입을 열었다.

"형님, 혹시 사돈어른 성함은 알고 계십니까?"

—뭐?

갑작스런 동생의 질문에 한종섭이 놀란 것 같았다.

—뭔 잠꼬대 같은 소리야? 내가 사돈이 어디 있어?

한종섭에게 사돈은 500년 전에 살았던 조선시대의 사람들이었기에 동생 한동식의 질문은 그야말로 뜬금없는 질문이었다. 한동식이 동하루의 여주인의 얼굴을 힐끗 보며 입을 열었다.

"형님, 제가 지금 어디에 있는지 짐작할 수 있겠어요?"

—미친놈, 끊어 인마.

한종섭이 전화를 끊어버릴 듯 퉁명스럽게 반응했다.

한동식이 급하게 입을 열었다.

"혀, 형님, 잠깐만 기다려 보세요. 아직 말이 끝나지 않았습니다. 저 여기 당진에 와 있습니다. 당진 송악면 청금리 오봉지라는 곳이요."

—거긴 뭐 하러 갔어?

한종섭은 동생 한동식이 다급한 어투로 말하자 그제야 뭔가 이상한 것을 감지한 듯 말투가 가라앉았다.

“제가 맡고 있던 재판이 끝나서 우리 사무실의 서사무장이랑 오랜만에 여기 낚시터에 왔는데 고기도 안 잡히고 해서 낚시를 접고 이곳에서 밥을 먹으러 우연히 들르게 된 곳이 동하루라는 한옥식당입니다.”

한동식은 자신이 동하루에 오게 된 사연을 간단하게 설명했다. 한종섭은 동생의 입에서 사위인 김동하와 이름이 같은 동하루라는 한옥식당의 이름을 듣자 약간 놀란 듯 되물었다.

—뭐라고? 동하루?

“예, 서영이 신랑놈하고 이름이 같은 곳이었습니다.”

—근데 그게 어쨌다는 거냐?

한종섭은 동생 한동식이 평범하게 이름이 같다는 이유만으로 자신에게 전화를 할 친구가 아니라는 것을 알고 있었다.

“그런데 이곳 동하루의 본채 처마에 뭐가 적혀 있는지 아십니까?”

—뭔데?

“대천명이라는 글자였습니다.”

—대천명?

“진인사 대천명이라는 글자였다면 그러려니 하겠지만 진인사라는 글자가 없이 오직 대천명이라는 딱 세 글자라면 이상하지 않습니까?”

—…….

한종섭도 약간 놀란 것인지 잠시 침묵하고 있었다.

한동식이 그런 형님의 생각을 정리하게 만들 생각으로 결정적인 말을 털어놓았다.

“그리고 이곳 동하루의 역사가 12대째 주인이 바뀌며 이어져 오고 있다고 했습니다. 동하루를 처음 세운 사람이 유하연이라는 분이셨고요. 그리고 그 유하연이라는 분의 아들 이름이 김동하였습니다.”

한동식의 말에 한종섭도 놀란 듯 급하게 물어왔다.

—혹시 그곳의 지명에 곡이라는 글자가 들어가 있느냐?

한동식의 미간이 좁혀졌다.

“곡이요?”

—그래, 고니 곡(鵠)이라는 글자다.

한종섭은 김동하가 가족의 흔적을 찾기 위해 곡도라는 옛 이름으로 불렸던 백령도를 큰딸 한서영과 찾아갔었다는 것을 들어서 알고 있었다.

“고니 곡이라고요?”

옆에서 듣고 있던 윤종호가 끼어들었다.

“여기 오봉제가 옛날 이름으로는 곡리(鵠里)라고 불렸지요.”

한동식은 아까 저수지에서 자신에게 오봉저수지의 곡신용왕을 설명해주며 들려주었던 윤종호의 말이 떠올랐다.

한동식이 전화기를 들고 입을 열었다.

“여기 오봉제를 예전에는 곡리라고 불렀다고 합니다. 겨울에 고니들이 많이 찾아온 탓에 그리 불렀다고 하더군요."

—그, 그래? 아까 그 동하루를 세운 분이 누구라고 그랬지?

"유자 성에 하연이라는 이름을 쓰신 분입니다. 그분의 묘소가 여기에 있습니다."

—알았다. 내 곧 다시 전화를 하마.

딸칵.

한종섭이 급하게 전화를 끊었다.

전화가 끊어지자 윤종호와 동하루의 여주인 그리고 여주인의 딸인 젊은 아가씨가 한동식의 얼굴을 바라보았다.

여주인이 약간 굳어진 얼굴로 물었다.

"무슨 사연인지 제가 좀 알 수가 없을까요? 우리 동하루와 방금 통화를 하신 분이 어떤 관계이신지……."

여주인은 생각지도 않은 외부사람들이 동하루에 대해 이토록 관심을 가지는 것이 너무나 이상했다.

그것은 현재 동하루의 주인인 입장으로서는 너무나 당연한 일이었다.

한동식이 잠시 머뭇거리다 이내 결심한 듯 입을 열었다.

"여기 사장님이나 윤선생님은 잘 이해가 되지 않으실지 모르지만 저는 동하루의 본채 처마에 적혀 있다는 대천명이라는 휘호에 대해서 어느 정도 알 것 같아서 이러는 겁니다."

여주인과 윤종호의 눈이 커졌다. 조용히 앉아 있던 여주인의 젊은 딸도 놀란 듯 눈을 치켜떴다.

지금까지 대천명이라는 가업이 무엇을 의미하는 것인지 동하루의 주인들도 모르고 있었다. 하늘의 뜻이라고 알려진 천명을 기다린다는 막연한 의미로만 기억하고 있었을 뿐이었다. 그런 상황에서 대천명에 얽힌 사연을 알고 있는 사람이 나타난 것이 놀랍기만 했다.

여주인이 급하게 물었다.

"대천명이 무슨 뜻이에요?"

"아마 곧 알게 될 겁니다. 내 생각대로라면 반드시 이곳으로 와야 하는 친구가 있으니 말입니다. 그 친구가 도착하면 대천명의 뜻도 밝혀질 겁니다."

"세상에……."

여주인의 입에서 탄성이 흘러나왔다.

그것은 그녀를 비롯해 12대를 거슬러 올라간 애틋한 모정이 담겨 있음을 그 누구도 짐작하지 못하고 있었다.

한동식이 잔이 비워진 술잔에 스스로 술을 따라 잔을 채웠다.

쪼르르르르르.

맑고 선선한 바람이 청루를 스쳐가며 진한 술향을 청루의 주변으로 번지게 만들었다.

세월의 끈

"정말 병원을 그만둬도 괜찮겠습니까?"

김동하가 거실에서 자신의 손등을 핥고 있는 유진의 등을 가볍게 쓸어주면서 물었다.

한서영이 머리를 끄덕였다.

"그래. 병원을 그만두지 않으면 시간이 모자랄 테고 그렇게 되면 동하에게 소홀하게 될 거야. 난 그게 싫어."

한서영은 자신이 병원을 그만둔 것이 전혀 부담이 되지 않는다는 표정이었다.

동하와의 결혼을 위해 스스로 꿈꾸어 왔던 미래를 포기하는 것이었지만, 그럼에도 자신의 곁에 김동하가 있다면

그것으로 충분하다는 생각이었다.

한서영은 김동하와의 결혼을 결심하면서부터 자신의 주변이 달라지고 있음을 느끼고 있었다.

"내일 그 두 멍청이들의 부모를 만나고 난 뒤에 엄마랑 같이 서초동에 봐 두었다고 하는 새집을 구경하러 갈 거야."

김동하가 머리를 끄덕였다.

"큰집이었으면 좋겠습니다."

김동하는 가족이 없었기 때문에 장인장모를 비롯하여 처제와 처남까지 모두 한집에 살기를 바라고 있었다.

훗날 처제 한유진이 결혼을 하면 처제의 신랑도 같이 살기를 바랄 정도였다. 한서영이 웃었다.

"아까 엄마가 나한테 뭐라고 한 줄 알아?"

"뭔데요?"

김동하가 유진의 털을 손으로 문지르며 한서영을 바라보았다. 오전의 백화점과 아까 병원에서 있었던 나쁜 기억들까지 모두 잊어버린 듯 한서영과 김동하의 표정은 무척 평화로웠다.

한서영이 살짝 붉어진 얼굴로 입을 열었다.

"엄마가 나하고 동하의 궁합을 봤는데……."

말을 하는 한서영의 볼이 발갛게 달아올라 있었다.

자신과 김동하 사이에 자식복이 넘친다고 했던 엄마의 반달눈이 머릿속에 다시 떠올랐기 때문이다.

그때였다.

"서영아. 잡채 가져가."

주방에서 이은숙의 목소리가 들려왔다.

이은숙이 김동하에게 예전 그의 어머니가 해준 음식 중에서 무엇이 제일 맛이 있었는지 물었다가 잡채라는 말이 흘러나오자 서둘러 잡채를 만든 것이었다.

이은숙은 사위가 무슨 음식을 좋아하는지 궁금했고, 김동하가 원하는 것이라면 무엇이든 만들어 주고 싶었다.

그리고 그 첫 번째 음식이 잡채였다.

"알았어 엄마."

한서영이 자리에서 일어섰다. 한서영도 김동하가 천공불진을 통해 차원을 이동하기 전 어머니가 해준 잡채를 맛있게 먹었다는 말을 하는 것을 들었다.

자신도 잡채를 만들 줄 알지만 그래도 자신보다는 엄마가 해주는 잡채가 더 맛이 있을 것이라고 생각해서 자신은 포기했다. 주방으로 향해 걸어가는 한서영의 귀에 전화벨 소리가 들려왔다.

띠리리리리릿—

거실에 놓아둔 전화벨 소리였다.

전화벨 소리에 이은숙이 거실로 나오며 입을 열었다.

"상에 차려 놓았으니 김서방에게 가져다 줘. 많이 만들었으니까 모자라면 얼마든지 가져다 먹어."

한서영이 생긋 웃었다.

"알았어."

한서영이 이내 주방으로 들어갔다.

주방의 식탁 위에는 탐스럽게 요리가 된 잡채가 큰 양푼 그릇에 가득했다. 그중 큰 접시에 따로 한 접시 덜어놓은 것이 작은 상 위에 놓여 있었다.
한서영이 잡채가 놓인 작은 상을 상 째로 들어올렸다.
상을 들고 몸을 돌리는 한서영의 눈에 엄마가 물이 묻은 손을 앞치마에 닦으면서 전화를 받는 모습이 보였다.
이은숙이 눈을 깜빡였다.
딸칵—
"여보세요?"
—나야. 집에 동하랑 서영이 있지?
전화기를 통해 들려오는 목소리는 남편 한종섭 회장의 목소리였다.
"네, 좀 전에 집에 다 들어왔어요. 근데 당신이 이 시간에 전화를 다 하고 이상하네, 무슨 일이 있어요?"
—동하 좀 바꿔줘. 급해.
한종섭의 목소리가 다급한 듯 느껴지자 이은숙의 얼굴이 굳어졌다.
"다, 당신 왜 그래요? 무슨 일이에요? 누가 다쳤어요?"
남편이 이렇게 다급한 목소리로 사위인 김동하를 찾는다면 그 이유는 오직 하나뿐이라 여겼다. 김동하가 가진 천명의 능력이 급하게 필요하다는 의미뿐일 것이었다.
전화를 받는 이은숙의 반응에 작은 소반을 들고 거실로 나오던 한서영과 강아지 유진의 털을 만지며 한가로운 오후의 햇살을 즐기던 김동하가 이은숙을 바라보았다.

이은숙의 귀에 남편의 다급한 목소리가 들려왔다.

—일단 동하의 모친, 아니 안사돈의 성함이 유자 성에 하연이라는 이름을 쓰는지 물어봐.

"유자 성에 이름이 하연이라면… 유하연?"

이은숙의 말에 김동하의 얼굴이 딱딱하게 굳어졌다.

그것은 한서영도 마찬가지였다.

"어, 어머님."

김동하가 자신도 모르게 벌떡 일어섰다. 한서영도 놀란 얼굴로 엄마 이은숙을 바라보며 급하게 물었다.

"엄마, 유하연이라면 시어머님 이름이잖아. 동하 어머니."

이은숙이 눈을 깜박이며 입을 열었다.

"마, 맞아요. 방금 서영이가 유하연이 시어머니 이름이라고 하네요."

이은숙의 대답을 들은 한종섭이 다급하게 입을 열었다.

—당장 동하를 바꿔.

"아, 알았어요."

남편의 목소리에서 무언가 심상치 않은 일이 생겼다는 것을 눈치챈 이은숙이 김동하를 바라보았다.

"김서방, 전화 받아봐."

이은숙이 굳은 표정으로 자신을 바라보고 있는 김동하에게 전화기를 넘겨주었다.

김동하의 눈이 파르르 떨리고 있었다.

항상 생각하고 있었고 가슴속에 담아놓았지만 함부로 입

밖으로 꺼내지 않았던 어머니 유하연의 이름을 장모님의 입을 통해서 다시 듣는 기분은 너무나 특별했다.

김동하는 처음으로 자신의 심장이 터질 듯 뛰고 있다는 것을 느꼈다.

한서영이 급하게 소반을 내려놓고 전화를 받는 김동하의 곁으로 다가왔다.

"여보세요. 동합니다."

김동하는 자신의 목소리가 떨리고 있다는 것을 느꼈지만 그렇다고 애써 그것을 감추고 싶지 않았다.

—음, 날세.

김동하의 귀에 진중하게 느껴지는 장인 한종섭의 목소리가 들려왔다. 김동하가 굳은 표정으로 대답했다.

"예. 아버님."

김동하의 대답을 들은 한종섭 회장이 급하게 물었다.

—어머님의 성함이 유하연이 맞는가?

"예."

전에 한서영을 처음 만나게 된 사연을 설명하면서 아버지와 어머니의 성함을 말해 주었지만 한종섭은 잊고 있었던 모양이었다.

—전에 고니 곡이라는 글자를 사용하는 곳에 가족의 흔적이 남아 있을 것이라고 했었지?

"예."

대답을 하는 김동하의 입술이 잘근 깨물어졌다.

한종섭의 목소리가 이어졌다.

—그곳을 찾은 것 같네. 서영이 삼촌이 그곳을 우연하게 찾아낸 것 같아.

김동하가 살짝 떨리는 목소리로 물었다.

"그곳이 어딥니까?"

—당진이라고 들었어. 정확한 위치는 서영이 삼촌이 알려줄 거네. 지금 당장 서영이하고 그곳으로 출발해. 도중에 서영이 삼촌이 전화를 할 걸세.

"아, 알겠습니다."

대답을 하는 김동하의 얼굴이 딱딱하게 굳어져 있었다.

한서영이 표정이 굳은 김동하를 보며 놀란 얼굴로 물었다.

"무슨 일이야? 아빠가 무슨 일로 자기 어머님 성함을 묻는 거야?"

김동하가 한서영을 보며 입을 열었다.

"곡자의 이름을 가진 곳을 알아냈습니다. 당진이라고 하는데 그곳에 어머님의 흔적이 있다고 하는군요. 곧 삼촌께서 전화를 해주실 거라고 했습니다. 그러면 정확한 위치를 알게 될 것이라고 하셨고요."

"뭐?"

한서영의 입이 벌어졌다.

김동하에게 가족의 흔적을 찾는 것은 자신과의 결혼만큼 중요한 일이라는 것을 한서영도 잘 알고 있었다.

이은숙이 굳은 얼굴로 입을 열었다.

"서영아, 네가 김서방 태우고 당진으로 가 보거라."

김동하가 한서영을 보며 물었다.
"당진이 한수 이남에 있는 곳입니까?"
"그래, 서울의 아래쪽 충청남도에 있어. 서울에서 멀지 않는 곳이니 금방 갈 거야."
한서영은 김동하가 가족의 흔적을 찾았다는 말에 자신의 마음도 터질 듯 두근거리는 것을 느꼈다.
이은숙이 상기된 얼굴로 입을 열었다.
"조급하다고 서둘지 말고 조심해서 운전해. 알았니?"
한서영이 운전을 할 것을 알고 있었기에 행여 그들이 위험해질 것 같아 당부하는 이은숙이었다.
한서영이 대답했다.
"물론이야 엄마. 걱정하지 마."
한서영이 재빨리 자신의 전화기를 비롯해 핸드백과 지갑 그리고 차키를 챙겼다.
이내 한서영과 김동하가 서둘러 집을 나섰다.
당진으로 향하는 김동하의 머릿속은 온통 천공불진에 들기 전에 마지막으로 보았던 어머니와 여동생 종희의 모습으로 가득 차 있었다. 한서영은 남편이 될 김동하에겐 늘 아프고 그리운 가족에 대한 끈이 이제야 이어진다는 것을 느끼며 자신도 모르게 마음이 들떴다.
부우우우우우웅—
서울을 떠난 한서영의 차가 빠르게 서해안 고속도로를 타고 남쪽으로 향했다. 당진은 서울에서 서쪽으로 치우친 남쪽이었기에 이번에는 틀림없이 동하의 가족을 찾을 것이라는 생각에 한서영은 차의 속도를 올렸다.

당진으로 내려가는 동안 한서영은 삼촌 한동식에게서 동하루의 위치를 가리키는 지도와 주소가 적힌 메시지를 받았다. 그동안 김동하는 단 한마디의 말도 하지 않고 많은 생각이 담긴 눈빛으로 창밖으로 흘러가는 서해안고속도로 주변의 풍경을 바라보고만 있었다.

500년 전 어머니와 여동생 종희는 이 낯설고 외진 길을 두려움에 떨면서 걸었을 것이라는 생각에 김동하의 마음은 몹시 애틋해지고 있었다. 창밖으로 하루가 저물어 가는 것을 알려주듯 땅거미가 천천히 내려앉고 있었다.

"뭐라고요?"

현재의 동하루의 여주인 서하진은 한동식의 말을 듣고 입을 살짝 벌렸다. 청루에 마주 앉아 있던 윤종호와 서하진의 딸 유혜영도 놀란 얼굴로 한동식을 바라보았다.

한동식이 입을 열었다.

"지금 이곳으로 오고 있는 제 조카사위가 500년 전 이곳에 동하루를 지으신 유자 성에 하연이라는 이름을 가지신 그분의 아들인 것 같습니다."

동하루의 여주인 서하진이 이해가 되지 않는다는 얼굴로 되물었다.

"어떻게 사람이 500년이라는 긴 세월을 살 수 있는 거예요? 지금 나를 놀리시는 건가요?"

윤종호도 거들었다.

"한선생, 아무리 그래도 그건 너무 억측이지 않습니까? 사람이 어찌 그렇게 긴 세월을 살 수가 있다는 겁니까?"

청루에 앉은 사람들은 한동식의 말을 믿을 수가 없었다. 인간이 500년이라는 긴 세월을 산다는 것도 믿어지지 않았고, 설상 그렇게 긴 세월을 사는 것이 가능하다고 해도 500살이 넘은 늙은 사람이 한동식의 조카와 결혼을 해서 조카사위가 된다는 것이 이해되지 않았다.

한동식이 피식 웃었다.

"말씀 드렸다시피 그 친구는 그 500년이라는 긴 세월을 살아온 것이 아니라 당시의 상황에서 지금의 현세로 시간의 벽을 넘어온 것입니다."

한동식은 김동하가 천공불진의 벽을 넘어오게 된 사연을 설명하려 했지만 그것을 어떻게 설명해야 할지 논리적으로 증명할 수단이 없어 답답했다.

한동식이 이마를 찌푸리며 입을 열었다.

"믿지 못하시겠지요. 맞습니다. 나도 처음엔 믿지 않았으니까요. 하지만 그 친구가 가진 능력을 보고 믿지 않을 수가 없었습니다."

동하루의 여주인 서하진이 물었다.

"능력이라고요?"

한동식이 머리를 끄덕였다.

"예, 그리고 그게 여사장님이 말씀하신 천명의 실체일 겁니다."

"천명이라고요?"

"예."

한동식이 자신만만하게 대답했다.

자신의 눈앞에서 천호동 뉴월드파의 양재득 패거리들이 천명을 회수 당하고 순식간에 노인의 모습으로 변해버리는 것을 보았다.

서하진이 한동식을 바라보며 입을 열었다.

"천명이라는 것이 정확하게 무엇이었는지 설명해 주실 수 있으세요?"

서하진의 말에 한동식이 잠시 눈을 깜박이다가머릿속에 떠오른 이야기를 끄집어냈다.

"아까도 말씀 드렸다시피 전 서울에서 로진로펌이라는 법률회사를 운영하는 변호사입니다. 꽤 오래전 저희 법률회사에 의뢰가 들어온 사건이 하나 있었지요. 고등학교에 재학 중인 여학생 하나가 학교에서 왕따로 괴롭힘을 당하다가 견디기 힘들어 자살을 했는데, 그 학생이 남긴 유서에 자신을 괴롭힌 학생들에 대해 자세하게 남겨놓았다고 하더군요. 아마 여학생으로서는 견디기 힘들 정도로 심하게 괴롭힘을 당한 것 같았습니다. 그래서 경찰에서도 이 사건을 학교폭력사건으로 보고……."

한동식은 예전 최은지가 자살한 사건의 가해자로 지목된 유신대 교수의 딸에 대한 변호의뢰에 대한 이야기를 들려주었다. 한동식이 김동하에 관한 이야기를 하는 동안 듣고 있는 서하진과 서하진의 딸 유혜영 그리고 한동식을 이곳 동하루에 소개시켜준 윤종호까지 믿어지지 않는다는 얼굴로 한동식을 바라보았다. 한동식의 말은 듣는 사람들로 하여금 실소를 자아내게 만들 정도로 황당했다.

하지만 한동식의 표정은 진지했다.

"그 영안실에서 자살했던 여학생이 다시 살아났다고 하더군요. 거짓말을 하지 못하는 조카의 말이었기 때문에 믿지 않을 도리가 없었습니다. 당시 제 조카가 세영대학병원의 인턴으로 의사의 신분이기도 했으니까 말입니다."

"세상에……."

서하진이 자신도 모르게 손으로 입을 가렸다.

한동식이 서하진의 얼굴을 바라보며 입을 열었다.

"저도 처음에는 조카의 말을 믿지 못했습니다. 하지만 조카가 그 말을 들려준 이후 저희 로펌에 의뢰했던 그 사건이 취소가 되었습니다. 그 이후 알아보니 조카의 말이 사실이었고요."

옆에서 듣고 있던 윤종호가 물었다.

"그럼 그 조카사위라는 사람이 죽은 그 여학생을 다시 살린 것이 사실이란 말이오?"

"예, 전부가 사실이었습니다. 그리고 또 하나가 있는데……."

한동식은 친구인 서울중앙지검 윤경민 부장검사의 이야기를 들려주기 시작했다.

청루에 앉아 있는 사람들은 한동식이 들려주는 믿지 못할 이야기에 말 그대로 혼이 빠진 듯한 표정으로 듣고 있었다. 한동식은 자신이 알고 있는 김동하에 관한 모든 사실을 모두 들려주었다.
서하진의 얼굴이 창백하게 변해 있었다.
"믿, 믿기가 힘드네요, 죽어서 땅에 묻어버린 강아지까지 살려내다니… 그게 천명이었다니……."
서하진은 동하루를 처음 세운 선대의 할머니 유하연이 남긴 대천명이라는 휘호의 의미를 듣고 소름이 돋을 지경이었다. 막연하게 하늘의 뜻을 기다리라는 의미로 해석하고 있었을 뿐 별다른 의미를 부여하기 힘들었던 대천명이라는 휘호였다. 하지만 그 속에는 천명의 권능을 타고난 아들을 기다린다는 의미가 숨어 있다고 하니 머릿속이 하얗게 비워지는 느낌이 들었다.
그때 옆에서 조용히 듣고 있던 서하진의 딸 유혜영이 굳은 표정으로 물었다.
"그럼 그 천명이라는 것은 현대의 의술로 고치기 힘들 만큼 아픈 사람도 낫게 할 수 있는 건가요?"
유혜영의 말에 한동식이 멈칫했다.
김동하에게 그런 능력이 있는 것은 레이얼 시스템의 토마스 레이얼 회장의 혈액암을 치료한 것으로 증명이 되었다. 하지만 자신의 눈으로 본 적이 없었기에 확신을 할 수는 없었다.
법을 천직으로 삼고 살아온 한동식은 세상의 모든 원칙은 증거로써 증명되어야 한다는 소신을 갖고 있었다.
한동식이 머리를 살짝 갸웃거리며 입을 열었다.
"글쎄요, 하지만 그럴 가능성도 있지요. 혹시 요즘 우리 대한민국에 신선한 돌풍을 일으키면서 화제가 되는 기업을 아십니까? 서진 인터내셔널이라는 기업입니다."

한동식의 말에 유혜영이 눈을 크게 떴다.

"네, 알아요. 저도 그 회사에 지원했는걸요."

"그래요?"

한동식은 유혜영이 형님의 회사인 서진 인터내셔널에 지원했다는 것에 놀랐다.

"서진 인터내셔널에 경력직 직원 선발에 지원했어요. 지금 서류심사 결과를 기다리고 있는 중이에요. 근데 서진 인터내셔널은 왜?"

유혜영이 반짝이는 시선으로 한동식을 바라보고 있었다. 한동식이 눈을 깜박이며 입을 열었다.

"그럼 서진 인터내셔널이 미국의 글로벌 회사인 레이얼 시스템과 합작으로 설립된 회사라는 것을 아시고 계시겠군요?"

"네."

유혜영은 자신이 지원한 서진 인터내셔널에 대해 필수적으로 알아야 할 것은 알고 있었다.

서진무역이라는 한국회사와 미국의 레이얼 시스템에서 공동 투자하여 설립한 곳이 서진 인터내셔널이라는 회사였다. 초정밀 시스템 설비뿐만 아니라 우주항공분야에서도 선두권에 서 있는 레이얼 시스템과 공동으로 설립한 서진 인터내셔널은 현재 대한민국의 취업을 앞둔 젊은이들 사이에서는 최고로 각광받고 있는 곳이라고 할 수 있었다.

한동식이 유혜영을 바라보며 입을 열었다.

"그럼 그 레이얼 시스템의 회장이 누군지 아십니까?"

유혜영이 머리를 갸웃했다. 시스템 설비를 비롯해 초정밀 우주항공설비분야에서도 세계 최고라고 하는 레이얼 시스템이라는 회사에 대해서는 알고 있었지만 그곳의 회장이 누군지는 기억하지 못했다.

"그, 글쎄요."

"토마스 레이얼이라는 사람입니다. 그 사람이 현재 한국의 서진무역과 합작해서 서진 인터내셔널이라는 새로운 기업을 창업하게 만든 레이얼 시스템의 회장이지요."

"그, 그런가요?"

한동식은 조카 한서영과 조카사위 김동하가 미국으로 건너가게 된 사연을 들려주기 시작했다.

"레이얼 시스템의 토마스 레이얼 회장이 혈액암으로 시한부라는 것을 알고 있는 사람은 얼마 되지 않았습니다. 아시다시피 혈액암이라는 것은 한번 발병이 되면 회복하는 것은 거의 불가능한 병이지요. 더구나 토마스 레이얼 회장의 병세는 혈액암 말기의 중증으로 사망한다는 것이 확실할 정도였지요."

한동식의 입에서 흘러나오는 말은 듣고 있는 사람들에겐 너무나 황당한 충격을 안겨주었다.

부우우우웅—

흰색의 국산 중형승용차가 낙조로 물든 저수지의 수변을

옆에 끼고 곡선도로를 빠져나가고 있었다.
운전을 하던 한서영의 눈이 반짝이고 있었다.
"작은아빠의 말로는 저수지를 지나면 바로 보인다고 했는데……."
운전을 하는 한서영의 눈은 도로 옆에 세워진 동하루의 입간판을 찾고 있었다. 김동하 역시 신중한 표정으로 저수지 주변을 살펴보고 있었다.
이내 곡선도로를 빠져 나와 직선도로로 접어들자 우측엔 저수지를 감싸고 있는 얕은 구릉과 같은 낮은 산이 나타났고 좌측으로는 현대식 아파트와 같은 건물들이 세워져 있는 것이 보였다. 평범한 시골길 같은 곳이 아닌 제법 현대화가 된 것 같은 풍경이었다.
저수지를 끼고 직선도로를 따라 200m쯤 지나자 좌측에 동하루라는 나무로 만들어진 간판이 세워져 있었다.
간판의 옆으로 산 위로 올라가는 좁은 소롯길이 보였다. 자동차 두 대 정도는 지나다닐 수 있을 정도로 좁은 길이 아니었기에 단번에 찾을 수가 있었다.
"저기네."
한서영의 표정이 밝아졌다.
길 옆에 세워진 동하루의 간판은 나무로 만들어져 있었고 마치 오래된 한옥을 연상하듯 위쪽에 지붕까지 얹은 디자인이어서 쉽게 알아볼 수 있었다.
한서영이 반대편에서 차가 오지 않는 것을 확인하고 동하루의 간판을 끼고 좌측의 언덕길로 들어섰다.

부우우웅—

언덕길로 약 30m쯤 올라가자 넓은 주차장이 모습을 드러냈다. 주차장의 한쪽에는 십여 대의 승용차들이 주차되어 있었다. 주차장 한가운데 보이는 석재계단 위에 동하루라는 현판이 걸린 한옥풍의 정문이 보였다.

끼이익.

한서영이 주차장 한쪽에 차를 세우고 김동하를 돌아보았다.

"여기야. 여기가 자기 어머님과 동생이 계셨던 곳이야."

한서영의 말에 김동하가 굳은 표정으로 주변을 돌아보았다. 낙조가 저물어가는 오봉저수지의 수변이 내려다보이는 곳이었다. 저녁노을에 물든 주변의 풍경은 참으로 평화롭고 따뜻한 느낌을 안겨주었다.

"평화로운 곳이군요."

김동하는 이곳에 어머니와 동생이 살았다고 생각하자 가슴이 저릿하게 아파왔다.

사숙의 못된 모함에 고향을 떠나야 했던 어머니와 동생이 이곳까지 어떤 심정으로 내려왔을지 생각하자 자신도 모르게 눈시울이 뜨거워졌다.

"내리자. 내려서 확인해 보아야지?"

"예."

한서영의 말에 김동하가 애써 마음을 추슬렀다.

딸칵.

차의 문을 열고 두 사람이 내려섰다. 초가을의 신선한 바람이 두 사람의 코끝을 어루만지듯 스쳐갔다.

한서영이 동하루라는 현판이 걸린 정문 쪽을 말없이 바라보았다. 오래된 나무로 문설주를 만들고 위쪽에 기와를 얹은 동하루의 정문은 무척이나 조용한 느낌이 들었다. 한서영은 난생 처음 시대의 문 앞에 서 있다는 느낌을 받았다.

김동하 역시 동하루의 정문을 바라보다가 이내 한서영의 손을 잡고 돌계단을 밟았다.

10개의 돌계단을 올라서자 오래전 돈의문 밖 고마청과 가깝던 본가에서만 느낄 수 있었던 향취가 김동하에게 한동안 잊고 있었던 기억처럼 머릿속에서 되살아났다.

김동하의 가슴이 두근거렸다.

정문에서 안으로 들어서자 김동하의 눈이 커졌다.

안쪽은 이제는 영원히 되돌아갈 수 없는 기억으로 김동하의 머릿속에 남은 풍경이 다시 재현되고 있었다.

김동하에겐 너무나 익숙한 풍경이었다.

우측으론 하인들 숙소와 주방이 이어진 별채가 보였고 좌측은 자신이 글을 읽으며 동생과 함께 놀았던 본채가 그대로 재현이 되어 있었다. 별채와 본채 사이를 이어주던 마루도 그때 그 모습 그대로였다.

달라진 것이 있다면 마당의 잔디와 조경으로 꾸며놓은 정원석과 화초들이었다.

또 마루의 뒤편으로 보이는 두 개의 정자와 본채 오른쪽에 만들어진 연못 등이 당시의 본가와는 달라진 모습이었다. 하지만 그것도 예전의 본가의 풍경을 숨기지는 못했다. 김동하의 얼굴이 벌겋게 달아오르고 있었다.

"여기… 예전의 제 본가와 같은 모습입니다."

김동하는 마치 자신이 다시 500년 전의 본가로 돌아온 듯한 느낌에 한동안 말없이 본가의 본채 한옥을 바라보고 있었다. 당장이라도 본채의 문이 열리면서 어머니가 달려 나올 것만 같았다.

한서영이 상기된 얼굴의 김동하를 보며 물었다.

"여기가 동하의 본가라고?"

"예."

"그걸 어떻게 알아?"

한서영은 동하루의 마당으로 들어서자마자 김동하가 몸이 굳은 듯 멍한 표정으로 좌측의 한옥을 바라보고 있자 살짝 놀랐다. 김동하가 손으로 본가의 본채 건물로 꾸며진 좌측의 한옥을 손으로 가리켰다.

"저곳이 예전 본가의 본채였지요. 어머니와 동생이 저곳에서 아버지의 관복을 수선하며 바느질을 하던 것이 기억납니다."

"그, 그래?"

한서영이 김동하가 가리키는 한옥을 바라보았다.

단아하고 고풍스런 느낌이 드는 한옥이었다.

수백 년의 세월을 넘어 오는 동안 수없이 많은 사연들이 얽히고 얽혀서 한옥의 구석구석에 세월의 덮개로 덮여 있는 느낌이 들었다. 말 그대로 긴 세월의 흔적이 한옥에 그

대로 남아 있었다.
김동하도 예전의 본채를 말없이 바라보고 있었다.
본채 앞마당에서 동생 종희를 업고 살구를 따주었던 당시의 기억이 김동하를 잠시나마 500년 전의 평화로운 일상으로 이끌어 주었다.
이제는 당시에는 있었던 살구나무가 없다는 것이 조금 아쉬웠지만 그럼에도 김동하를 잠시동안 예전의 기억 속에 머물게 하기는 충분했다. 그때였다.
"어서 오세요. 식사하실 건가요?"
한복을 곱게 입은 30대의 여인이 두 손을 앞치마에 닦으면서 우측의 한옥에서 걸어 나왔다.
한서영이 고개를 돌렸다. 머리에는 하얀 수건을 둘러쓰고 한복을 입은 여인은 마치 이곳을 예전 조선시대의 객주와 같은 느낌이 들게 만들었다. 한서영이 입을 열었다.
"아, 아니에요. 사람을 좀 만나러 왔어요. 서울에서 오신 분인데 한동식이라는 분이에요."
한서영의 말에 한복차림의 여인이 웃었다.
"아! 변호사님을 말하시는 건가요?"
한복차림의 여인은 이곳 동하루의 여주인인 서하진이 오늘처럼 극진하게 누구를 대접하는 것을 본 적이 없었다. 친분이 있는 손님과 이야기를 나눈다고 해도 고작 1, 2분이거나 길어도 5분이 넘지 않았다.
그런데 오늘 서울에서 오신 변호사라는 사람과는 근 2시간을 꼼짝도 하지 않고 대화를 하고 있었다.

동하루의 주방에서 나가는 모든 음식은 반드시 서하진이 검수를 했고 기미(미리 맛을 보는 것)까지 거쳐서 나가는 것이 원칙이었지만 오늘은 주방의 찬모아줌마에게 모두 일임하는 특별한 상황이 벌어졌다.

그 모든 것이 서울에서 왔다는 그 한동식이라는 변호사로 인해 일어난 상황이었다.

더욱 이상한 것은 동하루의 여주인인 서하진뿐만 아니라 평소에는 손님상에는 일절 합석하지 않는 서하진의 딸 유혜영까지 합석해서 자리에서 일어나지 않다는 사실이었다. 동하루의 여직원은 한동식 변호사를 누군가 찾아올 것이니 정중하게 청루로 안내하라는 서하진의 당부를 기억하고 있었다.

그 때문에 한서영의 말에 반색을 하며 바라보았다.

순간 한복차림의 여직원의 입이 살짝 벌어졌다. 눈앞에서 있는 한서영이 너무나 곱고 아름다웠기 때문이었다.

평범한 면바지에 얇은 셔츠를 걸치고 있을 뿐이지만 그럼에도 뭔가 한서영의 모습에선 특별한 기품이 흘러나오는 듯했다. 여직원이 놀란 얼굴로 한서영을 바라보다가 입을 열었다.

"변호사님은 청루에서 기다리고 계세요."

"청루요?"

여직원이 웃으면서 대답했다.

"우리 동하루에는 본채 뒤로 청루와 홍루가 있어요. 저기 보이는 곳이 청루예요."

여직원이 손으로 본채와 별채의 뒤쪽으로 보이는 정자형태의 건물을 가리켰다.

한서영의 시선이 여직원이 손으로 가리킨 건물을 향했다. 그제야 한서영의 눈에 본채와 별채를 이어주는 마루의 뒤편으로 세워진 청루와 홍루의 정자가 들어왔다.

본채와 별채 사이의 마루 위에서 식사를 하고 있는 사람들로 인해서 한번에 알아보지 못했던 것이 이제는 확연하게 눈에 들어왔다.

"아, 그러네요."

"제가 안내해 드릴게요."

"감사합니다."

여직원의 말에 한서영이 고맙다는 표정을 짓고 이내 김동하를 돌아보았다.

김동하는 아직도 이곳 동하루에 흔적처럼 남아 있는 예전 본가의 향취에 취한 듯 약간 멍한 표정이었다.

"작은아빠가 저기 청루라는 곳에 있대."

한서영이 김동하의 팔을 잡고 살짝 끌었다.

그제야 김동하가 흠칫하며 한서영을 바라보았다. 이내 한서영과 김동하가 여직원의 안내를 받아 청루로 향했다.

걸음을 옮기는 동안 김동하는 여전히 주변의 풍경을 살피며 예전의 본가 기억을 새록새록 끄집어내고 있었다.

"아, 조카와 조카사위가 이제 도착한 모양이군요. 저기 옵니다."

한동식은 동하루의 여직원 뒤에 서서 이곳 청루로 걸어오고 있는 남녀를 발견하고 두 남녀가 자신의 조카와 조카사위라는 것을 단번에 알아보았다.

동하루의 여주인인 서하진과 그녀의 딸 유혜영 그리고 한동식을 이곳 동하루로 데려왔던 윤종호까지 놀란 얼굴로 머리를 돌렸다. 청루로 올라오는 길은 별채인 좌측의 주방 쪽에서 본채와 별채를 이어주는 대청마루를 가로질러야 올 수 있었다.

청루로 올라오고 있는 한서영과 김동하를 바라보는 동하루의 여주인 서하진의 눈이 반짝였다. 한눈에 보아도 키가 크고 늘씬한 한서영과 그녀와 무척 어울리는 김동하였다.

서하진은 한서영 대신 김동하의 얼굴을 빤히 바라보고 있었다. 참으로 잘생긴 얼굴이었다.

짙은 눈썹과 총명해 보이는 눈빛 그리고 꽉 다문 입술을 비롯해 유연하게 흘러내린 얼굴의 윤곽은 마치 요즘 인기 있는 잘생긴 연예인을 보는 느낌이었다.

여직원이 가까이 다가와 서하진에게 살짝 인사를 하며 입을 열었다.

"말씀하신 분이 도착하셔서 모셔왔어요."

서하진이 머리를 끄덕였다.

"수고하셨어요."

"네."

여직원이 살짝 웃으며 대답한 후 다시 별채인 주방으로 내려갔다.

"작은아빠."

한서영은 청루의 대청에 올라앉아서 자신과 김동하를 바라보고 있는 한동식을 발견하고 상기된 얼굴로 반색했다. 한동식의 입가에 푸근한 미소가 걸렸다.

"어서오너라. 오는 길이 험하진 않았지?"

"네."

한서영이 활짝 웃었다. 그러자 서하진과 그녀의 딸 유혜영이 놀란 얼굴로 탄성을 흘렸다.

멀리서 보았을 때는 몰랐지만 이렇게 가까이서 본 한서영은 여자들인 자신들이 보아도 놀랄 만큼 아름다운 미인이라는 것을 깨달았기 때문이었다. 한동식이 한서영의 뒤에 서 있는 김동하를 보며 입을 열었다.

"자네도 어서 올라오게."

김동하가 정중하게 머리를 숙였다.

"예."

한서영과 김동하가 이내 청루에 올라서자 한동식이 서하진과 윤종호를 바라보며 입을 열었다.

"이 아이가 내 조카입니다. 그리고 이 친구는 조카와 곧 결혼을 하게 될 조카사위고요. 말씀하신 천명의 권능을 가진 사람이 바로 이 친구지요."

"아!"

"어, 어서 오세요."

서하진과 유혜영 그리고 윤종호가 한서영과 김동하를 보며 자신도 모르게 탄성을 흘리며 인사를 했다.

한서영과 김동하도 세 사람을 바라보며 인사를 했다.
"한서영입니다."
"김동합니다."
한서영과 김동하의 인사를 받은 서하진이 상기된 얼굴로 입을 열었다.
"아, 앉으세요."
"예."
한서영과 김동하가 청루에 차려진 상을 앞에 두고 나란히 자리를 잡았다.
한동식이 김동하를 바라보며 입을 열었다.
"형님한테 연락을 받았지? 유하연이라는 분에 대해서 말이다."
김동하가 머리를 숙였다.
"예, 받았습니다."
김동하는 저릿하게 저며 오는 격정을 억지로 누르며 대답했다. 한동식이 다시 물었다.
"그래 어떠냐? 그분이 자네의 어머니가 확실한 것 같은가?"
한동식은 형님을 통해 유하연에 대한 설명을 들은 김동하가 어떤 생각을 하고 있는지 궁금했다.
김동하가 대답을 하기도 전에 한서영이 끼어들었다.
"그분이 이 사람의 어머니인 게 확실한 것 같아요."
한서영은 이미 이곳 동하루를 지은 유하연이 김동하의 어머니이자 자신의 시어머니라는 것을 확신하고 있었다.

한동식이 놀란 얼굴로 입을 벌렸다.
"뭐?"
"동하, 아니 이 사람은 이곳이 예전 자신이 살았던 본가의 모습이었다고 했어요. 이곳에 도착하자마자 이 사람이 제일 먼저 그것을 확인한 거예요."
"허어……."
한동식이 입을 벌리며 김동하를 바라보았다.
김동하가 머리를 끄덕였다.
"예전의 본가 모습과 꼭 같은 것은 아니었지만 건물의 모습과 위치는 예전의 저의 본가와 같이 지어진 것입니다."
"그, 그래?"
한동식이 눈을 껌벅이며 김동하를 바라보았다.
그때 서하진이 김동하를 바라보며 물었다.
"어머님 성함이 유하연이라는 분이신가요?"
"예 어머님은 유자 성에 물하에 연꽂 연자를 쓰십니다. 그리고 제 동생은 종희인데 마루종에 성희를 이름으로 썼습니다."
김동하의 말이 끝나자 서하진이 자신의 딸 유혜영을 돌아보았다.
"혜영아, 아까 그것 좀 줘."
"응."
유혜영이 자신의 옆에 놓아둔 작은 보자기에 싼 꾸러미를 들어올려 보자기를 풀기 시작했다.

풀어낸 보따리 속에는 낡은 몇 권의 책과 새것으로 보이는 두어 권의 책이 모습을 드러냈다. 그중 제일 낡아 보이는 책을 집어 엄마 서하진에게 건넸다.

"여기 있어."

"그래."

서하진이 딸 유혜영이 건네는 책을 받아들었다.

책의 겉면은 무척 낡아 있었지만 정성스럽게 관리를 한 듯 글자는 선명하게 보였다. 서하진이 손으로 책의 겉면에 적힌 글자를 손으로 덮었다.

그 때문에 그 책이 어떤 책인지 알 수가 없었다.

한동식과 윤종호도 아까 서하진이 딸 유혜영을 시켜 본채에서 무언가를 가져오라고 하는 것을 들었지만 그것이 책이라고는 생각하지 못한 듯 멍한 표정으로 서하진을 바라보고 있었다.

딸의 손에서 책을 받아 든 서하진이 잠시 책을 손에 들고 무언가를 생각하는 듯 눈을 꼭 감았다가 떴다.

이내 서하진이 김동하를 바라보며 입을 열었다.

"이 책이 무엇인지 아시나요?"

서하진의 말에 김동하가 눈을 깜박이며 서하진을 바라보았다. 영문을 모르는 책이었기에 김동하로서는 알 수가 없는 일이었다. 서하진이 입을 열었다.

"이 책은 이곳 동하루가 세워진 이후에 대대로 동하루의 주인에게만 전해지는 주방비서라는 책이에요. 동하루에서 만들어지는 모든 음식의 조리법과 비법 등이 적혀 있지

요. 동하루의 주인은 동하루가 전부 불에 탄다고 해도 이것만은 목숨을 걸고 지켜야 한답니다."

말을 마친 서하진이 자신이 쥐고 있던 책을 김동하에게 건네주었다. 그 때문에 서하진의 손에 가려 보이지 않았던 책의 겉면에 적힌 글자가 드러났다.

[廚房秘書]

고풍스럽지만 무척이나 단아하고 정갈한 글씨였다.

책을 받아 든 김동하의 눈가가 파르르 떨렸다.

김동하의 눈에 제일 먼저 띈 것은 책의 전면에 적힌 글씨체였다. 김동하에겐 너무나 익숙한 글씨체였고 억겁의 세월이 흘러도 절대로 잊을 수 없는 글씨체였다.

바로 어머니 유하연의 글씨였다.

김동하에게 주방비서를 넘겨준 서하진이 입을 열었다.

"동하루의 1대 주인이었던 유하연 선조할머니의 비법부터 2대 김종희 할머니를 비롯해 지금까지 12대에 걸친 동하루의 주인이 남겨놓은 비법들입니다."

서하진의 말을 들은 김동하가 책을 펼쳤다.

순간 김동하의 눈꼬리가 다시 파르르 떨렸다.

책속에는 한문이 아닌 언문으로 내용이 적혀 있었다.

예전 어머니가 돈의문 밖 감천에서 잡은 미꾸라지로 만들어 주신 추어탕에 관한 내용과 아버지의 술안주로 만들어주신 잉어찜과 어죽 등 어릴 적 김동하가 먹었던 어머니가 만든 모든 음식들의 재료와 양념 등이 그대로 고스란히 적혀 있었다.

그뿐만 아니라 겉면에 적힌 주방비서라는 글씨체와 같은 서체가 언문의 서체에도 고스란히 남아 있었다.

서하진이 넘겨준 주방비서에는 어머니 유하연이 남긴 비법과 여동생 종희가 남긴 비법까지 모두 고스란히 있었다. 동하루의 주인에게 건네지는 주방비서의 첫 권은 오직 어머니 유하연과 동생 종희의 글만 남겨져 있었다.

김동하가 서책을 쥐고 눈을 꽉 감았다.

김동하의 머릿속으로 서책에 남겨진 어머니와 여동생의 글체가 마치 혼령이 되살아난 것처럼 먹먹한 그리움으로 되살아나고 있었다.

"저의 어머니와 동생이 남긴 글이 맞습니다."

김동하의 목소리가 가늘게 떨리고 있었다.

김동하에게 주방비서를 넘긴 서하진과 유혜영이 멍한 얼굴로 김동하를 바라보고 있었다.

서하진이 물었다.

"그럼 이곳 동하루의 본채 처마에 적힌 대천명이라는 휘호는 유하연 선조할머니께서 당신을 기다린다는 의미가 맞는 것인가요?"

김동하가 머리를 끄덕였다.

"어머니께서 그 글자를 적어 놓으셨다면 저를 기다린다는 말이 맞을 겁니다. 다만 어머니께서 저를 기다리기 위해서 대천명이라는 그 글자를 적으셨다면 고작 그것만 남겨놓지는 않으셨을 겁니다."

김동하의 말에 서하진이 입을 열었다.

"동하루의 본채 처마에는 그 글자뿐이었어요. 지금까지 제법 많이 동하루를 수리하였지만 그 글자 외에는 다른 글자는 본 적이 없어요. 625전쟁 때 동하루 본채가 부서졌다고 들었는데 대천명이라 적힌 그 휘호가 있는 처마 부분은 고스란히 남아 있었다고 하더군요. 당시에도 수리를 했는데 대천명의 휘호 외에는 아무것도 없었다고 들었어요."

김동하가 서하진을 바라보며 물었다.

"이곳 동하루에 얽힌 이야기를 좀 더 들을 수 있겠습니까?"

김동하는 아들인 자신을 그리워하면서 이곳을 지은 어머니의 심정을 좀 더 알고 싶었다.

서하진이 대답했다.

"동하루에 대해 궁금한 것이 있다면 제가 알고 있는 것을 모두 말씀드리겠어요. 그 전에 아까 한변호사님이 말씀하신 천명이라는 것이 정말로 실제로 존재하는 것인지 확인해 줄 수 있나요? 정말로 대천명이라는 휘호를 남긴 유하연 선조할머님의 아들이 맞는지 제 눈으로 확인하고 싶네요."

서하진은 한동식에게 천명의 권능이 실제로 존재한다는 말은 들었지만 자신의 눈으로 직접 확인해 보고 싶었다.

김동하가 말없이 서하진을 바라보고 있자 한동식이 김동

하에게 입을 열었다.

“자네가 이곳 동하루에 가업으로 남겨진 대천명의 주인이라는 것을 설명하기 위해 내가 자네의 비밀을 모두 말해주었네.”

한동식의 말에 김동하가 머리를 끄덕였다.

김동하가 서하진의 얼굴을 빤히 바라보며 물었다.

“천명을 보여드리기 전에 저의 어머니와는 어떻게 되시는 관계인지 물어도 될까요?”

김동하의 물음에 서하진이 잠시 멈칫했다.

하지만 이내 머리를 끄덕이며 대답했다.

“그 대답을 해드리기 이전에 이곳 동하루에 대한 이야기를 먼저 하는 것이 맞는 순서인 것 같네요.”

서하진의 말투는 담담했다. 김동하와 한서영의 시선이 서하진의 단아한 얼굴을 바라보고 있었다.

한서영처럼 저절로 찬사가 터질 정도로 아름다운 미인은 아니지만 조용하고 기품이 느껴지는 얼굴이었다.

서하진이 입을 열었다.

“동하루에는 어떻게 생각하면 좀 황당하게 느껴지는 하나의 원칙이 있어요. 그건 동하루의 주인은 절대로 남자가 되어서는 안 된다는 거예요. 그건 동하루를 처음 지으신, 그쪽이 어머니라고 말씀하신 유하연 선조할머니 때부터 동하루에 전해지는 전통이라고 할 수 있어요. 동하루의 주인은 반드시 자신의 딸이나 딸이 없다면 동하루를 물려받을 능력을 가진 며느리에게 동하루를 물려주도록 정해져 있어요. 그 때문에 동하루에는 손님 외에는 남자라곤 얼씬도 할 수가 없답니다."

서하진이 잠시 쉬었다가 말을 이어갔다.

"저는 처음 동하루를 지으신 유하연 선조할머니의 직계 후손은 아니에요. 동하루의 두 번째 주인이셨던 김종희 할머님께서 하동정씨와 혼인을 하여 슬하에 아들만 두었기에 세 번째의 동하루 주인은 하동정씨의 맏며느리셨던 밀양박씨 정인할머니셨어요. 이후 아홉 번째 주인도 역시 슬하에 딸이 없어 며느리를 동하루의 새주인으로 정하게 되었어요. 그 아홉 번째 할머니가 저의 고조할머님이셨습니다."

말을 하는 서하진의 눈이 김동하의 얼굴을 마치 뚫어질 듯이 빤히 바라보고 있었다.

듣고 있던 한동식이 김동하를 보며 입을 열었다.

"자네의 모친 묘소가 이곳 동하루의 뒤편 언덕에 모셔져 있네."

김동하의 머리가이 번쩍 들렸다.

"어머님의 묘소가 이곳 동하루의 뒤쪽에 있단 말입니까?"

"그래."

한동식이 고개를 끄덕이자 김동하가 당장에 일어서려 했다. 그러자 한동식이 김동하를 말렸다.

"곧 해가 저물 것이니 묘소는 내일 날이 밝는 대로 찾아서 참배를 하면 될 거야. 당장에 자네 마음이 급한 것을 모르는 것은 아니지만 모친의 묘소를 찾는데 빈손으로 찾아 가는 것도 우습지 않은가? 내일 날이 밝으면 정식으로 준비를 해서 참배를 하도록 하게."

서하진이 머리를 끄덕였다.

"그렇게 해요. 그쪽이 유하연 선조할머님의 아들이 맞다면 제가 묘소에 제를 지낼 준비를 해 놓을 테니까요."

서하진은 매년 유하연의 묘소에 정성스럽게 참배를 하고 있는 사람이었다. 그 때문에 아무런 준비가 없이 해가 저물어가는 늦은 시간에 묘소를 찾는 것은 반대하는 입장이었다. 김동하가 눈을 껌벅이며 물었다.

"어머님의 묘소를 아주머님께서 관리를 해 주시고 계시는 것입니까?"

"네, 유하연 할머님의 묘소를 만들고 비를 세운 것은 두 번째 동하루의 주인이셨던 김종희 할머님의 직계손들이에요. 그분들은 외조모이신 유하연 할머님의 묘소를 이곳에 모셨지만 모친이신 김종희 할머님은 하동에 있는 그분들의 선산에 모셨다고 했어요. 동하루에서는 매년 한가위에 동하루의 선대 할머님의 묘소를 찾아 인사를 드리지요. 그 때문에 하동에 계신 김종희 할머님의 묘소도 한가위를 전후로 가서 인사를 드린답니다. 그분들의 후손 분들은 지금도 아주 유명하신 분들이세요."

서하진이 말에 김동하의 얼굴이 살짝 떨리고 있었다.

오라비니에게 업혀 살구를 따 달라고 칭얼거리던 종희가 시집을 가서 일가를 이루었다는 것이 너무나 놀라웠기 때문이었다.
또한 동하루에서는 동하루를 지켜온 11명의 전대 주인에게 잊지 않고 인사를 한다는 말에 가슴이 울컥해졌다.
그리고 서하진의 말이 사실이라면 서하진과 김동하는 아무런 혈연관계가 없는 타인과 같은 관계라고 할 수 있었다.
500년이라는 긴 세월 동안 동하루의 맥이 끊어질 위기가 두 번이나 있었고 그때마다 동하루를 이어간 사람들은 직계가 아닌 타인과 마찬가지인 며느리들이었기에 그것은 당연한 일이었다. 김동하가 머리를 끄덕였다.
"말씀 감사합니다."
김동하는 동하루에 얽힌 사연을 상세하게 설명해주는 서하진에게 진심으로 감사하고 있었다. 어머니의 흔적이 남아 있는 이곳을 이처럼 소중하게 이어가고 있다는 것이 참으로 고마웠다. 그때 듣고 있던 서하진의 딸 유혜영이 김동하를 보며 입을 열었다.
"아까 어머니가 말씀하셨던 그 천명이라는 것을 지금 보여주실 수 있나요?"
어머니인 서하진을 닮아 무척 차분하고 단아해 보이는 유혜영이었다.
"보여드리지요."
김동하가 고개를 끄덕이더니 자신의 손을 내밀어 입으로 가져갔다. 모두의 시선이 김동하에게 향했다.
한서영도 김동하를 말없이 바라보고 있었다.

만약 김동하가 어머니와 헤어진 세월이 500년이 지나지 않았다면 김동하의 어머니는 여전히 김동하의 옆에 살아 계실 것이라는 생각이 들었다. 천명의 권능을 주관하는 신의 능력을 가진 김동하였기에 어머니의 천명을 허무하게 잃게 하지는 않았을 것이기 때문이다.

김동하가 자신의 손에 천명의 기운을 가득하게 불어냈다. 곧 김동하의 손에 너무나 신비한 푸른색의 빛이 가득하게 고였다.

김동하의 손에 고인 빛의 무리는 흩어지지 않고 마치 물처럼 찰랑거리며 신비한 푸른빛을 피워 올리고 있었다.

"아……."

"세상에."

"천명이 저런 것이었나?"

서하진과 그녀의 딸 유혜영은 김동하의 손에 고인 천명의 빛을 귀신에 홀린 듯한 시선으로 바라보고 있었다.

윤종호와 한동식도 놀란 표정으로 마치 살아 있는 생명처럼 꿈틀거리는 천명의 빛을 바라보았다.

한서영이 서하진의 얼굴을 바라보며 입을 열었다.

"한번 만져 보시겠어요? 위험한 것이 아니에요. 오히려 이것을 왜 천명이라고 부르는지 아시게 될 겁니다."

한서영의 말에 서하진이 눈을 깜박이다가 김동하를 바라보았다. 김동하가 담담한 얼굴로 입을 열었다.

"가만히 손만 내어도 됩니다."

서하진이 약간 경계하는 눈빛으로 김동하의 손에 고인

천명을 바라보다가 손가락을 가져갔다.
서하진의 손가락이 그대로 김동하의 천명에 닿았다.
순간 서하진은 절로 입이 벌어졌다.
“아아~ 어떻게 이런 느낌이 있을 수 있지?”
마치 온 몸을 너무나 깨끗한 맑은 물로 정화를 시키는 느낌이었다.
서하진의 올해 나이는 정확하게 48살이었다.
48년이라는 세월을 살아오면서 의도치 않게 몸속에 쌓인 노폐물도 있을 것이고 세월의 흔적처럼 드러나지 않는 잔병도 가지고 있었다. 늘 동하루의 주방을 책임지던 그녀는 고질병처럼 허리의 통증을 안고 있었다.
하지만 그런 서하진의 몸속이 마치 갓 태어난 아기처럼 순수하게 정화가 되고 있었다.
늘 동하루의 일을 접고 나면 허리가 아파 방에서 찜질을 했던 서하진이었지만 지금 그녀의 허리에 은은하게 남아 있던 통증이 말 그대로 씻긴 듯 사라져갔다.
그뿐만 아니었다.
“어, 엄마, 얼굴이 이상해.”
서하진의 얼굴을 바라보고 있던 유혜영이 놀란 얼굴로 엄마 서하진의 얼굴을 가리켰다.
서하진의 얼굴이 변하고 있었다.
김동하의 천명에 손이 닿은 서하진도 자신의 얼굴이 마치 무언가 당기는 것처럼 팽팽해지는 것을 느꼈다.
순간 서하진이 재빨리 김동하의 천명에서 손을 떼고 자

신의 얼굴을 만졌다.
윤종호와 한동식도 놀란 얼굴로 서하진의 얼굴을 바라보았다. 서하진이 천명에서 손을 떼자 김동하가 손에 고인 천명의 기운을 다시 몸속으로 갈무리했다.
서하진의 눈이 커졌다.
"어떻게……."
유혜영이 눈을 부릅뜨면서 소리쳤다.
"어, 엄마가 젊어졌어."
윤종호 역시 놀란 얼굴로 확연하게 달라진 서하진의 얼굴을 바라보았다.
"사장님이 젊어지셨소. 이게 무슨 일인지 모르겠네."
한동식이 김동하와 한서영을 바라보았다.
"이게 뭐냐? 형수와 형님이 젊어지신 게 이것 때문이었느냐?"
한서영이 웃으면서 입을 열었다.
"작은아빠와 작은엄마도 그렇게 되실 거예요."
"허허 이것 참."
한동식이 멍한 얼굴로 김동하를 바라보았다.
조카 한서영에게 김동하에게 천명의 권능이 있다는 말은 들었지만 그것이 실제로 이런 신비로운 상황까지 만들 거라곤 생각하지 못했다. 하지만 이제 직접 자신의 눈앞에서 동하루의 여주인이 마치 그녀의 딸과 같이 젊은 모습으로 변하는 것을 보자 기가 막혔다.
유혜영이 자신과 비슷한 나이로 보일 정도로 젊어진 엄

마 서하진을 보자 입을 쩍 벌렸다.
"어, 엄마, 정말 엄마가 맞아?"
서하진은 자신의 얼굴이 팽팽하게 당겨진다는 느낌과 함께 둔통처럼 남아 있던 허리의 통증까지 완벽하게 사라지자 놀란 얼굴로 딸 유혜영의 얼굴을 바라보았다.
"아, 아픈 게 없어졌어 혜영아."
유혜영이 머리를 흔들었다.
"그보다 엄마가 변해버렸어."
"뭐?"
"내가 어렸을 때 보았던 엄마로 돌아갔어. 너무 젊어졌단 말이야."
"그래?"
그제야 서하진은 자신의 모습이 달라진 것을 느낄 수 있었다. 김동하가 입을 열었다.
"천명은 태어날 때 하늘로부터 부여받은 생명을 의미합니다. 저에겐 그 천명을 회수할 수도 있고 다시 되돌려 줄 수도 있는 권능이 있지요. 어머니께서는 제가 하늘을 대신해서 천명의 권능을 가지고 있다는 것을 아시고 계셨습니다. 그 때문에 저를 다시 만나게 될 것을 하늘에 빌 듯이 대천명이라는 휘호를 남기셨을 것입니다."
"아!"
서하진의 입에서 탄성이 흘렀다.
김동하가 서하진을 바라보며 입을 열었다.
"어머님의 묘소를 해마다 살펴주신 아주머님께 운이 닿

아 이렇게 천명의 기운을 돌려드릴 수 있어서 다행입니다."

김동하의 말에 서하진이 흔들리는 눈빛으로 김동하를 바라보았다. 그때 유혜영이 끼어들었다.

"그, 그럼 아까 본 그것으로 아픈 사람도 고쳐줄 수 있을까요?"

유혜영의 말에 한동식이 끼어들었다.

"아까 너희들이 이곳에 도착하기 전에 너희들이 토마스 레이얼 회장의 치료를 위해 미국으로 건너갔었다는 말을 했다. 나로서는 정확하게 말을 해줄 수가 없었기에 어쩌면 가능하다고 했는데… 하지만 그 덕분에 형님과 토마스 레이얼 회장이 합작해서 서진 인터내셔널이라는 큰 회사를 만들 수 있었을 것이라고 했다."

말을 하는 한동식이 김동하와 한서영의 얼굴을 힐끗 살폈다. 김동하가 유혜영을 보며 물었다.

"아픈 사람이 있습니까?"

유혜영이 단숨에 머리를 끄덕였다.

"제 동생이에요. 올해 12살인데 혈액암인 악성림프종이라는 병을 앓고 있어요. 의사말로는 올해를 넘기기 힘들 것이라고 해서 엄마와 아빠가 늘 가슴 한켠에 아픔을 가지고 있습니다. 제 동생을 살려주실 수 없을까요?"

유혜영은 아까 한동식으로부터 미국의 레이얼 시스템 회장 토마스 레이얼이 혈액암으로 죽어가고 있었고, 김동하와 한서영이 그를 치료하기 위해 미국으로 날아간 이후 한종섭 회장과 합작하여 서진 인터내셔널이라는 회사가 세워졌다는 말을 들려주었다.

그 때문에 유혜영은 김동하의 천명이라면 악성림프종이라는 혈액암을 앓고 있는 동생도 살아날지 모른다는 희망을 품었던 중이었다.

서하진도 김동하를 바라보며 입을 열었다.

"저, 저에게 이런 천명의 은혜는 베풀지 않아도 좋습니다. 하지만 죽어가는 제 아들에게 천명의 권능을 베풀어 주실 수 없을까요?"

한서영이 김동하를 힐끗 보았다.

김동하가 머리를 끄덕였다.

"그렇게 하겠습니다."

김동하가 승낙하자 한서영이 서하진과 유혜영을 보며 입을 열었다.

"저의 시어머님께서 두 분께서 당신의 봉분을 보살펴 주신 것에 대한 은혜를 갚기 위해 우리를 이곳으로 부르신 것 같네요."

서하진이 눈물을 글썽이며 대답했다.

"남편이 제일 좋아할 거예요. 병원에 있는 아들의 곁에서 한시도 떨어지지 못하는 사람이에요. 자신이 없는 사이에 아들에게 무슨 일이 생길 것 같아 늘 불안해하던 사람이었어요."

서하진의 목소리가 살짝 잠겨들었다. 한서영이 촉촉해지는 서하진의 말을 듣고 입을 열었다.

"아픈 아이를 이곳으로 데려올 수 있을까요?"

한서영의 말에 유혜영이 입을 열었다.

"한 번씩 아빠가 다빈이를 데리고 집으로 와서 하룻밤 자고 가요. 병원에서도 다빈이의 상태를 알고 있기에 가족과 함께 있을 시간을 배려해 주는 거죠. 제가 아빠에게 연락해 볼게요."

유혜영이 전화기를 들고 자리에서 일어섰다.

병원에 있는 아빠에게 전화를 하기 위해서였다. 다빈이는 악성 림프종을 앓고 있는 유혜영의 동생이었다.

동하루의 주인인 서하진에겐 늦은 나이에 자신과 남편에게 찾아온 막내아들 유다빈에 대한 애정이 각별했다.

그런 막내아들 유다빈이 악성림프종이라는 병으로 세상을 얼마 살 수 없을 것이라는 것에 늘 마음 한켠에 아픔을 간직하고 살아야 했다. 그런 상황에서 동하루의 업이라고 알려진 천명을 가진 김동하가 나타났다. 서하진은 말 그대로 신의 은총이 내려온 것과 같다는 생각이 들었다. 이내 유혜영이 살짝 상기된 얼굴로 돌아왔다.

"지금 병원에서 출발하신다고 했어요. 그렇지 않아도 다빈이가 엄마가 보고 싶다고 아빠에게 보채서 집으로 오시려고 하셨대요."

유혜영은 어린 나이에 병원에서 항암치료로 힘들게 버티고 있던 동생이 다시 살아날 수 있을 것이라는 생각에 무척 들뜬 모습이었다.

서하진 역시 살짝 상기된 얼굴로 김동하를 바라보았다.

김동하가 서하진을 바라보며 입을 열었다.

"아이가 오기 전에 어머니가 쓰셨다고 대천명이라는 글자를 한번 볼 수 있을까요?"

김동하는 어머니가 자신을 기다리며 적었을 대천명이라는 글자를 자신의 눈으로 확인해 보고 싶었다.

서하진이 머리를 끄덕였다.

"대천명의 글귀는 본채의 처마에 적혀 있어요. 절 따라오시면 됩니다."

서하진은 아들 다빈이가 살아날 수만 있다면 김동하가 요구하는 것은 무엇이든 내주고 싶은 심정이었다.

그러니 동하루에 전해지는 업으로 알려진 대천명의 글귀를 보여주는 것은 그다지 어려운 일이 아니었다.

동하루를 찾는 손님들이 간혹 본채의 처마에 적힌 글귀를 보고 그 의미를 자주 물어왔기에 감추어야 할 일도 아니었다. 김동하가 자리에서 일어서자 한서영도 자리에서 일어섰다. 김동하를 이곳으로 부른 한동식과 윤종호까지 자리에서 일어섰다.

"흠, 나도 다시 한번 그 글씨를 보고 싶군 그래."

윤종호는 이미 본채의 처마에 적힌 대천명이라는 휘호를 본 적이 있었지만 김동하가 그것을 확인하려 하자 다시금 그 글귀를 보고 싶은 생각이 들었다.

서하진이 청루에서 내려와 본채와 별채로 이어진 대청으로 걸음을 옮기자 김동하와 한서영이 그녀의 뒤를 따랐다. 본채와 별채사이의 대청에는 식사를 곁들여 술을 마시는 사람들이 자리를 잡고 있었다.

대청에서 식사를 하던 손님들이 청루에서 내려와 대청으로 올라서는 김동하의 일행을 놀란 듯한 시선으로 바라보았다.

김동하의 일행이 청루에 있을 때는 몰랐지만 이렇게 대청으로 올라서는 순간 김동하와 한서영의 출중한 모습이 사람들의 시선을 끌었기 때문이었다.

김동하가 대청에 올라서며 살짝 주변을 살폈다.

예전 자신의 본가를 그대로 모방해서 지은 동하루였지만 이렇게 본채와 별채를 이어주는 대청은 없었기에 새로웠다. 과거에는 본채와 별채가 따로 떨어져 있었고 대청이 있는 이곳은 자신과 어린 종희가 뛰어 놀던 마당이 있었던 자리였다.

아마 어머니가 동하루를 지었을 때는 이렇게 대청이 만들어지지 않았을 것이라는 생각이 들었다.

김동하의 짐작처럼 동하루의 본채와 별채를 이어주는 대청은 세월이 흐르면서 손님들이 앉을 자리를 만들기 위해 후대에 새롭게 지어진 것이었다.

청루와 홍루도 마찬가지고 본채의 옆쪽에 파놓은 작은 연못과 연못으로 이어진 수로도 마찬가지였다.

500여 년이라는 긴 세월이 흐르면서 본래의 동하루의 모습과는 사뭇 달라졌다.

그럼에도 과거 김동하의 본가와는 너무나 흡사해서 김동하로서는 마치 본가로 돌아와 어머니가 계시는 본채로 인사를 드리러 가는 기분이 느껴질 정도였다.
서하진이 대청을 가로질러 본채로 향했다.
동하루의 본채는 손님을 받는 객실이 아닌 여주인인 서하진과 동하루에서 기거하는 식솔들이 머무는 공간이었다. 그 때문에 본채의 안쪽으로는 들어갈 수 없었다.
다만 동하루를 방문한 손님들이 대청에서 오봉지를 바라보는 풍경을 즐기기 위해 본채의 앞쪽으로 건너오는 경우가 많았기에 본채 앞의 대청은 늘 개방하는 공간이었다.
본채 앞에 도착한 서하진이 머리를 돌렸다.
"여기예요."
서하진의 시선이 본채의 처마 위쪽으로 향했다.
서하진의 시선을 따라 김동하와 한서영도 처마를 바라보았다. 김동하의 눈에 정갈한 필체로 적힌 세 개의 글자가 들어왔다.

[待天命]

남자의 필체처럼 웅장하고 힘찬 느낌이 아닌 정갈하고 단아하게 잘 다듬어진 글씨였다.
김동하의 눈이 파르르 떨렸다.
한서영 역시 500년이라는 긴 시간을 넘어 자신에게 전해지는 시어머니의 글씨를 보는 듯하여 마음 한쪽이 뭉클 젖어오는 느낌이 들었다.

김동하의 눈이 질끈 감겼다.

대천명이라는 글자를 적으며 자신을 기다리셨을 당시의 어머니의 심정이 생생하게 느껴졌다.

잠시의 격동을 겨우 눌러 참은 김동하가 감았던 눈을 다시 떴다. 그리고 다시 한번 어머니가 남기신 글씨를 자세히 살펴보았다.

서하진이 글자를 바라보는 김동하를 보며 입을 열었다.

"오래전 625 전쟁 때 동하루가 부서진 적이 있었다고 들었어요. 당시 이곳 본채와 별채의 일부분이 무너지고 부서졌는데 그때 이곳 본채에는 유일하게 이 대천명의 휘호가 적혀 있던 곳만 멀쩡했었다고 하더군요. 당시 본채를 완전히 새로 수리를 했는데 결국 이 대천명의 휘호 외에는 다른 것은 찾을 수가 없었다고 들었습니다."

서하진은 김동하가 대천명의 휘호외에 어머니의 다른 흔적을 찾는 것이라고 생각했다.

김동하가 머리를 끄덕였다.

"어머님이 따로 남긴 것이 있었다면 제가 알아내었을 것입니다. 어머님은 그냥 저 글씨 속에 저에 대한 그리움만 담아 놓으신 것 같군요."

김동하의 목소리는 담담했다.

하지만 그 속에는 어머니에 대한 그리움이 진하게 담겨 있다는 것을 옆에 서있는 한서영은 느낄 수가 있었다.

서하진이 김동하를 보며 입을 열었다.

"내일 아침 성묘를 하실 때 부족함이 없도록 정성을 다해

음식을 만들어 놓겠습니다."

김동하가 눈을 돌려 서하진을 바라보았다.

서하진의 차분한 얼굴이 김동하의 눈에 들어왔다.

화려한 미인은 아니지만 전체적으로 차분하고 순박한 전형적인 현모양처의 기질이 느껴지고 있었다.

이런 사람이라면 어머님이 남긴 이 동하루의 주인이 되기엔 충분하다는 생각이 들었다. 한서영도 비슷한 느낌이 있지만 너무나 뛰어난 미모로 인해서 수더분한 고전적 여인상이 가려져 있다는 것이 특징이었다.

"감사합니다."

김동하가 서하진에게 정중하게 다시 인사를 했다.

김동하는 어머니가 남기신 대천명이라는 휘호를 본 것만으로 충분하다는 생각이 들었다.

할 수만 있다면 당시의 시간으로 거슬러 올라가 어머니와 함께 이곳에서 밤이 새도록 이야기를 나누고 싶었지만 이렇게 어머니가 남겨놓은 글자만 확인하는 것만으로도 어머니에 대한 그리움을 조금이라도 덜 수 있을 것 같았다. 이내 일행은 다시 청루로 향했다.

이미 음식이 식어 있었기에 청루에 남아 있던 유혜영이 별채에 연락해서 다시 음식을 데워 오라고 부탁해 놓았다.

어느덧 동하루에는 천천히 어둠이 손님처럼 찾아들고 있었고 청루에는 이곳이 청루라는 것을 증명하듯 한지로 만든 푸른 등이 밝혀졌다.

청루로 돌아온 김동하의 얼굴을 초가을로 들어선 바람이 스쳐갔다.

김동하의 얼굴을 스치는 바람 속에는 긴 세월 동안 잊고 있었던 김동하에게 남겨진 세월의 흔적이 마치 질긴 끈처럼 이어져 있었다.

아집과 독선

오후 3시 15분에 도착해야 할 미국 발 한국항공소속 747 화물여객기가 인천공항에 도착한 것은 예정시간보다 4시간이나 늦은 오후 7시 40분이었다.

미국 뉴욕 주를 덮친 허리케인 제미니의 영향으로 미국에서 출발이 지연된 탓도 있었지만 한국으로 비행하던 항공기의 기체에 이상이 생겨 일본에 들러 잠깐 기체정비를 위해 시간을 허비한 탓도 있었다.

덕분에 늦게 도착한 한국항공 화물기에는 동신그룹의 관계자를 비롯해 공항의 검수요원들이 벌떼처럼 달려들어 화물의 하역을 도왔다.

위이이이이잉—

대형 지게차의 집게발이 화물용 항공기에 실려 있던 목재 상자를 들어올리고 뒤로 빠져나갔다.

상자의 겉면에는 US M,potrn CO라는 글자가 선명했다. 아래쪽으로는 화물의 코드넘버를 알리는 F, C, S로 구분되어 있는 시리얼 번호가 적혀 있었다.

이번 화물기에 실려 온 화물은 거의 전부가 동신그룹 계열사인 동신전자에 납품하게 될 미국 엠포튼에서 보내온 정밀 장비들이었다.

항공기에서 하역되는 화물의 코드넘버를 확인하고 있는 한국항공의 검수원과 공항직원이 분주하게 화물의 겉면에 적힌 코드넘버를 확인하며 체크하고 있었다.

오늘 실려 온 화물만 대형 화물기 한 대를 꽉 채울 정도로 많은 양이었다.

이제 남은 화물은 몇 개 되지 않았다.

대형 집게차가 후진으로 항공기를 빠져나가자 이내 다른 지게차가 다시 화물기의 화물칸으로 느리게 올라왔다.

안전모를 쓰고 하역을 돕던 공항직원이 재빨리 남아 있는 화물을 고정하기 위한 로프를 제거하고 덮인 천을 걷어내자 사방 1m 정도 크기의 목재 상자 두 개가 모습을 드러냈다.

다른 화물과는 달리 이번 화물은 크기가 상대적으로 작았다. 역시 화물의 겉면에는 US M,potrn이라는 글자가 선명하게 박혀 있었다. 제일 안쪽에 실린 화물이었기에 이제야 화물코드를 확인할 수가 있었다.
크지 않은 나무상자였지만 목재로 단단히 밀봉이 되어 있어 안의 내용물을 살펴보기는 힘들었다.
화물의 검수를 확인하는 대한항공의 항공사 작업복을 입은 사내가 힐끗 화물의 코드번호를 확인하면서 손에 들린 리스트를 바라보았다. 하역할 화물 중 유일하게 F,C,S 코드가 아닌 K로 시작되는 화물코드번호였다.
검수원이 무표정한 얼굴로 화물의 코드번호를 확인하고 체크했다.
"K 1609 DH2—1, K 1609 DH2—2. 이게 맞군."
코드번호를 확인한 검수원이 지게차 운전기사를 향해 고개를 끄덕이자 이내 지게차의 기사가 화물을 들어올리기 위해 두 집게를 화물의 아래로 밀어 넣었다.
위이이이이잉.
다른 화물과는 다르게 가볍게 들려지는 두 개의 목재화물 상자였다. 화물코드번호를 확인한 검수원이 지게차 운전기사를 보며 입을 열었다.
"이거 긴급한 화물이니까 4208에 바로 실어야 하는 거 알지요? 이미 늦은데다 더 늦으면 큰일 납니다."
4208은 현재 공항터미널에 대기하고 있는 화물트럭이었다. 항공화물기편으로 동신그룹에 납품될 화물이 도착하자 미리 도착해 있던 화물차였다.
검수원의 말에 화물지게차 운전기사가 대답했다.
"예, 들었습니다. 시간을 다투는 화물이니 바로 상차하라는 지시를 받았습니다."

지게차 운전을 하는 기사 역시 이번 화물의 중요성을 이미 알고 있는 듯했다. 이내 두 개의 목재화물을 들어올린 지게차가 다시 뒤로 후진으로 물러나기 시작했다.

검수를 하던 항공사 직원이 투덜거렸다.

"그렇게 바쁜 화물이면 앞쪽에 실어놓도록 하지 제일 뒤쪽에 실어놓다니 쯧……."

가볍게 혀를 찬 검수원이 남은 화물의 검수를 위해 다시 비행기의 안쪽으로 걸음을 옮겼다. 후진으로 물러난 지게차가 항공기의 밖으로 물러나갔다. 항공기를 빠져나온 지게차는 두 개의 목재화물을 싣고 빠른 속도로 공항터미널이 있는 방향으로 달리기 시작했다.

동신그룹의 동신전자에 납품될 화물이므로 도착하면 가장 우선적으로 통과시키라는 지시를 받았던 화물이었다.

일반적으로 공항을 통해 화물이 도착하면 꼼꼼하게 품목검수와 화물내용을 체크하고 통과시키는 것이 정상이지만 이번 화물은 편법으로 통과하게 되는 셈이었다.

그리고 공항에 이런 영향력이 허용될 정도라면 동신그룹의 최고위층이나 한국항공의 최고위층이 움직인다는 것이 분명했다.

위이이이이이잉.

2개의 화물을 실은 지게차는 넓은 공항 활주로를 가르며 빠르게 터미널로 향했다.

어둠이 가라앉은 서울이지만 49층짜리 잠실 동신그룹 본사사옥은 환하게 불이 밝혀져 있었다.

동신그룹 본사사옥 47층에 위치한 기획조정실 또한 불이 환하게 밝혀져 있었다. 아직 기획조정실장인 박영진이 퇴근을 하지 않고 있었기에 기조실의 직원들도 퇴근하지 못하고 자리를 지키고 있는 상황이었다.

기획조정실장 박영진의 집무실에는 두 사람이 마주보고 있었다. 책상에 앉아 있는 기획조정실장 박영진과 그의 앞에 보고를 하는 자세로 서 있는 기획조정실 부장 차인석이었다.

"예정대로 코드넘버만 확인한 이후 엠포튼 측에서 보낸 화물차에 실어서 통과시켰습니다."

약간 굳은 표정의 차인석 부장이 무표정해 보이는 박영진 실장을 보며 입을 열었다.

박영진이 잠시 눈을 감았다가 뜨면서 차인석을 바라보았다.

"역시 화물의 내용은 확인하지 못했지요?"

"예."

차인석이 머리를 숙였다.

박영진이 등을 의자에 기대며 손가락으로 자신의 책상을 톡톡 쳤다. 무언가를 궁리하거나 깊은 생각을 할 때면 습관적으로 나오는 행동이었다.

이미 뉴욕에 있는 자신의 미국은행계좌에 1,000만불이 넘는 거액이 입금되어 있다는 것을 확인했던 박영진이었다. 아무도 모르는 자신만의 비자금이었고 어디에 사용하든 탈이 날 염려가 없는 돈이었다.

박영진이 차인석 부장을 바라보며 입을 열었다.

"뒤처리는 예정대로 진행하고 있습니까?"

"예, 차량 번호를 알고 있으니까 공항외곽에서 차량 세 대로 교대로 추적하고 있는 중입니다."

이미 공항에서 출발한 화물차의 차량넘버를 알고 있었기에 차량을 추적하고 있었다. 더구나 여기는 미국이 아닌 대한민국이었기에 공항에서 화물을 싣고 나오는 차량을 추적하는 것은 어려운 일이 아니었다.

박영진이 고개를 끄덕였다.

"상대가 눈치채지 않게 조용히 화물도착지만 확인하라고 하십시오. 만약 상대가 추적을 눈치챌 경우 추적을 포기하고 돌아오라고 지시하시고요."

"알겠습니다."

차인석 부장이 긴장한 얼굴로 대답했다.

요즘 들어 예전의 얼음황태자라는 별명처럼 한기가 느껴질 만큼 냉정하고 싸늘한 모습을 보여주는 박영진 실장이었다. 그 때문에 이렇게 박영진과 독대를 할 상황이면 먼저 그의 얼굴을 살피는 것이 습관이 되어 버린 느낌이었다. 박영진이 머리를 끄덕이며 입을 열었다.

"그건 그렇고……."

말끝을 살짝 흐린 박영진이 차인석의 얼굴을 바라보았다. 차인석 부장의 얼굴은 돌처럼 딱딱하게 굳어 있었다.

박영진이 나직한 목소리로 입을 열었다.

"대구의 한성실업에서 대전의 동신정밀에 납품하는 자재의 대금을 결재했습니다. 총 129억이니 차부장께서 직접 한성으로 지급하세요. 총무이사에게는 제가 미리 말해 놓도록 하지요."

박영진의 말에 차인석 부장의 눈이 커졌다.

"129억 전액입니까?"

"예."

박영진이 덤덤한 얼굴로 대답했다.

차인석은 동신정밀에 자재를 납품하는 대구 한성실업에 지급할 대금이 109억원이라는 것을 알고 있었다.

그것을 박영진의 지시를 받아 한성 측에서 129억원의 결재금액을 올리라고 요구한 것이 받아들여졌다. 그런 상황에서 박영진이 129억원을 결제했다는 것은 자신의 몫으로 20억원을 넘긴다는 의미임을 금방 깨달았다.

차인석으로서는 눈이 번쩍 뜨일 만큼의 거금이었다.

"아, 알겠습니다."

"한성에서 받아올 결재대금 영수증의 대금액수가 129억원이 되어야 하는 것은 당연하겠지요?"

"물론입니다."

동신그룹에서 한성실업에 결재대금 109억원을 결재하고 영수증에는 129억원이라는 결재대금이 적혀 있어야 한다는 의미였다. 그것은 결코 어려운 일이 아니었다.

109억원을 현찰로 결제 받을 수만 있다면 129억원이 아니라 200억원이라도 적어줄 수 있기 때문이다.

차인석이 박영진을 보며 정중하게 이마를 숙였다.

"배려 감사드립니다. 실장님."

차인석 부장의 인사에 박영진이 싸늘한 미소를 입가에 올렸다.

"배려가 아닙니다. 차부장은 나를 통해서 무언가를 얻게 되고 난 차부장을 통해 더 큰 것을 차지할 수 있었으니 당연한 거래라고 생각하시면 됩니다. 물론 앞으로는 이런 일이 자주 반복되지는 않도록 해야 할 테지만 말입니다."

박영진의 말에 차인석 부장이 정중하게 머리를 숙였다.

"알겠습니다."

"나가보세요."

"예, 그럼."

차인석 부장이 다시 정중하게 인사를 하고 몸을 돌렸다. 몸을 돌린 차인석 부장의 얼굴이 약간 벌겋게 달아올라 있었다. 20억원이라는 거금이 한순간에 수중에 들어왔다는 것에 그의 가슴이 덜덜 떨리고 있었다.

아내가 항상 잠꼬대처럼 중얼대던 양평의 전원주택으로 이사를 할 수 있을 것이라는 생각에 기분이 흡족해졌다.

차인석 부장이 방을 나가자 박영진이 의자를 빙글 돌리며 창밖으로 시선을 던졌다.

동신그룹에서 수입하는 화물에 섞인 정체모를 화물을 넘겨준 대가로 단숨에 150억원이라는 거금이 손에 들어왔

지만 박영진의 마음은 흡족하지 않았다. 그는 여전히 무언가 부족하다는 느낌을 받았기 때문이었다.

그리고 그 이유가 한명의 아름다운 여인 때문이라는 것을 깨닫기 까지는 그렇게 오래 걸리지 않았다.

박영진이 힐끗 손목에 채워진 손목시계를 내려다보았다. 자신의 지시를 받은 정인학이 보고를 해야 할 시간이 다가오고 있었다.

"후~ 정말 쉬운 것이 없군 그래."

지금까지 살아오면서 자신이 가져야 할 것을 가져보지 못한 적이 없었고 자신이 노린 것을 자신이 차지하지 않은 적이 없었다.

금수저 중의 금수저 인생을 살아온 박영진이었다.

그런 그에게 처음으로 굴욕감을 안겨준 것이 한서영이라는 여인이었다. 당연히 자신의 것이 될 거라고 생각했던 것이 자신의 것이 되지 않자 그 후유증은 박영진으로서는 처음으로 느끼는 패배감 같은 것으로 다가왔다.

그리고 그것은 곧 그 어떤 것에도 만족감을 느낄 수 없는 무력감이 되었다.

어둠에 잠겨가는 서울의 야경을 내려다보고 있는 박영진의 입에서 나직한 한숨이 흘러나왔다. 그가 자신의 방에서 무력한 패배감에 젖어가는 동안 그의 식구들이라고 할 수 있는 기조실의 직원들은 실장이 퇴근하기를 기다리며 씁쓸한 야근을 준비하고 있어야 했다.

* * *

"세상에…."

김동하의 입을 통해 신비한 푸른빛이 흘러나와 고이자 김동하를 지켜보고 있던 50대의 중년남자가 자신도 모르게 입을 벌렸다. 동하루의 본채 내실에는 환하게 불이 밝혀져 있었고 방의 한가운데 깔린 부드러운 요 위에는 아직 앳된 창백한 소년이 눈을 감고 누워 있었다.

한눈에 보아도 연약한 느낌이 드는 소년은 끊어질 듯 가늘게 숨을 쉬면서 잠이 들어 있었다.

소년이 누워 있는 요를 중심으로 얼굴에 걱정스런 기운이 가득한 남녀들이 소년의 머리맡에 앉아 있는 김동하를 바라보고 있었다.

김동하의 입에서 흘러나온 기운을 보며 탄성을 내뱉은 사내는 조금 전 이곳에 도착한 소년의 아버지이자 이곳 동하루의 여주인인 서하진의 남편 유창혁이었다.

3년 전 다니고 있던 당진시내의 초등학교 교감 직을 사임하고 늦게 얻은 아들 유다빈의 악성림프종을 수발하며 지내는 중이었다.

그는 늦게 얻은 아들 유다빈이 천금과 같았기에 말 그대로 업고 키울 정도로 애지중지했지만 그런 아들이 죽어가고 있다는 것에 하늘이 무너지는 절망감을 안고 있었다. 그런데 아들이 어쩌면 다시 살아날 희망이 있다는 딸 유혜영의 말에 아픈 아들을 데리고 이곳 동하루로 달려왔다.

서하진의 남편 유창혁은 결혼한 이후 이곳 동하루는 딱 두 번 들러보았다. 아내 서하진이 절대로 자신을 오지 못하게 한 탓도 있었지만 자신의 눈으로 아내가 힘든 식당일을 하는 것을 볼 자신이 없었기 때문이기도 했다.

동하루에는 손님 외에는 절대로 남자가 출입하지 못한다는 아내의 말 역시 그가 동하루를 방문하는 것을 꺼리게 만들었다.

그런 상황에서 뜬금없이 동생을 데리고 동하루로 와달라는 딸아이의 말에 득달같이 달려온 것은 아들이 다시 살아날 수 있다는 희망이 생겼기 때문이었다.

그로서는 지푸라기라도 잡고 싶은 심정이었다.

용하다는 점쟁이에게 굿이라도 해서 다시 살아날 수 있다면 천 번이고 만 번이고 굿을 했을 것이다. 그러니 딸의 말이 다소 허황하더라도 깊게 생각하지도 않고 이곳으로 달려왔다. 유창혁이 이곳 동하루에 도착해서 놀란 것은 크게 두 가지였다.

하나는 아내 서하진의 모습이 너무나 달라져서였고, 다른 하나는 처음 보는 손님들이 이곳에서 자신과 아들을 기다리고 있었는데 그들이 가슴이 두근거릴 정도로 젊고 아름다운 남녀들이라는 것에 있었다. 그리고 그 젊은 남녀들이 아들을 고칠 사람이라는 사실에 너무나 놀랄 수밖에 없었다.

다행히 아들은 아픈데도 칭얼거리지 않고 이곳에 도착할 때까지 곤하게 잠들어 있었다.

깨어나지도 않고 오랜만에 깊은 잠을 자는 것 같아 더욱 측은하게 생각되어진 유동혁이었다.

유동혁이 김동하의 손에 고인 천명의 빛을 보고 탄성을 내뱉으며 눈을 깜박이다 옆에 앉은 딸에게 물었다.

"혜, 혜영아 도대체 저게 뭐니? 저분들은 뭐하시는 분들이시냐?"

아빠의 물음에 유혜영이 아빠의 얼굴을 바라보았다.

"아빤 말해 드려도 이해하지 못하실 거예요."

"뭐?"

유혜영이 잠시 생각하다가 입을 열었다.

"저게 천명이에요 아빠."

"처, 천명?"

유창혁은 딸의 입에서 천명이라는 말이 흘러나오자 어리둥절한 표정을 지었다. 이곳 동하루에 대천명이라는 동하루의 주인에게만 전해지는 가업이 있다는 말을 들었지만 그것을 깊게 생각해 본 적이 없었다.

다만 그것이 동하루의 주인에게만 전해지는 동하루만의 차별화 된 독특한 전승이라는 생각만 했을 뿐이었다.

그런 상황에서 딸의 입을 통해 천명이라는 말을 듣자 놀랄 수밖에 없었다.

유혜영이 아빠의 얼굴을 바라보며 입을 열었다.

"아빠도 아시고 계시는 대천명이라는 동하루의 가업의

주인이 저분이세요."

"뭐라고?"

유창혁의 눈이 찢어질 듯 부릅떠졌다.

유혜영이 김동하의 얼굴을 살피며 소곤소곤 말소리를 죽여 가며 아빠 유창혁에게 설명을 시작했다.

"엄마도 처음에는 믿지 못하셨어요. 근데 저분을 통해 모든 일을 듣게 되자 그제야 천명이 무슨 의미인지 알게 된 거예요. 아빠도 놀라셨던 엄마가 저렇게 젊어지시게 된 이유도 저 천명이라는 빛을 만지면서 일어난 현상이에요."

딸의 설명을 들으면서 유창혁은 잠시 황당한 기분이 들었다. 어떻게 들으면 딸과 아내가 사이비 종교집단에 현혹된 것이라는 생각이 들 정도였다.

그때였다. 김동하가 불어낸 천명의 기운이 방바닥에 깔린 이부자리 위에 조용히 누워 있는 소년의 입으로 흘러들어갔다. 그것을 보면서 그 누구도 입을 열지 않았다.

너무나 신기하고 성스러운 순간이라는 느낌이 들었기 때문이었다.

김동하의 옆에서 잠을 자고 있는 소년의 입으로 천명이 스며드는 것을 지켜보고 있던 한서영이 떨리는 눈으로 아들을 내려다보고 있는 동하루의 여주인 서하진의 손을 잡았다.

한서영이 입을 열었다.

"천명을 돌려받았으니 곧 자리에서 일어설 거예요. 너무

걱정하지 마세요."

"아, 아가씨."

서하진이 떨리는 눈길로 한서영을 바라보았다.

한서영이 부드럽게 웃었다.

"죽은 사람도 다시 살아나게 할 수 있는 것이 바로 천명이 가진 권능이에요. 그 천명의 권능을 돌려받았으니 이제 아드님은 건강한 몸으로 다시 태어나게 될 거예요."

"아, 하느님."

서하진의 눈이 꼭 감겼다.

수백 년의 세월을 기다리던 천명의 주인이 이제야 이곳으로 돌아와 죽어가던 자신의 아들을 살려준다는 것이 너무나 믿어지지 않았다. 이부자리 위에 누운 소년의 몸에 천명의 기운을 흘려 넣어 준 김동하가 머리를 들었다.

"곧 깨어나게 될 겁니다. 아마 그때부터는 아프지 않을 것이고요."

서하진이 눈물을 글썽이며 김동하를 향해 고개를 숙였다.

"감사합니다. 감사합니다."

몇 번이고 감사하다는 말을 했지만 서하진으로서는 그 모든 것이 미안하고 송구한 느낌이 들었다.

옆에서 지켜보고 있던 한서영의 작은아빠인 한동식도 놀란 얼굴로 소년의 얼굴을 빤히 바라보고 있었다.

말로만 들었던 천명의 권능이 실제로 사람의 생명을 살리는 것을 자신의 눈으로 꼭 확인해 보고 싶다는 의지가 느껴지는 시선이었다.
한동식을 이곳으로 데려온 윤종호도 놀란 얼굴로 창백하던 얼굴에 천천히 홍조가 피어오르며 혈색이 돌고 있는 소년의 얼굴을 바라보고 있었다.
잠시 후.
깜박.
눈을 감고 깊은 잠을 자듯 누워있던 소년의 눈이 떠졌다. 눈을 뜬 소년은 이곳이 어딘지 확인하려는 듯 눈을 깜박이며 눈알을 이리저리 굴리고 있었다.
순간 소년의 얼굴을 향해 유창혁이 머리를 숙였다.
"빈아, 괜찮은 거냐? 정신이 들어?"
유창혁은 아들 유다빈이 눈을 뜨는 것을 보며 자신도 모르게 몸을 떨었다.
"아, 아빠."
"그래."
"빈아. 엄마야 엄마 알아보겠니?"
유다빈의 어머니 서하진도 급하게 아들의 얼굴을 만지며 물었다.
"어, 엄마?"
유다빈은 병원에서 아빠가 엄마를 만나러 갈 것이라는 말에 오랜만에 웃었던 기억이 떠올랐다.
유다빈에게도 엄마에 관한 기억은 자신을 보며 울면서 눈시울을 적시던 아픈 기억뿐이었다.
그런 엄마가 바로 눈앞에 있었다.

"오냐 엄마다. 엄마 여기 있어."

서하진은 오랜만에 창백하기만 하던 아들의 얼굴에 홍조가 도는 것을 보며 마치 구름 위를 걷는 느낌까지 들었다. 누나인 유혜형이 동생 유다빈의 손을 잡으며 상기된 얼굴로 물었다.

"빈아, 누나야. 아픈데 없니?"

유다빈이 눈을 깜빡이며 입을 열었다.

"누, 누나."

"그래 누나야."

유혜영의 눈에 맑은 이슬이 고이기 시작했다.

순간 유다빈은 자신이 몸이 이상해졌다는 것을 느꼈다.

그토록 자신을 괴롭히던 가슴의 통증도 없어졌고 머릿속도 맑은 느낌이 들었다.

더구나 늘 답답하게만 느껴졌던 호흡 시의 힘든 느낌도 없어졌기에 숨쉬기가 한결 편안해졌다.

마치 무언가 자신의 몸속을 깨끗한 물로 씻어낸 듯한 느낌까지 들었다.

"어?"

유다빈의 눈이 동그랗게 변하더니 입에서 작은 탄성이 흘러나왔다. 순간 유창혁이 다급하게 물었다.

"왜? 왜 그러니? 어디 아파?"

유창혁의 물음에 유다빈이 아빠의 얼굴을 빤히 바라보며 입을 열었다.

"아, 아픈 게 없어졌어 아빠. 하나도 안 아파."

말을 마친 유다빈이 천천히 이부자리에서 몸을 일으켰다. 병원에서는 조금만 움직여도 숨이 차고 힘이 들었지만 지금은 마치 긴 몸살에서 깨어난 듯 몹시도 개운했다.

서하진이 몸을 일으키는 아들을 안고 물었다.

"안 아파? 정말 아픈 게 없니?"

유다빈이 머리를 끄덕였다.

"안 아파. 정말 하나도 안 아파 엄마."

"아아 세상에……."

와락.

서하진이 맑은 눈을 깜박이며 자신을 바라보고 있는 아들 유다빈을 와락 껴안았다. 그런 아들과 아내를 유창혁이 눈물이 젖은 얼굴로 껴안으며 품속으로 끌어들였다.

유혜영이 눈물이 가득 찬 얼굴로 김동하를 바라보며 머리를 숙였다.

"고맙습니다. 정말 고맙습니다."

김동하가 부드럽게 웃었다.

작은 방 안은 몇 년 동안 아픈 아들로 인해서 상처를 가지고 살아가야 했던 사람들이 맺힌 아픔을 풀어내는 따뜻한 공기로 훈훈해지고 있었다.

이미 동하루에서 식사를 하던 모든 사람들은 다 돌아간 이후였다. 이제 동하루에 남은 사람들은 동하루의 주인 식구와 김동하와 한서영 그리고 한동식과 윤종호' 뿐이었다. 밤이 깊어가는 동하루의 마당에는 오랜만에 다시 찾아온 동하루의 여주인 서하진의 가족들이 만들어 내는 웃음소리가 밤을 밀어내고 있었다.

"그게 정말입니까?"

교감 출신이었던 유창혁이 놀란 얼굴로 한서영을 바라보았다. 한서영의 작은아버지 한동식이 당연하다는 듯이 머리를 끄덕였다.

"그럼요. 제 조카가 진짜 의사라니까요. 그것도 서울에서 제일 유명한 세영대학병원에서 최고 미녀로 꼽히는 의삽니다. 하하 그런 조카가 이 친구랑 곧 결혼을 한답니다. 그러니 제가 대놓고 자랑을 할 만하지요. 허허."

한동식은 유창혁에게 조카 한서영을 자랑하고 있었다.

유창혁이 눈을 껌벅이며 한서영을 바라보자 한서영이 부끄러운 듯 머리를 다른 곳으로 돌려버렸다.

한서영의 옆에 앉아있던 김동하가 약간 멋쩍은 얼굴로 살짝 머리를 숙이고 있었다.

청루에 새로 만들어진 술자리는 동하루에서 제일 비싼 음식들로 가득 채워져 있었다. 송어회를 비롯해 송어구이, 잉어찜과 매운탕이 놓였고 동하루의 주인인 서하진이 직접 음식을 조리해서 만든 한식들이 가득했다.

청루에 음식을 차려놓은 서하진은 내일 아침에 김동하의 어머니 유하연의 묘에 제례를 올릴 음식재료를 사러 늦은 밤인데도 서울로 장을 보러 떠난 상황이었다.

한서영은 서하진이 장을 봐 오면 시어머니인 유하연의 묘소에 올릴 음식을 같이 준비하기로 약속했다. 다른 사람도 아닌 시어머니의 묘소에 제례를 지낼 제례상을 다른 사람의 손에만 의지할 수는 없었기 때문이다.

할 수만 있다면 모든 음식을 직접 자신의 손으로 장만하고 싶었지만 정황상 그럴 수도 없는 일이었기에 서하진과 같이 준비하기로 했다. 그 때문에 청루에서 벌어진 술시중은 유창혁의 딸 유혜영이 담당하고 있었다.

유혜영은 동생을 살려준 김동하를 너무나 극진하게 대접하고 있었다. 유창혁이 부끄러워하는 한서영에게서 시선을 돌려 김동하를 보았다.

김동하를 바라보는 유창혁의 시선은 너무나 따뜻하고 부드러웠다. 유창혁이 입을 열었다.

"다시 한번 아들을 살려주신 은혜에 감사드립니다. 이 은혜를 어찌 다 갚을지 모르겠습니다. 그러니 비록 큰돈은 아니지만 사례를 꼭 하고 싶습니다."

유창혁의 말에 김동하가 머리를 흔들었다.

"사례를 받고자 한 행동이 아닙니다. 감사함으로 말하자면 그동안 잊지 않고 어머니와 누이를 위해 제를 지내주신 아주머니에게 제가 감사를 드려야 할 것 같습니다."

김동하의 정중한 고사였다.

"아닙니다. 그것은 아내가 이곳 동하루의 주인이었기에 역대 동하루의 주인에게 마땅히 인사를 드리는 것이 예의니 그렇게 한 것일 뿐입니다. 제가 지금까지 교직에 몸담고 있어서 벌어놓은 돈은 그렇게 많지가 않습니다만 아들을 살려주신 은혜에 성의를 표할 정도는 있습니다. 다행이 아내가 운영하는 이곳 동하루의 수입도 꽤 넉넉하여 집안 돈을 축내지 않았기에 충분히 사례를 할 수가 있습니다."

유창혁은 진심으로 아들을 살려준 김동하를 위해서라면 전 재산을 팔 생각까지 하고 있었다.

한서영이 살짝 웃으면서 입을 열었다.

"혜영씨 아버님은 이 사람이 얼마나 부자인지 아세요?"

한서영과 유혜영의 나이가 같았기에 어느새 한서영과 유혜영은 친구사이가 되어 있었다. 한서영으로서는 생각지도 않았던 친구가 한명 더 생긴 셈이었다.

유창혁이 놀란 얼굴로 한서영을 바라보았다.

"부자라고요?"

유창혁은 김동하가 부자라는 한서영의 말에 잠시 어리둥절한 얼굴로 김동하를 바라보았다.

입고 있는 옷은 평범해 보이는 와이셔츠에 기성복으로 보이는 양복을 걸치고 있는 김동하였다. 화려한 장신구도 없었고 얼굴에서 부잣집 도련님에게서나 볼 수 있는 특유의 귀하게 자란 티도 느껴지지 않았다.

그것은 한서영도 마찬가지였다. 평범해 보이는 헐렁한 티셔츠에 평범한 감색의 바지차림이 전부였다.

단지 한동식이 한서영이 의사라고 알려주었기에 한서영의 전체적인 이미지가 조금 달라 보이는 느낌이었다.

유창혁이 입을 열었다.

"얼마나 부자이신지는 모르지만 아직 젊고 앞으로 결혼을 하시면 돈을 쓸 일이 많아지실 것이니……."

말을 하던 유창혁의 말을 끊고 한서영이 입을 열었다.
"지금 당장 이 대한민국 땅에서 이 사람보다 많은 현금을 가지고 있는 사람은 없을걸요? 그러니 사례를 하시겠다는 말씀은 그만하셔도 돼요."
옆에서 듣고 있던 한동식이 끼어들었다.
"하하하, 그건 내 조카의 말이 맞을 겁니다. 이 녀석의 아버지인 제 형님이 아마 유선생님께서도 근래에 들어보셨을 겁니다. 서진 인터내셔널이라는 대기업의 회장님이시지요."
한동식의 말에 유창혁의 눈이 커졌다.
"서진 인터내셔널이라고요?"
한서영이 웃었다.
"혜영이가 아빠의 회사에 경력직 사원으로 이력서를 제출했다고 하더군요. 아마 혜영이한테 좋은 소식이 있을 거예요."
"이런 세상에……."
유창혁은 근래 서울로 직장생활을 옮기려고 하던 딸 유혜영이 이력서를 낸 곳이 바로 서진 인터내셔널이라는 회사라는 것을 알고 있었다. 요즘에는 본격적으로 기업이미지를 알리기 위해 텔레비전 광고로 자주 방송되던 회사가 바로 서진 인터내셔널이었다.
한서영이 하얀 이를 드러내며 웃었다.
"그러니까 이 사람에게 사례를 한다는 말씀은 하지 않으셔도 됩니다 호호."

"그, 그렇군요."

유창혁이 약간 민망한 얼굴로 뒷머리를 긁었다.

유창혁과 서하진의 아들 유다빈이 천명을 얻어 살아난 것은 동하루의 분위를 들뜨게 만들었다.

아픈 아들로 인해 한동안 술을 멀리했던 유창혁이 얼굴이 붉게 달아오를 정도로 취했다.

조카사위인 김동하의 능력을 본 한동식도 권하는 술잔을 마다하지 않고 마셨기에 벌겋게 얼굴이 달아올라 있었다. 한서영과 김동하도 권하는 술을 한잔 정도 마시기는 했지만 취할 정도는 아니었다.

청루에서는 김동하가 어떻게 500년이라는 세월을 넘어 이곳 동하루에 찾아오게 되었는지 설명하면서 밤이 늦도록 대화가 이루어지고 있었다.

새벽 2시가 넘어갈 무렵 날이 밝으면 김동하의 어머니 유하연의 묘에 성묘를 할 제사음식을 사러 서울로 올라갔던 동하루의 여주인 서하진이 돌아왔다.

그러자 그때까지 서하진을 기다리고 있던 한서영이 서하진을 따라 동하루의 주방으로 내려갔다. 얼굴도 한 번 보지 못했던 시어머니 유하연이지만 시어머니를 위한 제사음식을 만드는 것에 자신의 모든 정성을 다하고 싶었다. 한서영이 제사음식을 만들기 위해 자리를 비우자 청루의 술자리가 약간 거북했던 김동하는 푸근하게 느껴지는 동하루을 다시 한번 세심하게 살펴보기 위해 사람들 몰래 자리에서 일어나 동하루의 주변을 거닐었다.

동하루의 안채 내실에는 김동하에게 새로운 생명을 부여 받은 유다빈이 조용히 잠들어 있었다.

동하루의 별채는 김동하의 어머니 유하연의 묘소에 차릴 제사음식을 만들기 위해 날이 밝을 때 까지 불이 꺼지지 않을 것이었다.

김동하로서는 너무나 그리웠던 가족에 대한 끈이 기이한 인연으로 이어지는 가을밤이 깊어가고 있었다.

"어머니, 저 이제야 어머니를 뵈러 왔습니다."

맑은 술과 푸짐한 음식이 차려진 동하루의 뒤쪽 옥녀봉 아래 작은 봉분을 향해 김동하가 정중하게 절을 하고 있었다. 묘소의 앞에는 김동하가 절을 할 수 있게 작은 돗자리가 이미 깔려 있었다.

절을 하는 김동하의 주변으로 굳은 표정의 남녀들이 절을 하는 김동하를 지켜보고 있었다.

묘소는 깔끔하게 정리되어 있었다.

잡풀은 짧게 벌초가 되어 있었고 관심을 가지고 봉분을 살피는 흔적이 역력했다.

절을 하는 김동하의 눈가에 살짝 물기가 어렸다.

봉분의 앞에는 김동하의 어머니를 의미하는 현비유인 강화유씨 지묘라는 석비가 세워져 있었고 묘비의 뒤쪽에 '불효녀 종희'라는 글자가 선명했다.

여동생이 어머니를 이곳에 모신 것을 확인한 김동하의 마음은 무너질 것처럼 아팠다.

묘비에는 어머니가 돌아가신 날짜가 새겨져 있었다.

병신년(1537년) 중종 32년 10월 7일이었다. 어머니는 아들과 헤어져 여동생 종희와 함께 33년을 더 사시면서 아들을 그리워하다 돌아가신 것이었다. 그 긴 시간동안 얼마나 자신을 그리워하셨을지 어머니의 그 애틋한 마음이 무덤 속에서 자신에게 전해져 오고 있었다.

김동하는 몸에 신의 능력인 천명의 권능이 있음에도 수백 년의 세월이 흘러 지금은 유골조차 흙으로 돌아갔을 어머니를 살려내지 못한다는 애절함에 더욱 가슴이 아파왔다.

한서영이 시어머니의 묘소에 절을 하는 김동하를 촉촉한 눈으로 지켜보고 있었다. 동하루의 여주인과 한서영이 준비한 제례상은 참으로 정갈하고 정성이 가득 담겼다.

천공불진을 열고 가족과 헤어진 이후 영원히 만나지 못할지 모른다는 불안감을 안고 있던 김동하는 이렇게라도 어머니와 만나게 된 것이 다행이라고 생각했다.

어머니에게 절을 마친 김동하가 한서영을 돌아보았다.

한서영을 바라보는 김동하의 눈도 촉촉하게 젖어 있는 듯했다. 김동하가 나직한 목소리로 입을 열었다.

"어머니에게 인사를 드리겠습니까?"

김동하의 말에 한서영이 머리를 끄덕이며 옆에 나란히 섰다. 김동하가 어머니의 묘소를 바라보며 입을 열었다.

"인연이 있어 저랑 백년해로를 하기로 약속한 여인입니다. 아직 혼례를 올리지 못하여 정식으로 부부의 연을 맺지는 못하였지만 어머니의 며느리로 부족함이 없을 것입니다."

김동하의 말이 끝나자 곧바로 한서영이 다시 향을 피우고 술을 따라 제단에 올려놓은 뒤에 곱게 절을 했다.

"얼굴을 뵙지는 못하였지만 동하씨와 평생을 부부로 살기로 약속한 자부 한서영이 시모께 인사드립니다."

한서영의 목소리가 청아하게 울렸다. 절을 하는 한서영의 뒷모습을 바라보는 김동하의 눈에 살짝 물기가 비쳤다. 묘소 앞에 선 사람들은 아무도 입을 열지 않았다.

수백 년의 세월을 건너뛰고 이제야 찾아온 아들과 며느리가 어머니이자 시모께 인사를 드리는 자리였다. 허튼 기침 하나 실례가 될 수도 있었고 사소한 행동 하나가 불쾌감을 안겨줄 수도 있는 것이 지금의 상황이었다.

동하루의 주인인 서하진과 딸 유혜영이 말없이 김동하와 한서영을 지켜보고 있었다.

서하진의 남편 유창혁은 기적적으로 다시 살아나게 된 아들 유다빈과 함께 새벽 일찍 병원으로 돌아갔다.

아들의 상태가 어떠한지 아들 유다빈을 진료했던 담당의사의 입을 통해서 확실하게 듣고 싶었기 때문이었다.

김동하가 어머니의 묘소를 찾아 제례를 올린 시간은 막해가 떠오를 무렵이었다. 등으로 포근한 햇살을 받으며 어머니께 절을 올리는 아들부부의 모습은 지켜보는 사람들까지 숙연하게 만들기에 충분했다.

어머니의 묘소에 제례를 올린 뒤에도 한참을 김동하는

묘소 앞을 떠나지 못하고 있었다. 묘소를 바라보는 김동하의 머릿속에 스승 혜원스님이 남긴 편지의 글귀가 떠올랐다.

[네가 알아 두어야 할 것은 너에게 열어준 천공불진의 진계는 세상에 모두 두 곳이 있느니라. 이곳 인왕산에 남겨진 진계는 너의 사조께서 스승에게 전해준 것이며 다른 한 곳은 남쪽의 불사에 봉인되어 있다고 들었다. 하지만 스승은 그곳이 어딘지 알지 못한다. 행여 너에게 또 다른 하늘의 안배가 있다면 그곳과 이어질 운명일 것이나 그것에 연연하지 말아야 할 것이다.]

스승 혜원스님이 천공불진에 들어 차원의 벽을 넘을 때 자신에게 남겨준 불진 속에 남겨진 글이었다.

만약 그 천공불진을 찾아낼 수만 있다면 자신이 떠나왔던 과거로 돌아가 모든 것을 바꿀 수도 있을 것이라는 생각이 들었다.

아내가 될 한서영이라면 자신이 어떤 결정을 하든 받아줄 것이니 문제가 없을 것이라는 자신도 있었다.

김동하는 어머니의 묘소를 바라보면서 한서영과 결혼을 하고 나면 한서영과 함께 한국의 남쪽에 있는 절을 여행하면서 천공불진의 흔적을 찾아볼 생각을 했다.

불가능하면 생각하지도 않았겠지만 남쪽의 불사에 봉인된 천공불진을 다시 찾아낼 수만 있다면 아버지와 어머니 그리고 동생 종희까지 다시 만날 수 있을 것이라는 생각이 들었다.

한동안 애잔한 시선으로 어머니의 묘소를 바라보던 김동하가 묘소를 떠난 것은 해가 중천에 뜬 정오 무렵이었다.

오늘 오후 2시에, 한서영에게 수작을 걸다 김동하의 손에 용린활제라는 금제를 당해 지옥같은 고통을 맛보았던 두 멍청이의 부모를 만나야 한다는 한서영의 말 때문이었다.

차가운 서슬

강남 역삼역과 강남역 사이에 위치한 정원빌딩의 12층부터 20층은 서울의 법조원들 사이에서도 유명세를 타고 있는 법무법인 제니스가 있었다.

역삼동에만 해도 수십 개의 로펌이 있었지만 실질적으로 재판에 대한 승소확률이나 유명세로는 감히 제니스에 비교할 만한 로펌이 없었다.

대한민국의 유명한 사건들에는 항상 제니스가 관여한다는 말이 있을 정도로 제니스는 많은 분야에 손을 뻗었다.

제니스에 속한 변호사들은 나름 자신의 왼쪽 가슴에 걸린 황금색 배지에 자부심을 가지고 있었고, 자신이 제니스

소속의 변호사라는 것에 상당한 긍지를 가지고 있기도 했다. 그런 제니스의 대표인 송태현의 사무실은 대한민국에서 나름 이름이 알려진 정치인들이나 경제인들을 비롯해서 제니스의 막강한 변호능력을 믿고 찾아오는 사람들로 항상 북적였다.

하지만 오늘은 오전과 오후에 찾아오기로 한 네 명의 손님들과의 약속을 모두 취소했다.

그것은 대표인 송태현의 지시 때문이었다.

송태현 대표가 개인적인 일로 급히 처리해야 할 일이 있다는 핑계를 대고 약속을 취소했다.

이전에 만나기로 한 손님들은 송태현 대표를 만나지 못한 것에 대해서 상당히 불안해하며 송태현 대표와의 다음 만남을 거의 애걸할 정도로 목매고 있었다.

오전 11시.

법무법인 제니스의 대표 사무실로 약간 굳은 얼굴의 감색 정장차림의 남자가 찾아왔다.

오늘 하루는 아무도 만나지 않을 것이라는 대표의 지시가 있었지만 비서는 찾아온 사람이 누군지 아는 듯 송태현 대표의 방으로 안내했다.

비서의 안내로 송태현 대표의 방으로 들어서는 사람은 서울중앙지검 소속의 김대길 차장검사였다.

제니스의 대표인 송태현은 자신의 방으로 들어서는 김대길을 바라보았다. 사법연수원 동기이면서 송태현과는 서로 부부끼리도 왕래할 정도로 절친한 친구였다.

송태현이 자리에서 일어섰다.

"어서 오게. 바쁜데 오라고 해서 미안해."

송태현의 말에 김대길이 싱긋 웃었다.

"중요한 일은 처리하고 오는 길이니 미안할 것도 없어. 일선의 검사처럼 일에 치여서 허우적거릴 정도는 아니니까."

김대길의 말에 송태현 대표가 빙그레 웃었다. 그가 김대길을 바라보며 미소를 머금은 얼굴로 입을 열었다.

"자리가 관록을 만든다고 하더니 이제 제법 관록이 보이는 것 같군."

김대길은 서울중앙지검의 2차장으로 재임 중이었고 차기 법무부 인사개정 때 서울북부지검장으로 발령될 것이라는 소문이 떠돌고 있었다.

김대길은 나이에 비해 출세욕이 높고 명예욕이 강했기에 지금까지는 승승장구 하는 편이라고 할 수가 있었다.

아부를 좋아하는 김대길의 부하검사들은 몇 년 뒤에 서울중앙지검의 검사장을 거쳐 검찰총장까지 오를 것이라고 대놓고 떠들어 대기도 했다.

송태현이 집무실 중앙에 놓인 소파를 가리키며 입을 열었다.

"일단 앉게."

"그러지."

두 사람이 탁자를 마주하고 앉았다.

송태현이 김대길을 바라보며 입을 열었다.

"실은 염형님께서 중요한 일로 나와 자네를 만나자고 했어. 곧 여기로 도착할 거야."

김대길사의 눈이 살짝 커졌다.

"염형님이?"

친구인 송태현이 말하는 염형님이라는 사람이 누군지 잘 알고 있는 김대길이었다.

페인이 되어 죽어가고 있던 자신과 송태현의 아들을 살려준 중의학의 대가인 염백천을 말하는 것이었다.

송태현이 머리를 끄덕였다.

"그래. 자네와 나한테 중요한 일이라고 했네."

김대길이 머리를 긁적였다.

"그러고 보니 염형님을 만난 것도 제법 시간이 흘렀군. 잘 지내고 계신지 모르겠는데……."

"우리 집에서 머물고 계시다가 강남의 크리스탈 펠리스로 숙소를 옮기셨네. 아마 당분간 한국에서 머물 것 같아."

"그래?"

아들을 살려준 은혜에 대한 대가도 제대로 치르지 못한 김대길이었다.

송태현이 등을 소파에 기대며 김대길을 건너다보았다.

"조만간 북부지검장으로 가게 될 것이라는 소문이 있던데 미리 축하하지."

친구의 말에 김대길이 피식 웃었다.

"소문은 소문일 뿐이야. 발령장을 받으면 그때 축하해

주게.”

“그런가?”

밝은 표정을 짓던 두 사람의 시선이 마주쳤다.

송태현이 테이블 위에 놓인 인터폰을 눌렀다.

삐익—

날카로운 신호음과 함께 또랑또랑한 여자의 목소리가 들려왔다.

—네, 대표님.

송태현 대표의 비서인 이미선의 목소리였다.

“최회장이 보내주신 차 두 잔 가져와. 그리고 내가 말한 대로 그 분이 오시면 곧바로 이곳으로 안내해 드리고.”

—네.

짧은 대답소리와 함께 인터폰이 끊어졌다.

이내 머리를 돌린 송태현이 김대길을 바라보며 입을 열었다.

“한주그룹의 최영신 회장이 선물로 보내온 콜롬비아산 차가 있어. 맛이 기막힐 거야.”

송태현의 입에 살짝 미소가 걸렸다.

송태현은 원두를 직접 걸러서 뽑아낸 커피를 좋아하는 김대길의 식성을 알고 있었기에 특별히 자신이 혼자서 즐기는 차를 대접하려는 것이었다.

“고맙군.”

김대길은 자신을 외인으로 취급하지 않고 절친한 친구처럼 대해주는 송태현이 편했다.

송태현이 김대길을 바라보며 다시 입을 열었다.

"내가 재미있는 이야기 하나 알고 있는데 들어보겠나?"

송태현의 뜬금없는 말에 김대길이 머리를 들었다.

"재미있는 이야기?"

서울 중앙지검의 2차장 검사로 제법 관록이 쌓인 김대길이라지만 갑작스런 송태현의 말은 그를 당황하게 만들었다. 하지만 이내 머리를 끄덕였다.

"말해보게."

김대길이 승낙하자 송태현이 잠시 눈을 깜박이다가 이야기를 끄집어내기 시작했다.

"나도 처음에 듣고는 좀 황당했는데… 그렇다고 헛소리로 취급하기도 애매해서 말이야. 처음에 내가 이 이야기에 대해 흥미를 가진 것은 하나의 소문 때문이었어. 그 소문의 출처가 바로 우리 제니스와 가까운 곳에 있는 로진로펌에서 흘러나온 소문이거든?"

로진로펌이라면 송태현 대표가 이끌고 있는 제니스와 비교할 정도는 아니었지만 나름 서울에서도 이름이 꽤 많이 알려진 로펌이라 할 수가 있었다.

김대길도 로진로펌을 알고 있었다.

"로진에서?"

"응, 꽤 오래전에 로진로펌에 변호의뢰가 들어왔는데 학교폭력에 관한 변호라고 하더군. 피해를 받은 학생이 자살하면서 유서를 남겼는데 그 유서에 의뢰인의 딸이 들어 있었다고 했어. 의뢰인은 유신대 교수고 말이야."

송태현이 입맛을 다시며 말을 이어갔다.

김대길은 송태현이 허튼 말을 할 사람이 아니라는 것을 알기에 그의 말을 진중하게 듣고 있었다.

송태현이 머리를 갸웃하면서 말을 이었다.

"근데 갑자기 그 소송의뢰가 취소가 되었다는 거야. 학교폭력으로 자살한 그 여학생이 병원에서 다시 살아났다고 하더군. 그 때문에 학교폭력과 연관된 미필적 고의에 의한 살인사건에 대한 혐의가 사라져 버린 거야."

"뭐?"

김대길이 멍한 얼굴로 송태현을 바라보았다.

송태현이 입을 벌리며 웃었다.

"우리 제니스 소속의 변호사가 우연하게 로진로펌에 몸담고 있는 후배변호사를 만나게 되어 술자리를 가졌는데 그 술자리에서 술안주감으로 한 말이 우연히 나에게까지 전해진 것이지. 우연과 우연이 겹치게 된 기막힌 우연이었지. 그런데 듣고 보니 그 소문이 꼭 틀린 것은 아니지 않을까 하는 생각이 든 거야."

"왜 그런 생각을 한 건가?"

김대길은 본래의 송태현 같은 성격이라면 이런 황당한 이야기는 절대로 믿지 않았을 것이라고 생각했다.

송태현이 살짝 웃으며 입을 열었다.

"그 유신대 교수가 소송을 의뢰한 변호사가 누군지 알겠나?"

"내가 그것을 어떻게 알아?"

김대길이 약간 멍한 얼굴로 그를 바라보았다.
송태현이 웃으면서 입을 열었다.
"바로 로진의 대표 한동식이었어. 한동식이라면 자네도 알지?"
김대길이 멍한 표정으로 송태현을 바라보았다.
자신과 송태현보다 사시4회 후배이면서 검사출신으로 검사를 그만두고 이곳 역삼동에 로진이라는 로펌을 세운 친구가 바로 한동식이었다.
검사시절에도 대쪽같은 성격에 선배검사에게 대들고 항명까지 했던 인물로 아직까지 검찰정 내부에는 한동식을 좋아하는 사람들이 남아 있을 정도였다.
"한동식에게 그 의뢰를 맡겼다고?"
"그래. 그래서 내가 그 소문이 틀린 것만은 아닐 것이라고 생각한 것이지."
김대길이 자신도 모르게 머리를 끄덕였다.
대쪽같은 성격의 한동식이라면 이런 말도 되지 않는 황당한 사건을 가지고 찾아와 소송을 의뢰하는 의뢰인이라면 상대도 하지 않을 인간이었다.
김대길이 눈을 깜박이며 물었다.
"그럼 한동식이 의뢰를 받아들였단 말인가?"
"소송의뢰를 받기도 전에 그 여학생이 다시 살아나는 바람에 의뢰자체가 성사되지 못하게 된 것이라네. 의뢰인이 유신대 교수인데 설마 그런 교수가 말도 되지 않는 황당한 사건을 의뢰하며 장난을 치진 않았을 것이 아닌가?"

김대길이 물었다.
"어떻게 죽은 사람이 다시 살아날 수가 있는 거지?"
"글쎄. 나도 처음엔 너무 황당해서 웃으며 넘기려다 혹시나 하는 생각에 경찰 쪽에 알아보니 경찰에서도 당시의 상황을 언급하며 황당해 하더군. 자살한 여학생이 유서를 남기고 죽은 것을 분명히 확인했고 그 학생의 부모가 병원에서 장례식을 치르는 것도 확인했는데, 갑자기 병원의 영안실에서 기적적으로 살아서 돌아왔다는 거야. 이게 믿어지나?"
"……."
송태현이 머리를 흔들며 다시 입을 열었다.
"경찰의 반응을 보고나니 좀 더 확인하고 싶었지. 그래서 그 여학생이 다시 살아났다는 병원을 확인했는데 그 병원이 어딘지 짐작할 수 있겠나?"
"어딘데?"
김대길이 좀 황당해 하는 표정을 지으며 송태현을 바라보았다. 송태현이 묘한 미소를 머금고 입을 열었다.
"세영대학병원이었어."
순간 김대길의 미간이 좁혀졌다.
"세영대학병원?"
"응."
송태현이 머리를 끄덕이며 싱긋 웃었다.
김대길이 약간 놀란 듯 눈을 동그랗게 치켜떴다.
대한민국에서 살고 있는 사람이라면 이제 갓 태어난 갓

난아기를 제외하고 세영대학병원을 모르는 사람은 없을 것이다.

그런 유명한 병원에서 이해할 수 없는 황당한 사태가 벌어졌는데도 화제가 되지 않았다는 것이 놀라웠다.

송태현이 다시 입을 열었다.

"세영대학병원에서도 당시의 상황에 황당해 하긴 했는데 이슈화 시킬 생각은 없는 것 같았어. 만약 그것이 외부로 알려질 경우 스스로 대한민국 최고의 의대라고 자부하는 세영대학병원의 의료에 관한 신뢰성이 흔들릴까봐 함구하고 있는 것 같더군. 하긴 병원 측에서 사망판정을 내려 영안실에 안치했는데 그 영안실에서 죽은 사람이 다시 살아났다면 세영대학병원으로서도 낭패겠지. 실제로 세영대학병원 내부에도 직원들 사이에 그런 소문이 돌고 있고 말이야. 근데 누구도 그것을 표면적으로 드러내고 의혹을 제기하지도 않고 있다네. 자칫하면 진상규명과 의혹을 제기하는 그 사람 본인이 미친 사람으로 오해받기 십상이지. 그런데 소문을 조사하다 보니 한 가지 재미있는 일이 있었어."

"뭔데?"

김대길도 친구가 하는 말에 조금씩 흥미가 생기기 시작했다.

"영안실에서 살아난 그 여학생이 정기적으로 세영대학병원을 방문해서 진료를 받고 있는데 그 여학생이 병원에 올 때마다 누굴 찾았는지 아는가?"

"글쎄."
"당시 세영대학병원에서 인턴으로 근무하고 있었던 여자의사를 찾았어. 한서영이라는 이름을 가진 인턴이었네."
"그 인턴을 왜 찾아?"
김대길의 물음을 예상했는지 송태현이 바로 말을 이었다.
"엉겁결에 그 여학생이 실수를 한 듯 말했는데 영안실에서 자신을 살려준 은인이라고 했다더군. 여학생의 말이 사실이라면 그 한서영이라는 병아리 인턴이 죽은 사람도 살리는 명의라는 이야기가 되는 거지."
"뭐?"
김대길의 눈이 번쩍 뜨였다. 그때 문에서 노크소리와 함께 문이 열리면서 송태현 대표의 비서인 이미선이 작은 쟁반에 두 개의 찻잔을 들고 들어왔다.
대화를 나누던 두 사람의 대화가 끊어졌다.
이미선은 조용히 테이블 위에 두 개의 잔을 놓고 살짝 허리를 굽힌 후 돌아섰다. 비서가 다시 방을 나가자 송태현이 잔을 자신의 앞으로 끌어들이며 입을 열었다.
"너무 황당해서 조사를 더 해보고 싶었는데 아직 그 한서영이라는 인턴에 대해서 좀 더 알아봐야 할 것 같아서 진행 중이야."
"……."
이야기를 듣던 김대길의 눈빛이 반짝였다.

송태현이 빙그레 웃으면서 다시 입을 열었다.
"이쯤 되면 그 한서영이라는 인턴이 누군지 궁금하지 않나?"
김대길이 송태현을 바라보며 머리를 갸웃했다.
"들어보니 황당한 이야기로군. 그래 그 한서영이라는 인턴이 누군데?"
송태현이 싱긋 웃었다.
"내가 말한 재미있는 이야기는 지금부터야. 김프로."
"뭐?"
김대길은 오랜만에 직함 대신 프로라는 은어로 불리자 머릿속에서 번쩍하는 불똥이 튀는 느낌이 들었다. 검사들과 검사들 사이에서는 직함 대신 프로라는 은어로 서로 호칭하는 장난스런 관례가 존재했다. 그리고 김대길은 그 프로라는 직함으로 불린 것이 까마득한 예전이었다.
"그게 뭔지 말해보게."
김대길의 말에 송태현이 테이블 위에 놓인 찻잔을 들어올리며 입을 열었다.
"차부터 마시게. 자네도 꽤 놀랄 만한 이야기가 될 테니 말이야 하하. 참, 이 차는 마시기 전에 향을 먼저 음미하고 마셔보게."
송태현이 먼저 커피를 입으로 가져갔다. 송태현의 말대로 김대길이 찻잔을 들어올리며 입으로 가져갔다. 커피 특유의 고소하며 부드러운 향이 코끝으로 스며들었다.
친구인 송태현처럼 향을 음미하며 한 모금의 커피를 입

으로 머금었다. 순간 김대길의 눈이 커졌다.
"음?"
김대길이 놀란 얼굴로 송태현을 바라보았다.
송태현이 차를 마신 후 놀란 얼굴로 자신을 바라보고 있는 김대길을 보며 웃었다.
"아무 말 하지 말고 차를 마셔보게."
그의 말대로 결국 김대길이 차를 목구멍으로 넘겼다.
순간 너무나 찌릿하고 짜릿한 느낌이 목에서부터 시작되어 전신으로 퍼져 나가는 느낌이 들었다.
그리고 그것은 김대길에게는 단 한 번도 느껴보지 못한 너무나 충격적인 세상을 안겨주었다.
"이, 이건……."
김대길이 손에 들린 찻잔을 바라보았다. 송태현이 김대길의 반응을 보더니 웃으면서 입을 열었다.
"우리나라에서는 억만금을 주고도 구하지 못할 차일세. 또 돈이 있다고 한들 이런 차는 구할 수도 없고."
말을 마친 송태현이 남은 커피를 입으로 머금었다.
커피는 콜롬비아산 원두를 갈아 넣은 커피지만 내용물에는 다른 것이 포함되어 있었다. 그것은 한국에서는 구할 엄두도 낼 수 없는 코카인 성분이었다.
코카인은 코카나무 잎에서 추출한 알칼로이드 화학식 17h21n04라는 결정성 분말을 말하는 것이다. 강한 쓴맛을 가지고 있지만 커피로 그 맛을 희석시켜 특유의 맛을 숨겼다. 또한 코카인은 강한 마취성 약효로 인해 국소마취제의 기능을 가지고 있었고, 안과나 이비인후과에서 의학용 마취제로 사용하기도 하는 약물이었다.

코카나무는 남미에서는 고산병 방지용으로 잎사귀를 직접 씹기도 한다.

처음으로 코카인의 맛을 본 김대길은 한순간 머릿속이 환해지는 느낌이 들었다. 김대길의 표정을 본 송태현이 빙그레 웃으며 입을 열었다.

"자네가 마실 커피는 따로 준비해 놓았어. 나중에 돌아갈 때 이비서가 내어줄 거야. 다른 사람은 절대 손도 대지 못하게 하고 자네만 마시게."

"고, 고마워."

김대길은 친구가 권한 커피로 인해 마치 신세계를 경험하는 느낌이 들었다. 남은 커피를 모두 마신 송태현이 잔을 내려놓고 김대길을 바라보며 입을 열었다.

"이제부터 자네가 듣게 될 이야기는 기가 막힐 정도로 재미있는 이야기가 될 거야. 기대하라고. 하하하."

송태현은 코카인이 들어있는 커피 때문인지 몹시도 기분 좋은 얼굴로 웃음을 터트렸다.

김대길도 송태현 대표처럼 남은 커피를 모두 마셨다.

기분 좋은 몽롱함과 저릿하게 번져오는 형용하기 힘든 온기는 김대길의 전신을 나른하게 만들었다.

송태현이 그런 김대길을 보며 입을 열었다.

"죽었다 살아난 여학생이 언급한 한서영이라는 인턴에 대해서 흥미가 느껴지자 한서영이라는 세영대학병원의 인턴에 대해 조사를 시작해 보았지."

송태현이 다시 김대길을 바라보며 묘한 미소를 머금었다.

"그런데 한서영이라는 병아리 의사에 대해 조사를 하면서 기가 막힌 것을 알아냈다네."

"그게 뭔가?"

김대길의 물음에 한순간 송태현이 코카인이라는 마약에 의한 것인지 눈빛이 변하고 있었다. 그것은 끈적한 점액질의 특성이 느껴지는 것 같은 눈빛이었다.

송태현의 입이 열렸다.

"내 아들 영철이와 김프로 자네 아들 종현이가 죽을 뻔하게 만들었던 여자가 바로 그 한서영이었어."

"뭐?"

"영철이와 종현이가 말한 반포에서 시비가 붙어 싸우게 된 여자가 바로 한서영이라는 애송이 인턴 계집이었다는 말이지. 하하, 인천공항에서 한국항공의 윤태성 회장의 목숨을 구해준 것으로 뉴스에도 나왔던 그 여자가 바로 한서영이라는 애송이 의사였던 거야. 이제 이해가 되었나?"

"저, 정말인가?"

김대길이 너무나 놀란 얼굴로 눈빛이 이상하게 변한 송태현을 바라보았다.

송태현이 웃으면서 머리를 끄덕였다.

"틀림없어. 바로 그 여자가 죽었다가 살아난 여학생이 말한 한서영이란 인턴이었다네."

"그럴 수가……."
김대길의 입에서 탄성이 흘러나오고 있었다. 송태현의 말이 사실이라면 참으로 기가 막힌 인연이라고 할 수가 있었다. 송태현이 또다시 웃으면서 말을 이었다.
"내 말대로 참으로 재미있는 이야기라는 생각이 들지 않은가? 하하 아들놈들 때문에 그 한서영이라는 어린 여자와 이어지게 되다니 말일세."
김대길이 송태현을 바라보았다.
"어떻게 할 생각인가? 당시 반포의 길거리에서 일어난 일로 그 한서영이라는 인턴을 내가 어떻게 할 방법은 없어. 그리고 조만간 법무부 인사개편이 시작될 것인데 행여 내가 독직행위라도 한다면 정작 곤란해지는 것은 내 쪽이 될 것 같아서 말이야."
김대길은 아들 김종현이 반포의 길거리에서 한서영에게 당한 것을 가지고 자신의 직위를 이용하는 것은 부담스럽다고 생각했다.
아내 성은혜는 아들 종현이를 그렇게 만든 연놈을 당장 잡아들여서 대가를 치르게 하라고 요구했지만 그렇게 하기에는 자신의 위치가 주는 이목이 있기 때문이었다.
김대길은 인생의 목표로 검찰의 최고 수장이 되는 것을 꿈꾸고 있었기에 행여 작은 허점이라도 만들기도 싫었다. 송태현 대표가 웃었다.
"하하 자네에게 무엇을 하라고 하는 것은 아닐세. 나도 이 여자가 죽은 사람을 살리는 의술을 가지고 있다는 것에는 별로 흥미가 없어. 내가 흥미가 있는 것은 다른 쪽이라는 말이지. 하하하."

"그럼?"

김대길이 의아한 듯 송태현을 바라보았다. 송태현이 웃으면서 이제는 비워진 커피잔을 손으로 가리켰다.

"그 한서영이라는 인턴 계집에게 이 찻잔속의 커피를 맛보여줄 생각이야. 어때? 점점 재미있어 지는 것 같지 않나?"

송태현의 말에 김대길의 눈이 커졌다.

송태현이 무엇이 그리 즐거운지 웃으면서 말을 이었다.

"내 아들과 자네 아들을 그렇게 만든 계집인데 단순하게 혼을 내는 것으로는 충분하지 않을 거야. 난 그 인턴계집에게 영원히 지워지지 않을 나와 자네만의 낙인을 찍어줄 생각이야. 아마 그 한서영이라는 인턴계집도 이 커피를 맛보고 나면 우리에게서 떨어지지 못하게 될 거야. 분명히 말이야."

김대길의 표정이 굳어지고 있었다.

친구의 말은 김대길에게는 너무나 충격적이었다.

김대길이 잔뜩 굳은 표정으로 물었다.

"그게 가능하겠나? 행여 그런 일이 벌어지고 그게 세상에 드러나게 된다면 자네와 나, 우리 두 사람에게는 너무나 위험해질 수 있는 일이야."

김대길은 송태현이 말한 한서영에 관한 일이 세상에 알려지게 될 경우 자신이 모든 것이 한순간에 물거품으로 변해 사라지게 될 것이라고 생각했다.

그것은 너무나 두려운 일이었다.

송태현이 웃으면서 머리를 흔들었다.

"자네가 걱정하는 일은 벌어지지 않을 거야. 그 이유는 첫 번째로 한서영이 이 커피 맛을 보게 된 이후는 그녀는 세상에 모습을 드러내는 일이 없을 거라네. 영원히 말일세. 어쩌면 그녀가 세상에 존재했다는 흔적조차 시간이 흐르면서 점차 사라지게 될 거야. 그 계집의 부모도 아마 곧 그녀를 잊게 될 테지. 내가 그렇게 만들 테니까."

송태현이 손가락 두 개를 들어올리며 말을 이어갔다.

"두 번째, 설사 첫 번째 조건이 실패하여 자네가 염려하고 있는 상황이 발생할 경우 자네와 나의 영향력으로 그녀의 입을 틀어 막을 수 있을 거야. 바깥에는 내가 그녀를 단순한 마약중독자로 몰아갈 거고 자네는 내부에서 한서영을 범법자의 기준으로 처리하면 될 테니까. 세상은 마약에 취해서 우리들의 정액받이로 창녀처럼 살아온 여자의 말을 믿을까 아니면 이 세상에서 그 누구보다 강한 힘과 권력을 쥐고 있는 우리의 말을 믿을까? 이 세상은 참으로 아둔하게도 권력이나 돈을 가진 자들이 하는 말을 믿지, 힘없고 나약한 무지렁이들이 외치는 소리에는 눈과 귀를 닫아버리는 사람들이 군상을 이루고 살아가는 곳이란 말일세."

잠시 말을 멈춘 송태현이 세 번째 손가락을 들어올렸다.

"세 번째, 시간이 흐르고 언젠가 우리가 모든 것에 흥미를 잃어버리는 날이 오면 그녀도 세상에 존재하지 않게 될 거야. 영원히 입을 열 수 없다는 말이지. 내가 그렇게 만들 테니까 말이야 하하하. 자신에게 죽은 사람을 살리는 의술이 숨겨져 있는지는 모르지만 정작 자신이 죽을 때는 스스로 치료하지는 못하면 어쩔 수 없는 일이 되지 않겠나?"

송태현의 말이 끝나자 김대길의 미간이 좁혀졌다.

친구인 송태현의 말이 틀리지 않다는 것을 누구보다 잘 알고 있는 김대길이다. 친구가 한서영에 대한 존재를 숨겨 버린다면 그 누구도 한서영을 찾을 수가 없을 것이다. 자신 역시 한서영이 죽은 사람을 살리는 의술을 가지고 있다고 해도 그것에는 별로 관심이 없었다.

설사 한서영이 다시 세상에 나타난다고 해도 그것은 자신과 친구 송태현의 힘이라면 얼마든지 감추고 무마할 자신도 있었다. 김대길이 송태현을 바라보았다.

"정말 그게 가능할까?"

송태현이 빙긋 웃으며 자리에서 일어섰다. 이내 몸을 돌린 송태현이 자신의 책상으로 걸어가 서랍을 열고 무언가를 꺼내어 들고 다시 테이블로 돌아왔다.

툭—

김대길이 찻잔을 내려놓은 테이블 위로 무언가 떨어졌다. 순간 김대길의 눈이 커졌다.

"이건?"

송태현이 던져놓은 것은 인천공항에서 한서영이 한국항공 윤태성 회장의 응급처리를 하던 뉴스 장면을 사진으로 현상한 것이었다.
사진 속의 한서영의 영상은 남자들이라면 입을 벌릴 정도로 너무나 아름답고 매력적인 모습이었다.
다급해 보이는 한서영이 입을 벌리고 누군가에게 지시를 하는 장면처럼 보이는 영상 중 한 토막이었다.
긴 머리칼의 한서영의 얼굴이 생생하고 아름답게 클로즈업 되어 있었다.
“우리가 낙인을 찍어줄 한서영이 바로 이 여자야. 어때? 아름답지 않아? 이런 계집이 자네와 나만의 충실한 애완견으로 사육된다는 말이지. 영원히 세상에 드러나지 않는 곳에서 말이야.”
송태현의 말에 김대길이 한서영의 아름다운 얼굴 사진을 내려다보았다. 절로 침이 삼켜질 정도로 충격적으로 아름다운 미모의 젊은 한서영이 사진 속에 찍혀 있었다.
김대길이 침을 삼키며 머리를 들어올렸다.
“정말 세상에 드러나지 않게 할 거지?”
“물론이야. 우리의 아들을 건드린 대가는 이 계집의 몸으로 치르게 될 거야. 하하하.”
송태현의 입에서 낭랑한 웃음소리가 흘러나왔다.
그것은 자신이 가진 힘으로 이 세상에서 하지 못할 것이 없다는 듯한 자신감처럼 느껴졌다.
김대길이 머리를 끄덕였다.
“그럼 그렇게 하지. 그런데 정말 예쁘기는 예쁘군 그래.”
“큭큭 아마 앞으로 자네와 나는 몇 십 년 정도 젊어진 인생을 살게 될 것이네. 내가 그렇게 만들어 줄 거니까 말이야."

송태현 대표가 자신 있는 표정으로 웃었다.

김대길이 따라 웃으면서 머리를 끄덕였다.

"정말 이 여자를 안으면 그렇게 될지도 모르겠군 그래."

두 사람의 시선이 허공에서 얽혀들었다. 그때였다.

삐익—

인터폰이 울리며 스피커에서 비서 이미선의 목소리가 들려왔다.

—대표님, 기다리고 계시던 손님이 오셨습니다.

송태현이 김대길을 보며 빠르게 입을 열었다.

"이 이야기는 자네와 나만 알고 있는 이야기라는 것을 명심하게."

"그러지."

머리를 끄덕인 김대길이 입술을 꾸욱 다물었다. 송태현이 빠르게 인터폰의 버튼을 누르면서 입을 열었다.

"모시게."

—네.

비서의 대답을 들은 송태현과 김대길이 재빨리 자리에서 일어나 방 입구로 향했다.

딸칵—

문이 열리고 문 앞에 약간 굳은 얼굴의 중국 청지림의 림주 염백천과 손녀 염소하가 서 있었다.

송태현 대표가 한쪽으로 비켜서며 입을 열었다.

"어서 오십시오 형님."

김대길도 살짝 머리를 숙이며 입을 열었다.

"오랜만에 뵙습니다 형님."

두 사람의 인사를 받은 염백천이 환하게 웃으면서 입을 열었다.

"하하하 오랜만에 두 분 아우님을 보니 참으로 반갑습니다."

염백천의 유창한 영어가 송태현과 김대길의 귀에 부드럽게 흘러들어왔다. 염백천의 뒤에 서 있던 염소하가 김대길과 송태현 대표를 보며 살짝 머리를 숙였다.

"오랜만에 뵙습니다. 두 분 선생님."

염소하로서는 할아버지 염백천과 의형제 관계인 김대길과 송태현을 의조부라는 호칭으로 불러야 하지만 이제 갓 50살 정도의 두 사람에게 차마 할아버지라는 말은 나오지 않았다.

중국에 있는 염소하의 아버지보다 젊은 사람들이었기에 의조부라는 호칭으로 부르는 것이 오히려 실례가 될 수도 있었다. 송태현 대표가 입가에 부드러운 미소를 머금고 머리를 끄덕였다.

"염아가씨도 오랜만이네요."

중국에서 한국에 입국하여 한동안 송태현 대표의 집에서 머물고 있었다가 최근에 강남의 크리스탈 펠리스 호텔로 숙소를 옮겼기에 한동안 얼굴을 보지 못했던 상황이었다. 염소하가 입술 끝을 살짝 밀어 올리며 미소를 머금었다.

얇은 입술에 약간은 무표정 해 보이는 염소하의 모습은 그녀를 잘 알지 못하는 사람들에겐 전체적으로 도도한 느낌의 인상을 줄 수가 있었다. 하지만 그런 염소하에겐 말로는 설명하기 힘든 기묘한 매력이 흘렀다.

그것은 얼마 전 한서영이 살고 있던 다인캐슬 아파트에서 우연하게 스치면서 만났던 김동하의 사숙 해진이 알아본 염의 내기(艶의 內氣)였다.

염의 내기를 가진 사람은 요부의 자질을 타고난 여자이며, 그 기운을 잘 다스리지 못하면 숫한 남자를 거느리고 사는 색녀가 될 수 있었다.

염소하가 살짝 웃으며 입을 열었다.

"거처를 옮기고 나서는 뵙기가 힘들어 조금 서운했답니다."

말을 하며 송태현 대표를 바라보는 염소하의 눈자위에 얼핏 홍채가 피어올랐다가 사라졌다.

염소하는 오랜만에 만난 송태현 대표에게 예의상 말하는 것이었지만 송태현은 염소하의 눈에서 흘러나온 염의 내기에 가슴이 살짝 흔들릴 만큼 묘한 느낌이 들었다.

송태현이 급하게 머리를 돌려 염백천을 바라보았다.

"일단 자리에 앉으십시오 형님. 근데 굳이 형님께서 이렇게 김대길 차장까지 부르게 하시고 저의 사무실까지 직접 찾아오실 일이 뭔지 궁금하군요."

송태현은 염백천에게 무슨 중요한 일이 생긴 것이 아닌지 궁금했다. 송태현이 자리를 권하자 염백천과 염소하가 물소의 가죽향이 진하게 느껴지는 고급스런 소파에 자리를 잡고 앉았다. 자리에 앉은 염백천이 싱긋 웃으며 송태현을 바라보았다. 부드럽고 편해 보이는 미소가 염백천의 입가에 걸려 있었다. 염백천의 입이 열렸다.

"허허 그저 아우님들을 만나 차나 한잔 하려고 만나자고 한 것이오."

염백천의 말에 송태현이 눈을 깜박였다. 자신이 무슨 일을 하고 있는 것인지 알고 있는 염백천이었고 친구인 김대길이 공무원 신분이어서 한가하게 시간을 내는 것이 쉽지 않다는 것을 알고 있는 염백천이었다.

그런 두 사람에게 한가하게 차를 마시자고 연락해 올 염백천이 아니었다.

송태현이 고개를 끄덕이더니 인터폰을 눌렀다.

"알겠습니다."

삐익—

—네, 대표님.

비서 이미선의 대답이 명쾌하게 들려왔다.

송태현이 입을 열었다.

"내 방으로 홍차 두 잔만 가져다 줘."

—네.

그냥 차를 가져오라고 하면 아까 자신과 김대길이 마신 콜롬비아산 커피를 가져올 것이기에 굳이 홍차라고 콕 집어서 말했다. 염백천이 송태현과 김대길의 앞에 놓인 비워진 찻잔을 바라보며 싱긋 웃었다.

"두 아우님들은 차를 마신 모양이군요?"

송태현이 웃었다.

"하하 형님이 오신다고 이 친구를 불렀지만 이친구도 사실 저의 사무실에는 오랜만이라서 그냥 먼저 차 한잔 했습니다."

"허허 그렇소."

염백천이 머리를 끄덕였다.

잠깐의 침묵이 흘렀다. 침묵을 깬 것은 염백천이었다.

"뭐 길게 뜸을 들이는 것도 낯이 간지러운 일이니 내 두 분 아우님께 본론만 말하리다."

송태현과 김대길이 염백천의 얼굴을 빤히 바라보았다.

"무슨 말씀이신지 모르나 형님의 부탁이라면 우리들이 어찌 돕지 않겠습니까? 어려워하지 마시고 무엇이든 말씀하십시오."

송태현의 말에 염백천이 빙그레 웃었다.

"허허 역시 아우님들이라면 내 부탁을 어렵지 않게 들어줄 것이라고 생각했습니다."

약간 무표정한 얼굴로 염백천을 바라보던 김대길이 머리를 끄덕였다.

"여기 송대표와 제가 할 수 있는 일이라면 형님이 부탁하시는 일은 무엇이든 할 겁니다. 무엇이든 편하게 말씀하십시오."

김대길의 말에 염백천이 머리를 끄덕였다.

"그럼 두 분 아우님들의 말을 듣고 내 염치 불구하고 부탁을 하려 하오."

"예."

"예, 형님."

송태현과 김대길이 염백천의 얼굴을 빤히 바라보았다.

염백천이 머리를 돌려 염소하를 바라보며 입을 열었다.

"소하야. 네가 말씀드리도록 해라."

"예, 할아버지."

염소하가 살짝 머리를 숙인 후 송태현과 김대길을 바라보았다.

순간 염소하의 눈에서 다시 붉은색의 홍채가 떠올랐다가 금방 사라졌다. 그런 염소하를 바라보는 송태현과 김대길은 자신도 모르게 멈칫 몸이 굳었다.

동시에 두 사람의 눈에는 그들의 자식에 비해 한두 살 많은 염소하의 모습이 너무나 특별하게 보였다.

더구나 송태현과 김대길은 송태현이 몰래 숨겨놓고 혼자서 마시던 코카인 성분이 포함되어 있는 콜롬비아산 커피를 마신 상태였기에 말초의 감각이 상당히 자극이 되어 있는 상황이었다.

그런 상황에서 염소하가 의식적으로 흘려내는 염의 내기에 그들의 감정이 급격하게 흔들리고 있었다. 염소하가 입가에 예의 그 묘한 미소를 담고 입을 열었다.

"할아버지와 저는 이곳 한국에 중국에 있는 청지림의 지부를 내려고 해요. 사실 한세한방병원의 원장이신 이만우 선생께서 저희를 한국으로 초대했을 때 청지림의 한국지부를 염두에 두고 이곳에 온 거예요."
염소하의 말에 송태현과 김대길의 눈이 껌벅였다.
송태현이 입을 열었다.
"그게 뭐가 어렵습니까? 형님이나 아가씨가 이곳에 중국에 있는 청지림이라는 중의학 병원의 지원을 설립하려면 어려운 일은 없을 것입니다. 절차상 문제나 허가문제 등은 저와 대길이가 충분히 도울 수 있을 것이니까요. 법률상 절차를 밟는다면 어렵지 않을 것입니다."
염소하가 살짝 머리를 흔들었다.
"의조부, 아니 송선생님이 말씀하시는 대로 그런 문제는 저희도 알고 있습니다. 이곳 한국에 청지림의 지부를 설립하는 자체는 문제가 되지 않을 것입니다. 어차피 이곳에 청지림의 지부를 설립한다고 해도 법인자체를 한국의 독립된 법인으로 등록할 것이고 청지림의 의원들도 한국의 한의학 전공의들을 채용해서 진행할 예정이니까요."
염소하는 송태현 대표를 의조부라고 부르려다 그만두었다. 송태현을 할아버지로 대하는 것은 그녀로서도 얼굴이 간지러운 일이었다.
김대길이 살짝 눈을 치켜뜨며 물었다.
"그럼 다른 문제가 있습니까?"
김대길의 물음에 염소하가 머리를 끄덕였다.
"네."
"그게 뭡니까?"
송태현 대표가 끼어들었다. 염소하가 송태현과 김대길

의 얼굴을 다시 한번 찬찬히 바라보며 입을 열었다.

"이곳 한국에 청지림의 지부를 설립하게 되면 중국의 청지림 본원에서 한국으로 들여올 물건들이 제법 많을 거예요. 외부에 공개해서는 안 될 것들도 있고 한국에서는 반입자체가 불법이 되는 물건들도 있을 거예요. 예를 들면 중국산 약초나 청지림의 제자들을 위한 수련용 의구 같은 것들인데……."

김대길이 물었다.

"그럼 한국정부의 반입허가를 받기에는 약점이 있는 물건들이란 말이군요?"

정식으로 세관을 거쳐 반입허가를 받아야 통관이 되는 물건이라면 이런 말은 하지 않을 것임을 눈치챈 김대길이었다. 염소하가 머리를 끄덕였다.

"역시 높으신 검사님이라 쉽게 이해를 하시네요."

염소하가 머리를 끄덕이자 송태현과 김대길이 서로 얼굴을 마주 보았다.

그때 두 사람을 보고 있던 염백천이 입을 열었다.

"두 아우님들이 나를 도와준다면 내 두 아우님들께 섭섭하지 않게 사례를 할 겁니다."

염백천의 말이 끝나자 염소하가 입을 열었다.

"두 분께 이번 일로 각각 20억원씩 사례금으로 지급할 것입니다. 그 외 한국 청지림 지부의 지분도 나눠드릴 것이고요."

염소하의 말에 송태현과 김대길의 눈이 커졌다.

송태현이 더듬거리며 입을 열었다.

"2, 20억원이라고요?"

법무법인 제니스의 대표인 송태현에게 20억원이라는 돈은 그다지 큰 돈은 아니었다.

하지만 세무관련 자료가 있는 20억원과 아무도 모르는 20억원이라는 돈은 그 가치부터 다르다는 것을 모를 리 없는 송태현이었다. 그것은 김대길도 마찬가지였다.

서울중앙지검의 2차장 검사까지 승진하면서 나름 제법 탄탄한 부를 쌓았다고 자신했다.

그렇지만 그 역시 아무런 회계자료에도 근거가 남지 않는 20억원이라는 공돈이 생기는 것에 살짝 놀랐다. 두 사람의 표정을 본 염소하가 살짝 웃으며 입을 열었다.

"두 분에게 20억원이라는 돈이 그다지 크지 않은 돈이라는 것은 알아요. 하지만 두 ㅊ분께 나눠드릴 청지림 한국지부의 지분은 아마 다를 거예요. 단언하지만 돈으로 그 가치를 따진다면 두 분께 나눠드릴 지분의 가치는 각각 100억원이 훨씬 넘을 것이라고 자신해요."

순간 송태현과 김대길의 입이 살짝 벌어졌다.

"100억이라고 하셨습니까?"

"100억이라고……."

두 사람의 입에서 중얼거리는 소리가 절로 흘러나왔다.

100억이라면 송태현과 김대길이 지금까지 쌓아온 재산과 버금가는 엄청난 거금이었다.

그런 거금이 단번에 자신들의 손에 들어온다는 것에 머

릿속이 하얗게 비워지는 느낌이 들었다.

옆에서 지켜보던 염백천이 다시 끼어들었다.

"내 손녀가 말한 100억이라는 것은 추정치일 뿐입니다. 아마 향후 이곳 한국에서 청지림의 지원이 본격적으로 확장되면 두 아우님의 지분가치는 한국 돈으로 1,000억원이 넘어갈 수도 있을 것이오. 하하 어떻소?"

염백천의 말은 다시 두 사람의 심장을 벌떡이게 만들었다. 자신들도 평생 돈에 구애받지 않고 금수저의 인생을 살아왔지만 그럼에도 1,000억원이라는 돈은 까마득한 꿈의 경지에 올라 있는 재벌의 수준이었다.

염소하가 웃으며 입을 열었다.

"또한 두 분께는 향후 청지림의 한국지부에서 제공하는 모든 편의를 무료로 이용할 수 있도록 할 거예요. 청지림은 그냥 중의학만 전문으로 하는 곳이 아니에요."

"그럼?"

"……."

송태현과 김대길이 염소하를 바라보았다.

염소하가 특유의 기묘한 미소를 떠올리며 입을 열었다.

"한국에 세워질 청지림의 지부는 한국의 고위급 정치가들과 경제계의 인물들을 비롯하여 한국의 군실권을 가지고 있는 군장성들을 위한 접대처도 만들 거예요. 말하자면 한국의 실권자들을 모두 청지림의 한국지부 회원으로 모실 겁니다. 두 분은 그런 청지림 한국지부의 지분을 가지신 호법님이 되실 것이고요."

염소하의 말은 송태현과 김대길의 머리를 망치로 후려치는 듯한 충격을 안겨주었다.

"호법?"

"호법이라면……."

송태현과 김대길이 염소하가 말한 호법이라는 말에 눈을 껌벅였다. 염백천이 웃으면서 입을 열었다.

"호법은 청지림의 서열관계에서 수좌의 자리를 차지하는 자리라오. 내 두 아우님의 도움을 받는데 어찌 소홀히 대접하겠소? 하하하."

염백천의 호탕한 웃음소리에 송태현과 김대길이 눈을 껌벅이며 염백천을 바라보았다.

송태현 대표가 머리를 끄덕였다.

"알겠습니다. 돕겠습니다 형님."

김대길도 머리를 끄덕이며 급하게 입을 열었다.

"저도 마찬가집니다. 형님을 돕지요."

송태현과 김대길의 대답을 들은 염백천이 하얀 이를 드러내며 웃었다.

"하하 역시 두 분 아우님께서는 나를 도와주실 것이라고 믿었소."

염소하가 생긋 웃었다.

"감사드립니다. 두 분 의조부님."

이번에는 염소하가 송태현과 김대길을 향해 의조부님이라는 호칭을 사용했다.

하지만 송태현과 김대길에게는 염소하의 호칭 따위는 아

무런 상관이 없었다. 거저 염백천이 부탁하는 것을 들어주는 대가로 엄청난 부가 자신들의 품으로 들어오게 된다는 것으로 마음이 터질 듯이 뛰고 있었다.

그때였다.

"어머나. 이게 누구죠?"

염소하가 김대길이 앉아 있는 테이블의 찻잔 옆에 놓인 한 장이 사진을 바라보았다. 그것은 아까 송태현이 김대길에게 보여준 한서영의 사진이었다.

송태현이 입을 열었다.

"아, 그건 염아가씨도 알고 있는 여자입니다. 내 아들과 대길이의 아들하고 다툼이 있었던 여자인데……."

송태현 대표는 염소하에게 한서영에 관한 정보는 말해주고 싶지 않은 듯 말끝을 흐렸다. 이제는 감당하기에도 벅찬 엄청난 거금을 손에 쥐게 될 자신과 김대길이었다.

사진속의 한서영은 그런 자신과 김대길의 손아귀에서 장난감이나 노리개처럼 성노예로서 사육될 여자라고 생각하고 있었기 때문이었다.

하지만 염소하는 그런 송태현의 속마음을 읽고 있었다.

순간 염소하의 두 눈이 새빨갛게 변했다.

사진 속 한서영의 아름다운 미모를 보는 것만으로 엄청난 질투심이 촉발된 것이다. 여자인 자신이 보아도 가슴이 떨릴 정도로 아름다운 미모를 가진 한서영이었다.

누군가의 미모와 자신을 비교해 본 적이 없었지만 이렇게 아름다운 한서영의 얼굴을 보는 순간 본심에서 치밀어

오르는 질투심은 억제하기가 힘들었다.

하지만 염소하가 어금니를 깨물며 억지로 질투심을 가라앉혔다. 염소하가 한서영의 사진을 다시 밀어놓으며 입을 열었다.

"예쁜 여자군요."

송태현이 살짝 웃으면서 입을 열었다.

"좀 혼을 내줄 생각입니다."

혼을 내주는 것이 아니라 잡아와서 노예를 만들 셈이었지만 그것을 말해줄 필요는 없었다.

염소하가 덤덤한 어투로 머리를 끄덕였다.

"그런가요?"

나직하게 중얼거린 염소하가 다른 곳으로 시선을 돌렸다. 잠시 후 오후 2시면 사해련의 수좌들이 기다리고 있는 강남의 크리스탈 펠리스 호텔 최상층 VIP실에 제 발로 나타나게 될 한서영이다. 그곳에서 어제 당한 수모를 모두 제대로 갚아줄 생각이었기에 들끓어 오르는 질투심은 그곳에서 해소하면 그만이라고 생각하는 염소하였다.

이미 송태현의 집에서 염소하는 텔레비전의 뉴스에 나왔던 한서영의 얼굴을 보았다. 그럼에도 한서영을 아는 체하지 않은 것이 나중에 송태현과 김대길에게는 기가 막힌 반전으로 돌아올 것을 염소하도 알지 못했고 송태현과 김대길도 짐작조차 하지 못하고 있었다.

그때 문이 열리면서 쟁반에 김이 오르고 있는 홍차 잔 두 개를 올린 송태현 대표의 여비서 이미선이 안으로 들어왔다. 이미선은 염백천과 염소하의 앞에 조심스레 찻잔을 내려놓고 몸을 돌려 방을 빠져나갔다.
향이 피어오르고 있는 홍차잔을 내려다보던 염백천이 빙긋 웃으며 입을 열었다.
"나중에 청지림의 한국지부가 완성되면 그날 두 분 아우님께 우리 중국의 동정호에서만 맛볼 수 있다는 벽라춘을 한번 대접해 드리리다 하하."
염백천의 말에 송태현과 김대길이 미소를 머금은 얼굴로 대답했다.
"하하 기다리지요."
"벌써 기대가 됩니다 형님."
두 사람의 목소리에는 이미 들뜬 기색이 가득했다.
염백천과 염소하가 중국에서 몰래 들여오려는 물건들은 한국에서는 반입이 절대로 불가능한 중국산 총기와 밀매된 러시아산 무기들이 들어 있는 화물이었다.
일반적인 방법으로 한국으로 반입할 수 없는 것들이기에 나름 한국에서 어느 정도 힘을 가지고 있는 송태현 대표와 김대길 차장검사를 이용하려 했다. 향후 무기뿐만 아니라 마약을 비롯해서 온갖 불법적인 물건들을 몽땅 한국으로 반입할 예정이었다. 그리고 그때쯤엔 한국의 정치권과 경제계를 비롯하여 한국전역에는 청지림을 비롯한 사해련의 영향력이 미치지 못할 곳이 없을 것이다.
염백천과 염소하는 두 잔의 홍차를 모두 비우고 다시 작별 인사를 하고 이내 돌아갔다. 의형인 염백천과 염소하가 돌아가자 송태현과 김대길은 자신들에게 갑자기 주어진 엄청난 재복이 꿈이 아닌지 되짚어보았다.

더구나 김대길은 염소하가 말한 대로 한국의 정치권과 경제계를 비롯해 군 실세까지 청지림의 회원으로 영입하고 나면 자신이 꿈꾸던 정치계의 입문이 불가능하지 않을 것이라는 생각에 마음이 두근거렸다.

그것은 이제 50살이 갓 넘어가는 김대길에게는 그야말로 평생의 소원을 이루는 셈이었기 때문이었다.

염라의 문 (閻羅의 門)

"그, 그게 정말이었니? 정말 김서방의 어머님 묘소가 그곳에 있었어?"

한서영의 어머니 이은숙이 놀란 눈으로 한서영의 손을 끌어당기며 물었다.

한서영이 대답했다.

"응, 정말이었어. 동하도 어머니 묘소라는 것을 확인했어. 어머님의 묘소를 세운 게 동하의 동생이었다니까."

"니 시누이가 묘소를 세웠다고?"

김동하와 한서영이 당진의 동하루에서 돌아오자 그때까지 초조한 마음으로 기다리고 있던 이은숙은 한서영의 손을 잡고 안방으로 끌어들여 캐물었다.

집으로 돌아온 사위 김동하는 아무 말도 하지 않고 예전 한서영이 사용하던 작은 방으로 들어가 버렸다.

때문에 이은숙은 사위의 눈치를 살피다가 한서영의 손을 잡고 안방으로 끌어들인 것이다.

한서영이 엄마가 채근하는 것을 보며 머리를 끄덕였다.

"응, 어머님 묘소는 잘 관리되고 있었어. 오래된 묘소인데도 잡풀 정리가 잘 되어 있었고 해마다 제례도 지낸대."

"세상에 어떻게 이런 인연이 있니?"

이은숙이 놀란 얼굴로 입을 벌렸다.

다른 사람도 아닌 시동생인 한동식이 낚시를 떠났다가 우연하게 사위의 어머니 묘소를 찾게 되었다.

그 소식을 듣고는 하늘이 사위인 김동하를 내려다보고 있다는 생각이 들 정도였다.

한서영이 가만히 한숨을 내쉬었다.

"그래도 다행이야. 이제 해마다 동하의 어머님 묘소를 찾아가 인사를 드릴 수 있으니까."

이은숙이 한서영의 손을 꼭 잡았다.

"그래야지. 그래 너도 인사는 했니?"

이은숙은 한서영이 시어머니가 되는 동하루의 김동하 어머님 묘소에 인사를 했는지 궁금했다.

당연히 김동하가 인사를 드리게 했겠지만 그럼에도 한서영이 인사를 했는지 궁금했다.

"당연하지. 아직 동하랑 예식은 올리지 못했지만 혼인을 하기로 결정했으니 며느리로서 인사를 드렸어."
"잘했다. 그나저나 어머님 기일은 외웠니?"
한서영이 머리를 끄덕였다.
"음력 10월 7일이야."
"쯧쯧 세상에……."
이은숙이 안타까운 목소리로 혀를 찼다.
살아계셨다면 자신과는 사돈일 수밖에 없는 김동하의 어머니가 수백 년 전에 명을 달리했다는 말을 들으니 참으로 아쉽고 안타까웠다.
한서영은 앞으로 어머님의 제사를 지내기 위해서 반드시 어머님의 기일을 외워야 했기에 동하루의 어머님 묘소 묘비를 눈에 아예 새겨 넣고 돌아왔다.
한서영이 엄마의 얼굴을 바라보며 입을 열었다.
"며칠 후에 동하랑 하동에 한번 다녀와야 할 것 같아."
"하동?"
이은숙이 놀란 얼굴로 한서영을 바라보았다.
"응, 하동에 동하의 동생인 시누이 묘소가 있어."
"어머나. 어머니랑 같이 모시지 않고 어떻게 하동에 있어?"
이은숙은 사돈인 유하연의 묘소의 인근에 김동하의 여동생인 종희의 묘소가 있을 것이라고 생각했다.
"시누이는 하동의 정씨집안으로 시집을 가셨대. 그 후 어머님이 돌아가실 무렵 당진의 동하루로 돌아와서 두 번째 동하루의 주인이 되셨던 거야."

"……."

이은숙이 말없이 머리를 끄덕이며 작은방이 있는 방향으로 머리를 돌렸다.

그곳은 한서영이 따로 분가를 하기 전에 한서영이 묶었던 방이었고 지금은 김동하가 들어가 있었다.

이은숙의 눈에 애처로워 하는 눈빛이 떠올랐다.

사위인 김동하가 수백 년 만에 어머니와 동생의 소식을 들었지만 그 수백 년의 세월이 흐른 뒤에 지금 어머니와 동생은 차디찬 땅속에서 영면하고 있다는 것이 참으로 안쓰럽기만 했다.

한서영이 안방의 침대 머리맡에 붙어 있는 벽시계를 힐끗 보았다.

오후 1시가 막 지나고 있었다.

당진의 동하루에서 돌아온 후에 잠시 쉬었다가 병원에서 만난 중국여자가 말한 강남의 크리스탈 펠리스 호텔로 갈 예정이었다.

한서영이 시계를 보자 엄마가 물었다.

"시계는 왜 봐? 어딜 나갈 거니?"

"응, 동하랑 잠시 같이 갔다가 올 곳이 있어."

이은숙의 눈이 살짝 커졌다.

"또 어딜 가? 당진에서 밤새고 왔으면 쉬어야지. 김서방 먹이려고 갈비찜도 해놓았는데."

이은숙은 시동생인 한동식이 남편에게 전했던 말을 듣고 사위인 김동하가 가련해 갈비찜까지 재워놓았던 참이었다.

마음고생이 심했을 사위에게 실컷 갈비나 구워줄 작정이었다.

한서영이 머리를 흔들었다.

"그건 갔다 와서 먹을게. 그보다 중요한 약속이 있어."

"약속?"

"응."

한서영은 병원에서 만났던 중국인 여자가 했던 말을 모두 엄마에게 들려주었다.

이은숙은 딸이 들려주는 말에 놀란 듯 눈을 깜박이며 귀를 세우고 있었다.

이윽고 한서영의 말이 끝나자 이은숙이 기가 막힌다는 표정으로 입을 벌렸다.

"뭐 그런 인간들이 있어? 자신들 자식들이 못난 것을 가지고 왜 너랑 김서방에게 해코지를 하려고 해? 기가 막힌다 증말."

이은숙의 표정이 제법 사나워졌다.

한서영이 빙긋 웃었다.

"그 때문에 나랑 동하랑 나가봐야 해. 엄마 말대로 그 사람들에게 자신들이 키운 자식들이 얼마나 유치한 사내들인지 가르쳐 줄 거야."

이은숙이 한숨을 내쉬었다.

"알았어. 갔다 와. 김서방이랑 같이 갔다가 온다고 하니 안심은 된다만, 너한테 그런 짓거리를 하다가 낭패를 당했으면 깨닫는 게 있어야지 뭔 앙갚음을 한다고 날뛰니? 정말 세상에는 한심한 짓거리 하는 인간들이 너무 많아."

한서영이 생긋 웃었다.

"동하가 있으면 이 세상에서 나를 건드릴 사람이 없어. 그러니 엄만 안심해도 돼."

"알았어."

이은숙은 이미 사위인 김동하의 능력을 누구보다 잘 알고 있는 사람이었다.

김동하가 딸의 곁에 있다면 하늘이 무너져도 딸을 안전하게 보살펴 줄 수 있을 것이라고 철석같이 믿고 있었다.

이은숙이 한서영을 보며 물었다.

"그럼 언제 들어올 거니?"

"그 사람들을 만나서 오해를 푸는데 그다지 시간은 많이 걸리지 않을 거야. 그것도 말이 통한다면 말이야. 하지만 고집불통에 필요 없는 상황이 만들어지면 약간 늦을지 몰라."

딸의 대답에 이은숙이 살짝 약 오른 표정을 지었다.

"오후에 아빠가 작은아빠 식구들 데리고 집에 온다고 하기에 그 전에 김서방하고 너한테 갈비나 실컷 구워주려 했는데 어쩔 수 없네."

이은숙은 비록 시동생 내외와 같이 식사를 해야 했지만 그전에 자신의 사위와 딸에게 맛있는 갈비를 먹이고 싶었기에 약이 올랐다.

한서영이 웃었다.

"우린 같이 먹어도 돼 엄마."

"알았어. 대신 내일은 어디 나가지 마."
"왜?"
"서초동에 집 봐둔 거 내일 보러 가기로 했어. 김서방 옷도 맞추고 네 예물도 볼 거야. 그리고 신혼살림까지 다 둘러볼 테니 그렇게 알고 있어."
이은숙이 작심한 듯 내일 정해놓은 스케줄을 한서영에게 떠들었다.
한서영의 눈이 동그랗게 변했다.
"예물과 신혼살림을 본다고?"
한서영의 말에 이은숙이 대답했다.
"결혼을 하기로 결정했으면 서둘러야지 미적대면 또 무슨 일이 생길지 어떻게 알아? 마침 서초동 집도 비워진 상태라고 하고 집 안내해줄 김씨 아저씨 말로는 그냥 내부만 살짝 손보면 될 정도라고 하니 이사날짜에 맞춰서 결혼식도 치를 생각이야. 아빠하고도 그렇게 이야기했고."
어제 한서영과 김동하가 당진의 동하루에 내려갔을 때 남편 한종섭과 대충 이야기를 나누어서 결정을 해놓은 이은숙이었다.
엄마 이은숙의 막무가내식 추진에 한서영이 어이가 없다는 얼굴로 엄마의 얼굴을 바라보았다.
하지만 엄마의 성격을 알고 있는 한서영으로서는 엄마를 막을 엄두가 나지 않았다.
한서영은 엄마가 서두르는 것을 보며 자신과 김동하가 이제 부부가 된다는 것이 먼 훗날의 일이 아니라 코앞에

닥친 일이라는 것을 실감했다.
한서영의 양 볼에 살짝 홍조가 떠올랐다.
"엄마가 그러니까 이제 결혼한다는 것이 진짜 실감 나네……."
이은숙이 웃었다.
"아빠가 너희들 결혼날짜가 결정되면 미국의 토마스 회장에게도 연락한다고 하더라. 그분도 너희들 결혼날짜가 언제인지 궁금해 한다고."
레이얼 시스템의 토마스 레이얼 회장은 김동하와 한서영의 결혼식에 맞춰서 한국을 방문할 예정이었으니 당연한 일이었다.
한서영이 작게 고개를 끄덕였다.

강남의 청담공원이 내려다보이는 곳에 위치한 크리스탈 펠리스 호텔.
그 앞쪽은 항상 사람들로 북적거렸다.
압구정이나 로데오 거리가 가까웠기 때문에 늘 젊은 사람들과 한국을 방문한 외국인들의 동선이 겹치는 곳이었기 때문이다.
정오가 지난 시간이었지만 호텔 앞의 거리는 오가는 사람들이 많았다.
호텔의 1층 로비에 위치한 카페에도 제법 손님들이 많은 느낌이었다.
오후 1시 50분.

크리스탈 펠리스 호텔의 주하 주차장의 입구로 흰색의 국산 소형 승용차가 들어섰다.
운전석에는 한서영이 앉아 있었고 조수석에는 흰색의 슈트 안에 하얀색의 와이셔츠를 입은 김동하가 말쑥한 모습으로 앉아 있었다.
이내 호텔의 지하주차장으로 들어선 차는 지하주차장의 1층 비워진 주차구역에 차를 세웠다.
차를 멈춰 세운 한서영이 손목시계를 바라보았다.
오후 1시 53분이 막 지나고 있었다.
"딱 맞게 도착했어. 지금 올라가도 될 거야."
한서영의 말에 김동하가 아무런 말도 하지 않고 고개를 끄덕였다.
당진을 다녀오고 난 이후 김동하는 이상하게 말을 많이 하지 않았다.
한서영이 김동하를 바라보며 물었다.
"괜찮아……?"
한서영의 물음에 김동하가 고개를 끄덕였다.
"예."
"어머니의 묘소를 보고 오니 심란해 보이네?"
한서영은 당진을 다녀온 이후 김동하의 얼굴에 그늘이 보이는 것 같아 마음이 무거워졌다.
김동하가 살짝 머리를 돌려 한서영을 바라보았다.
"누님은 내가 어딜 가든 항상 나를 믿고 따라와 주실 겁니까?"

김동하의 맑은 눈이 한서영의 얼굴을 빤히 바라보고 있었다.

한서영이 눈을 깜박이며 대답했다.

"당연하지. 자기는 이제 나의 하나뿐인 남편이 될 거잖아. 아내가 남편과 함께 하는 것은 예전이나 지금이나 달라진 것이 없어."

김동하가 빙긋 웃었다.

"알겠습니다."

"근데 그건 왜 물어?"

한서영이 김동하를 바라보며 눈을 동그랗게 뜨자 김동하가 입을 열었다.

"종희의 묘소가 있는 하동을 다녀온 후에 누님과 함께 남쪽의 사찰들을 돌아볼 생각입니다."

"사찰?"

사찰이라는 것은 절을 말하는 것이었기에 한서영이 눈을 깜박이며 갸웃거렸다.

"천공불진의 또 다른 진계가 남쪽의 사찰 한곳에 남겨져 있다고 스승님께서 저에게 가르쳐 주셨습니다. 그것을 찾아볼 생각입니다."

"천공불진의 진계?"

반문하는 한서영의 표정이 굳어졌다.

김동하가 고개를 끄덕였다.

"예, 어딘지는 모르지만 누님과 함께 남쪽의 사찰을 돌아보다보면 흔적을 발견할 수 있을지 모르니까요."

한서영이 천공불진을 모를 리가 없었다.
그 천공불진으로 인해 자신과 김동하가 만나게 되었기에 김동하의 입에서 천공불진이라는 말이 흘러나오는 순간, 가슴이 철렁 내려앉는 느낌이 들었다.
그리고 김동하가 천공불진을 찾는 다는 것은 이곳에서의 삶을 되돌린다는 것을 의미했다.
한서영이 굳은 얼굴로 김동하를 바라보며 물었다.
"마, 만약 그 천공불진이라는 진계를 발견하면 돌아가게 되는 거야?"
김동하가 빙긋 웃었다.
"그럴 생각입니다."
"세상에……."
김동하가 한서영을 빤히 바라보며 입을 열었다.
"나 혼자가 아닌 누님과 함께 돌아갈 것입니다."
"……."
한서영이 도톰한 입을 벌리며 김동하를 빤히 바라보았다.
이내 한서영의 입이 열렸다.
"나와 함께 돌아간다고?"
끄덕—
김동하가 고개를 끄덕이며 대답했다.
"누님은 나의 아내이니까요. 그리고……."
김동하가 살짝 말끝을 흐렸다.
남쪽의 사찰에서 또 다른 천공불진의 흔적을 발견한다면

그 천공불진의 진계를 살펴 언제든 새로운 진계를 스스로 만들 생각이었다.

자신으로서는 돌아간다고 해도 견뎌낼 자신이 있었지만 이곳 생활에 익숙한 한서영으로서는 수백 년의 세월을 거슬러 과거의 조선시대로 돌아간다면 견디기 힘들 수도 있었기에 그런 생각을 한 것이었다.

하지만 그것을 한서영에게 말하고 싶지는 않았다.

새로운 진계를 언제든 만들 수 있다면 말해줄 심산이었다.

하지만 한서영은 그런 김동하의 생각과는 달리 흔쾌히 고개를 끄덕였다.

"나도 좋아. 동하가 과거로 돌아간다면 나도 동하를 따라갈 것이니까. 그곳이 어디든 동하가 곁에 있으면 그것으로 충분해."

한서영은 김동하와 함께라면 단순하게 수백 년 전의 과거가 아니라 지옥이라고 해도 따라갈 자신이 있었다.

김동하가 그런 한서영의 손을 살짝 잡으며 입을 열었다.

"누님이 나의 아내가 되어 주셔서 정말 고맙습니다."

한서영은 자신의 손을 잡는 김동하에게서 진심으로 자신을 아끼고 좋아한다는 느낌을 받았다.

한서영이 부끄러운 듯 얼굴을 붉히며 웃었다.

"나도 동하가 내 남편이어서 고마워."

두 사람의 시선이 살짝 얽히며 잠시 동안 달콤한 감정이 차 안에 차올랐다.

이내 한서영이 입을 열었다.
"내리자. 그 사람들 만나야지."
"예."
두 사람이 차에서 내렸다.
49층으로 이루어진 크리스탈 펠리스 호텔의 VIP룸은 호텔의 최상층에 위치해 있었다.
VIP룸의 특성상 호텔 최상층의 팬트하우스까지 같이 이용할 수가 있었기에 말 그대로 하루 숙박료만 1,000만원에 가까운 곳이었다.
한서영으로서는 호텔을 이용해 본 적이 없었고 외국여행도 자주 해본적이 없었기에 호텔에 대해서는 김동하 만큼 문외한이라고 할 수 있었다.
지하주차장의 엘리베이터 앞에 도착한 한서영이 버튼을 누르며 엘리베이터 옆에 붙어 있는 객실배치도를 바라보았다.
"아무리 사람들의 이목을 피하고 싶은 사람들이라곤 하지만 굳이 이런 곳에서 만나야 할 이유가 있는지 모르겠네."
혼잣말처럼 중얼거리는 한서영이 호텔 최상층에 표시된 VIP룸의 배치도를 확인하며 눈을 깜박였다.
크리스탈 펠리스 호텔의 VIP룸은 복층으로 이루어진 객실이었다.
한국을 방문한 VIP급의 국빈들이 한국에 체류하는 동안 사용할 수 있는 공간이었다.

하지만 한서영과 김동하로서는 그런 것은 전혀 모르는 상황이었다.

때앵—

맑은 종소리와 함께 호텔의 엘리베이터가 도착했다.

문이 열리자 한서영과 김동하가 안으로 들어섰다.

한서영이 엘리베이터의 '49'라는 버튼을 누르자 이내 엘리베이터가 상승을 시작했다.

호텔의 로비가 있는 1층에서 잠시 멈춘 엘리베이터는 이내 몇 사람의 외국인과 내국인 투숙객들을 태우고 빠르게 올라갔다.

크리스탈 펠리스 호텔의 엘리베이터는 호텔의 외벽에 설치되어 있었기에 호텔의 로비를 벗어나자 이내 외부의 풍경이 보였다.

엘리베이터에 탄 외국인과 내국인으로 보이는 투숙객들은 호텔 최상층인 49의 번호가 찍힌 것을 보며 약간 경외감을 가진 표정으로 뒤쪽에 서 있는 한서영과 김동하를 힐끔 거리며 바라보았다.

49층이 크리스탈 펠리스 호텔의 VIP룸이라는 것을 그들도 알고 있었다.

그들의 시선 속에 너무나 아름다운 모습의 한서영과 깔끔한 슈트차림의 김동하는 마치 은밀하게 데이트를 즐기는 연예인의 모습처럼 보였다.

한서영은 사람들의 시선이 자신의 얼굴에 닿는 것을 느끼며 자신도 모르게 얼굴이 살짝 붉어졌다.

호텔이라는 곳이 단순하게 잠을 자기 위해서만 존재하는 것이 아니라는 것쯤은 한서영도 알고 있었기 때문이었다.

아마도 다른 사람들의 눈에는 자신과 김동하가 말하기 부끄러운 일탈을 즐기려는 은밀한 관계쯤으로 비춰졌으리라.

위이이이잉—

투명한 엘리베이터의 외벽 밖으로 한낮의 서울 풍경이 빠르게 펼쳐지고 있었다.

한서영이 묘한 기분을 털어내려는 듯이 김동하의 팔을 잡고 입을 열었다.

“신혼여행으로 어딜 가고 싶어?”

갑작스런 신혼여행이라는 말이 흘러나오자 김동하가 한서영을 내려다보았다.

“신혼여행이요?”

“응, 난 자기 말대로 남쪽의 사찰을 고루 둘러보는 것이 좋을 것 같은데. 번거롭게 외국으로 나가는 것 보다는 그게 좋을 것 같아.”

한서영의 말에 김동하가 물끄러미 한서영을 바라보다 대답했다.

“그래도 괜찮겠어요?”

한서영이 의식적으로 김동하의 팔을 끼며 대답했다.

“물론이야. 난 자기랑 같이 남쪽의 구석구석을 살피며 여행하는 것이 더 좋을 것 같아.”

한서영의 볼이 살짝 달아올라 있었다.

엘리베이터에 동승한 사람들이 힐끔거리며 또다시 한서영과 김동하의 얼굴을 살폈다.

한국어를 모르는 외국인들은 멀끔한 표정이었지만 동승한 한국인들은 김동하를 보며 내심으로 '전생에 나라를 구한 놈이 분명할 거야'라고 말할 것 같은 표정들이었다.

이내 엘리베이터에는 이제 한서영과 김동하만 남았다.

때앵—

49층임을 알리는 벨이 울리며 엘리베이터의 문이 열렸다.

문 앞에는 이곳이 VIP객실이라는 것을 증명하려는 듯이 크리스탈 펠리스 호텔의 로고가 새겨진 데스크가 보였다. 그곳에는 항공사의 스튜어디스 같은 느낌이 드는 붉은색의 제복과 하얀색의 블라우스를 맵시 있게 걸친 호텔 직원이 보였다.

한서영과 김동하가 엘리베이터에서 내리자 여직원이 입사를 했다.

"어서 오세요. 여긴 크리스탈 펠리스 호텔의 VIP객실입니다. 혹시 약속을 하시고 오신 분들이신가요?"

VIP 객실은 VIP객실답게 전용 호텔 담당직원이 배치되어 있었다.

VIP실에 투숙한 손님의 개인 비서와 같은 역할을 담당한다.

한서영이 고개를 끄덕였다.

"여기서 오늘 오후 2시에 어떤 분들과 만나기로 약속이 되어 있어요."

한서영의 말에 여직원이 재빨리 데스크 위에 올려진 스케줄 표를 확인했다.

"한서영님과 김동하님이신가요?"

여직원이 VIP룸의 손님으로부터 전달된 방문객 명단을 확인하며 물었다.

한서영이 고개를 끄덕였다.

"네. 제가 한서영이고 이분이 김동하씨예요."

"아, 알겠습니다."

여직원이 고개를 끄덕이며 한쪽을 바라보았다.

여직원의 시선이 향하는 곳에는 가슴에 크리스탈 펠리스 호텔의 로고가 새겨진 검은색의 조끼에 나비넥타이를 맨 30대의 사내가 단정한 모습으로 서 있었다.

여직원이 사내를 보며 입을 열었다.

"VIP실 손님이에요. VIP실로 안내 부탁드릴게요."

"예."

남자직원이 정중하게 머리를 숙이며 다가왔다.

"VIP실로 안내해 드리겠습니다."

짧게 말한 사내가 한서영과 김동하의 앞에 서서 안내를 시작했다.

크리스탈 펠리스 호텔의 VIP실은 호텔의 49층을 전체 객실로 사용했다.

그 때문에 상당히 넓은 편이었고 입구를 알려주지 않는다며 처음 방문하는 손님들은 당황할 정도였다.

이내 두 사람이 황금색의 금속명판에 'Very Important Person Room' 이라는 글자가 새겨진 진한 붉은색의 나무로 제작된 문 앞에 도착했다.

VIP룸답게 양쪽으로 문을 열 수 있도록 만들어진 문이었다.

안내를 한 사내가 정중하게 인사를 하며 입을 열었다.

"이곳입니다. 그럼."

문까지 안내한 사내가 인사를 남기고 돌아섰다.

그때 닫혀 있던 VIP실의 문이 열렸다.

이미 데스크에서 손님이 왔다는 연락이 객실에 전해진 것이었다.

문을 열어준 사람은 병원에서 만났던 염소하였다.

염소하가 한서영과 김동하의 얼굴을 보자 입가에 묘한 미소를 머금었다.

"왔군요?"

한서영이 살짝 고개를 끄덕였다.

"약속을 했으니까요. 늦은 것은 아니겠죠?"

시간은 오후 2시 3분을 지나고 있었기에 늦었다고 할 수도 없는 일이었다.

염소하가 고개를 끄덕였다.

"물론이에요. 들어오세요. 모두가 기다리고 계시니까."

염소하가 한쪽으로 비켜섰다.

한서영과 김동하가 살짝 굳은 얼굴로 염소하가 열어준 문의 안쪽으로 들어섰다.

VIP실의 안쪽은 거실이라고 칭하지 못할 정도로 상당히 넓은 편이었다.
거실의 중앙에는 위층 팬트하우스로 올라갈 수 있는 나선형의 넓은 계단이 만들어져 있었고 계단의 뒤쪽으로는 서울의 한강변을 조망할 수 있는 투명한 창이 넓게 펼쳐져 있었다.
객실 안에 배치된 가구는 한눈에 보아도 고가의 가구들로 구성이 되어 있었고 천정의 샹들리에도 엄청나게 화려했다.
평범해 보이는 것이 오히려 특이해 보일 정도로 VIP실의 모든 집기는 말 그대로 명품으로 채워져 있었다.
한서영과 김동하의 눈에 창을 등지고 고풍스런 의자에 앉아 자신들을 바라보고 있는 5명의 노인들이 들어왔다.
특히 가운데의 의자에 앉아서 한서영과 김동하를 바라보는 약간 비대한 체구를 가진 노인은 중화풍이 진하게 느껴지는 화복을 걸친 모습이었다.
의자에 앉아 있는 다섯 명의 노인들 좌우로는 양복차림의 건장한 남자들이 십여 명 둘러서 있었다.
그중에는 한서영과 김동하가 병원에서 만났던 남녀들도 보였다.
한서영의 표정이 굳어졌다.
객실 안의 풍경이 자신이 생각했던 풍경과는 전혀 다르게 이질적이었기 때문이다.
안으로 들어선 한서영과 김동하의 등 뒤에서 문이 닫히

는 소리가 들렸다.

그때였다.

창가 쪽에 앉아 있는 다섯 명의 노인들 중 가운데 앉은 중화풍의 복장을 걸친 노인이 입을 열었다.

"이 사람들인가?"

한서영과 김동하로서는 전혀 알아들을 수 없는 유창한 중국어였다.

한서영과 김동하의 표정이 단번에 굳어졌다.

노인의 말에 한서영과 김동하의 뒤쪽에 서 있던 염소하의 대답소리가 들려왔다.

"네. 련주님. 여자는 한서영이라는 한국의 세영대학병원의 의사출신이고 남자는 김동하라는 이름으로 한서영과 함께 동거중인 남잡니다."

역시 유창한 중국어였다.

한서영의 미간이 좁혀졌다.

"이게 뭐하는 짓이죠? 애초에 약속했던 그 사람들은 어디에 있는 것인가요?"

한서영이 영어로 물었다.

염소하가 생긋 웃으며 한서영의 곁을 스쳐 앞으로 지나갔다.

염소하가 노인들의 곁에 서 있던 양복차림의 사내들을 향해 가볍게 머리를 끄덕이자 양복차림의 사내들이 염소하를 대신해서 객실의 입구 쪽으로 향했다.

이미 익숙한 듯 능숙한 몸놀림이었다.

그들이 재빠르게 등으로 입구를 막아서며 나란히 도열했다.

한서영과 김동하가 객실을 나가지 못하게 하려는 의도가 너무나 노골적으로 보이는 모습이었다.

그들이 위치를 잡자 염소하가 빙그레 웃으며 한서영을 바라보았다.

염소하의 얇은 입술이 열렸다.

"당신들이 말한 그 사람들은 여기에 없어요. 애초에 그 사람들을 여기로 부른 적이 없었거든요."

순간 한서영의 미간이 좁혀졌다.

"우릴 속였다는 말인가요?"

한서영의 말에 염소하가 얇은 입술을 열고 새빨간 혀를 내밀며 자신의 입술을 핥았다.

그런 염소하의 모습은 마치 뱀의 혀가 이빨 사이에 독을 감추고 혀를 날름거리는 듯했다.

염소하가 웃으며 입을 열었다.

"결과적으로는 그렇게 된 것 같네요 호호."

그때였다.

"크   . 목이 빠져라 이 시간만 기다렸는데 이제 왔군 그래."

유창한 영어가 거실 한쪽에서 흘러나왔다.

거실의 한쪽에서 오른팔에 하얀 붕대를 감고 팔 거치대를 이용해 오른팔을 목에 걸고 있는 전장한 사내가 나타났다.

한서영의 눈이 커졌다.

세영대학병원의 주차장에서 김동하에게 당한 사내였기 때문이었다.

사해련 소속의 인보방 소방주인 단목승은 이를 갈며 기다리고 있던 김동하와 한서영이 도착하자 자신의 팔을 못 쓰게 만든 김동하에게 제대로 복수를 할 수 있으리란 생각에 희열로 가득한 표정을 짓고 있었다.

인보방의 소방주로서 마음에 든 여자를 납치해서 강간하거나 자신이나 조직을 배신한 배신자를 처치할 때 본능적으로 지어지는 표정이었다.

단목승의 저런 표정을 본 사람 중 살아남은 사람이 없었다.

그 때문일까 단목승의 얼굴에는 역겹게 느껴지는 혈향이 담겨져 있는 듯했다.

단목승이 붕대로 감긴 자신의 오른팔을 살짝 들어올렸다.

“청지림의 염대인께서도 내 팔은 이제 더 이상 쓸 수가 없다고 하시더군. 뼈가 모두 으스러져서 이젠 무용지물이라 잘라내고 싶었는데 중국으로 돌아가서 철심을 이용해 뼈대를 다시 만드는 수술을 하면 어쩌면 다시 쓸 수 있을지 모른다기에 이대로 견디고 있는 중이야. 어때?”

단목승이 눈을 번들거리며 김동하를 노려보았다.

단목승이 한서영을 보며 싱긋 웃었다.

“내 팔을 이렇게 만든 대가는 당신도 치러야 할 것 같아.

한서영씨.”

단목승의 눈이 징그럽게 한서영의 아래위를 훑어보았다.

한서영이 어금니를 깨물었다.

단목승이 자신을 바라보는 것만으로도 온몸에 벌레가 기어가는 듯한 역겨움이 느껴지고 있었다.

그때였다.

“확실히 특출할 정도로 잘생기고 아름다운 남녀는 분명한데 그것만으로 화신공사의 진회장이 5,000만불이라는 거금의 현상금을 걸고 잡아들이라는 것은 이상한데…….”

창가에 앉아 있던 가운데 의자의 화복차림 노인이 한서영과 김동하를 훑어보며 입을 열었다.

노인의 말은 중국어였기에 한서영과 김동하는 알아듣지 못했다.

다만 그의 말투 속에 담겨 있는 느낌이 결코 호의적이지 않다는 것만 직감하고 있었다.

한서영이 노인을 바라보며 물었다.

“당신은 누구신가요?”

한서영의 물음은 영어였다.

그 때문에 노인이 잠시 당황하다가 이내 입가에 미소를 머금었다.

“그렇군 여기는 한국이었지. 내가 잠시 이곳이 중국이라고 착각하고 있었군 그래.”

노인이 자리에서 일어서며 한서영과 김동하를 바라보며 입을 열었다.

"난 창여걸이라고 하는 사람일세. 날 알고 있는 사람은 내 이름만 들어도 내가 누군지 잘 알고 있는데 그대들은 날 모르는 것 같군."

이번에는 능숙한 영어로 말하는 노인은 중국국가 부주석이면서 동시에 중국의 흑사회를 장악하고 있는 사해련의 수장 창여걸이었다.

창여걸이 한서영과 김동하를 바라보며 입을 열었다.

"그대들 목에 5,000만불이라는 엄청난 거액의 현상금이 걸려 있다는 것을 알고 있나."

창여걸의 물음에 한서영과 김동하의 얼굴이 굳어졌다.

한서영이 눈을 치켜뜨며 물었다.

"우리들에게 현상금이 걸려 있다고 했나요? 그것도 5,000만불이라는 거액의 현상금이 걸렸다고요?"

한서영은 자신과 김동하에게 현상금이 걸렸다고 하니 머릿속이 하얗게 변하는 느낌이 들었다.

창여걸이 웃었다.

"허허 모르고 있었던 모양이군? 그대들에게 걸린 현상금 때문에 중국이나 홍콩, 대만, 일본의 현상금 사냥꾼들이 혈안이 되어 그대들을 찾고 있어. 다행히 그전에 우리가 먼저 그대들을 잡았고. 그 덕에 우리는 앉아서 돈벼락을 맞은 셈이 되었고 말이야, 하하하. 듣기로는 미국 쪽에서도 움직이고 있는 모양이던데… 정작 본인들은 모르고

있었다니 이거 뭐라고 해야 할지 난감하군 그래."
창여걸의 말을 듣고 있는 한서영은 머리를 망치로 얻어 맞은 느낌이 들 정도로 충격을 받았다.
한서영이 김동하를 바라보았다.
"이게 어떻게 된 일이야? 우리에게 현상금이라니……."
김동하가 굳은 얼굴로 입을 열었다.
"토마스 레이얼 회장님의 동생과 조카가 다른 생각을 품은 듯합니다."
김동하의 눈이 번득거렸다.
토마스 레이얼 회장의 부탁을 받고 로빈 레이얼과 그의 아들 듀크 레이얼을 용서해 준 것이 화근이 되었다고 판단했다.
김동하의 판단은 너무나 정확했다.
김동하의 능력을 본 로빈 레이얼은 김동하가 살아 있는 한 영원히 자신과 자신의 아들은 레이얼 시스템을 차지할 수 없을 것이라는 판단을 내리고 아예 김동하를 제거할 생각이었던 것이다.
또한 로빈 레이얼은 레이얼 시스템을 탐내던 중국의 화신공사의 진고연 회장에게도 레이얼 시스템의 매각에 대한 조건으로 김동하와 한서영을 제거해 달라는 부탁을 했다.
다만 로빈 레이얼의 부탁을 받은 중국 화신공사의 진고연 회장은 로빈 레이얼이 한사코 제거를 요청해온 김동하와 한서영이 로빈 레이얼과 어떤 관계인지 확인하고 싶었다.

또한 나중에 레이얼 시스템의 매각에 협상용으로 사용하기 위해 한서영과 김동하의 제거 대신 두 사람의 신변을 확보해 두고 싶어 했다.

그래서 살인 대신 납치를 선택한 것이었다.

두 사람을 인질로 잡고 있는 상황이라면 나중에 레이얼 시스템의 매각협상에서 엄청난 이익이 화신공사에 떨어질 수도 있다는 판단 때문이었다.

로빈 레이얼은 중국산 늙은 생강이 얼마나 매운 것인지 잘못 생각하고 있었다.

참으로 기묘한 상황이었지만 영문을 모르는 사람들에겐 한순간에 엄청난 거액의 돈벼락이 떨어질 수 있는 상황이었다.

한편 로빈 레이얼과는 전혀 다른 선택을 내린 것은 그의 아들 듀크 레이얼이었다.

듀크 레이얼은 아버지 로빈 레이얼과는 달리 미국에서 은퇴한 CIA 간부가 주축이 되어 조직된 '폭스레인'이라는 암살조직과 손을 잡았다.

폭스레인은 미국뿐만 아니라 유럽을 비롯한 서양출신의 다양한 전투용병들로 구성된 조직이었다.

대부분의 의뢰는 표면적으로 드러내지 못하는 미 중앙정보국 CIA의 의뢰를 거액의 용역비를 받고 대행하는 것이었다.

그 외에도 자살로 위장된 살인을 비롯해 요인암살이나 시설폭파같은 하드코어적인 일에 상당히 많이 개입하고

있는 단체였다.

듀크 레이얼은 미국 뉴욕의 갱조직 킹덤의 보스 리오넬 헤이든의 회계업무를 대신하면서 실버폭스의 존재를 알게 되었다.

리오넬 헤이든으로서는 갱조직인 킹덤과는 존재가치와 명분이 다른 폭스레인과 견제할 이유가 없었기에 그들의 존재만 파악하고 있을 뿐 어떤 마찰도 만들지 않았다.

폭스레인과는 확실하게 경계의 선을 그어놓고 있었는데 듀크 레이얼은 마지막 승부로 폭스레인을 선택한 것이다.

그런 듀크 레이얼의 선택은 확실했다.

로빈 레이얼이 화신공사의 진고연 회장에게 제시한 현상금은 5,000만 불이었다.

하지만 듀크 레이얼은 폭스레인에게 레이얼 시스템을 자신의 손에 안겨주는 대가로 100억불이라는 사상 초유의 거액을 제시했다.

폭스레인으로서는 100억불이라는 사상초유의 거액의 의뢰가 들어오자 만사를 젖혀놓고 듀크 레이얼의 의뢰를 받아들였다.

아버지와 아들의 추악한 탐욕은 김동하의 경고에도 결코 끝나지 않았다.

그리고 그 실체가 지금 김동하와 한서영에게 표면적으로 노출이 되고 있었다.

김동하가 사해련의 련주 창여걸의 얼굴을 바라보며 물었다.

"우리에게 현상금을 건 사람이 누군지 알려주시겠습니까?"

이미 로빈 레이얼이거나 아니면 그의 아들 듀크 레이얼의 짓임을 짐작하고 있었지만 확실하게 확인하고 싶어서 물어보았다.

창여걸이 힐끔 김동하를 바라보았다.

"전혀 두려워하는 모습이 아니군? 적어도 당황하는 모습 정도는 보이는 것이 정상인데… 설마 단방주의 아들인 단목승을 저렇게 만들 실력이 있으니 그것을 믿는다는 말인가?"

창여걸이 턱으로 오른팔을 붕대로 감은 채 목에 걸고 있는 단목승을 힐끗 가리켰다.

김동하가 가늘게 한숨을 불어냈다.

"말하지 않아도 대충 짐작은 가지만 당신들은 선택을 잘못 한 것 같군요."

김동하는 이곳 크리스탈 펠리스 호텔의 VIP실에 머물고 있는 사람들 중 단 한 사람도 용서받지 못할 사람뿐이라는 것을 무량기를 통해 감지하고 있었다.

김동하를 바라보고 있던 염소하가 입을 열었다.

"여기서는 어떤 수작도 통하지 않을 거예요. 여자를 지키고 싶다면 우리가 시키는 대로 해야 할 거예요."

염소하가 한서영을 쏘아보고 있었다.

여자인 자신이 보아도 저절로 위축감이 들 정도로 너무나 아름다운 한서영이었다.

김동하가 힐끗 염소하를 바라보았다.
얇은 입술에 윤곽이 뚜렷한 얼굴이지만 얼굴 전체에 김동하로서는 본능적으로 거부감이 느껴지는 염의 내기가 흘러나왔다.
김동하가 나직한 어투로 입을 열었다.
"당신은 당신의 그 얄팍한 속임수가 어떤 결과를 만들지 짐작하지 못하는군요. 아마 그 책임을 곧 온몸으로 느끼게 될 겁니다."
김동하의 말에 염소하가 입술을 비틀었다.
"어떻게요? 내가 어떤 식으로 책임을 느끼게 될까요? 이렇게?"
염소하가 순간 허리를 비틀고 한손을 자신의 어깨위로 올려 뒷머리를 쓸어올렸다.
염소하의 행동은 여자가 남자를 유혹할 때나 만들어 보이는 뇌쇄적인 몸놀림이었다.
염소하가 하얀 이를 드러내며 웃었다.
"당신이라면 한 번쯤 내 마음을 줄 수도 있을 것 같은데… 어때요? 여길 떠나기 전에 나와 괜찮은 시간을 보내고 싶지 않나요?"
염소하가 웃자 박속같이 하얀 그녀의 치아가 드러났다.
만약 염소하를 모르는 사람이라면 지금의 그녀의 모습에 얼이 빠져 버릴 정도로 충격적으로 아름다웠다.
동시에 염소하의 온몸에서 너무나 짙은 염의 내기가 피어올랐다.

태어나면서 염의 내기를 가진 요부로 태어난 염소하였다.

그런 염소하의 염의 내기는 VIP실에 머물고 있는 사람들을 곤혹스럽게 만들 정도로 짙은 색향을 뿜어내고 있었다.

"허엄."

염의 내기에 사해련의 련주인 창여걸도 헛기침을 하며 몸을 돌렸다.

풍성한 화복으로 그의 하반신을 가리지 않았다면 낯이 뜨거울 민망한 장면을 들킬 수도 있는 모습이었다.

그 자리의 모든 사람들이 다들 시선을 염소하에게서 돌리며 민망한 표정을 지었다.

염소하의 할아버지인 염백천이 붉어진 얼굴로 염소하를 불렀다.

"소하야, 지금 뭣 하는 짓이냐?"

염백천의 말에 염소하가 김동하를 향해 생긋 웃으며 다른 곳으로 머리를 돌렸다.

그런 염소하를 지켜본 한서영이 이마를 찌푸렸다.

한서영이 김동하를 보며 입을 열었다.

"나 여기 더 이상 있기 싫어."

한서영은 사랑하는 김동하의 앞에서 교태를 부리는 염소하가 보기 싫었다.

게다가 자신들에게 현상금이 걸렸다는 것을 알려준 창여걸의 말에 더 이상 이곳에 머물고 싶은 생각이 없었다.

김동하가 고개를 끄덕였다.

"알겠습니다."
김동하와 한서영이 한국어로 대화를 했기에 VIP객실에 머물고 있던 사람들은 알아듣지 못했다.
다만 한서영과 김동하가 전혀 무서워하거나 두려워하지 않는다는 것에 살짝 의외라 생각했다.
그때였다.
"련주님, 어차피 이 두 년놈을 화신공사의 진회장에게 넘겨줄 것이니 그 전에 제 팔을 이렇게 만든 대가를 받아도 되겠습니까? 물론 죽이지는 않을 것입니다. 온전한 모습으로 진회장에게 넘겨줄 것입니다."
끼어든 사람은 김동하에게 오른손 팔이 으스러진 단목승이었다.
단목승의 말을 누군가 거들고 나섰다.
"련주, 승이의 말이 맞습니다. 이대로 저들을 진회장에게 넘겨주는 것은 고려해 주셔야 합니다. 승이의 팔이 저렇게 된 대가는 반드시 치러야 하지 않겠습니까?"
단목승의 말을 거들고 나선 사람은 단목승의 아버지 인보방의 단관휘였다.
아들 단목승의 팔을 망가트린 김동하 역시 같은 대가를 치르게 하거나 아니면 그보다 더 큰 대가를 치러야 분이 풀릴 것 같았다.
인보방주 단관휘까지 끼어들자 또다시 누군가 끼어들었다.
"련주. 이대로 저들을 화신공사의 진회장에게 넘겨주는

것보다는 그전에 저 김동하라는 친구에게 한 가지 알아보고 싶은 것이 있습니다."

이번에 끼어든 사람은 청지림의 림주이자 염소하의 할아버지 염백천이었다.

사해련의 두 수좌가 끼어들자 남은 사람들도 모두 한마디씩 거들었다.

"련주, 뭐 별로 힘든 것도 없이 이 두 사람을 확보했으니 이들에게 뭔가 물어봐야 하지 않겠습니까? 아무런 이유도 없이 화신공사의 진회장이 5,000만불이라는 거액의 현상금을 걸리는 없을 테니 그 이유라도 따져 봐야지요."

이번에 끼어든 사람은 사해련 유관회의 회주 곽문검이었다.

거여방의 방주 황군화도 끼어들었다.

"곽회주의 말이 맞습니다. 아무런 영문도 모르고 5,000만불의 현상금만 받고 이들을 진회장에게 넘겨주는 것은 왠지 꺼림칙합니다. 제가 홍콩 금화단에 연락을 해서 진회장이 5,000만불의 현상금을 건 이유를 알아보게 하겠습니다."

사해련 소속의 4명의 수좌들이 모두 거들고 나서자 사해련주 창여걸이 손으로 턱을 쓸었다.

김동하와 한서영을 이곳에서 빼내어 중국으로 데려가는 일은 어렵지 않았다.

중국대사관에 연락을 해서 은밀하게 김동하와 한서영을 중국대사관으로 옮겨놓으면 그다음은 일사천리로 진행될

것이다.
외교관 관용차를 이용해 공항으로 두 사람을 데려가 중국국적기편으로 중국본토로 데려가는 것은 오늘 중으로도 가능한 일이었다.
더구나 중국국가 부주석인 창여걸의 말이라면 중국대사가 직접 이곳으로 와서 두 사람을 은밀하게 대사관으로 이동시킬 것이었다.
창여걸이 단목승을 바라보며 물었다.
"그래서 어찌할 생각이냐? 어떤 식으로 대가를 받고 싶은 것인지 묻는 것이다."
단목승이 입술을 비틀며 웃었다.
"일단 계집은 저놈이 보는 앞에서 강제로 능욕할 생각입니다. 그 후 여기에 있는 모든 사람이 저 계집을 한 번쯤 안아보게 할 생각입니다. 뭐 그런 것으로 죽지는 않을 것이니 그 후에 진회장에게 넘기면 그만입니다."
단목승은 생각만 해도 기분 좋은지 얼굴에 음침한 미소가 계속해서 감돌았다.
"그리고 저놈은 자신의 계집이 만신창이가 되는 것을 지켜보게 한 후에 두 팔을 부숴버릴 생각입니다. 역시 그것으로 죽지는 않을 것이니 진회장도 만족할 것이고요. 진회장은 두 연놈이 죽지만 않으면 된다고 하였으니 조건에 충족하는 셈이 됩니다."
단목승의 말에 창여걸이 재미있다는 표정을 지었다.
"그러니까 너는 이 여자를 품고 그것을 저 친구가 지켜보게 하겠다는 말이냐?"

"예, 그 정도면 제 팔이 이렇게 된 대가로 충분할 것 같습니다. 솔직한 심정으로는 저 사내놈을 죽여버리고 싶지만 그렇게 한다면 진회장이 제시한 5,000만불의 대가를 잃게 될 것이니 그렇게 할 수는 없겠지요."

"흐음."

창여걸이 손으로 턱을 쓸며 한서영을 바라보았다.

한서영으로서는 단목승과 창여걸이 중국어로 대화를 하고 있었기에 무슨 말을 하는 것인지 알 수는 없었다.

하지만 대화 도중 단목승이 계속 자신을 바라보자 단순한 대화가 아닐 것이라고 생각했다.

단목승과 창여걸의 대화를 모두 들은 사해련의 수좌들이 끼어들었다.

"하하 재미있는 구경거리가 될 것 같습니다 련주."

단목승의 이야기를 들은 거여방의 방주 황군화가 끼어들었다.

유관회의 회주 곽문검도 입술을 비틀며 웃었다.

"허허 보아하니 저 한국계집의 미모도 상당한데 일을 이렇게 만든 단목승에게 선물을 주어도 될 것 같습니다. 우리들이 지켜보는 앞에서 능욕을 한다고 하니 그것도 재미있을 것 같고요 하하하."

청지림의 림주 염백천도 끼어들었다.

"제가 중국의 침술비서 중 요방록이라는 책에 기록된 침술 하나를 알고 있습니다. 불임이나 방사의 묘미를 모르는 석녀들에게 사용하는 침술인데, 여성의 회음을 자극하여 멀쩡한 여자를 색녀로 만드는 비법이지요. 저 혼자만 알고 있었던 비법인데 이번에 그 침술의 효능이 진짜인지 확인해 보고 싶군요. 제대로 시침한다면 아마 저 의사계집은 이곳을 떠날 때까지 열락에 빠져 방사를 치르게 될 겁니다."

염백천은 손녀 염소하로부터 자신이 치료했다고 자부했던 송태현과 김대길의 아들이 실제로는 김동하가 용린활제라는 금제술을 사용하여 7일 이후에 자연적으로 풀리는 금제였다는 것을 듣고 자신의 의술에 대해 위축감을 느끼고 있던 참이었다.

왠지 의술에서 김동하에게 밀렸다는 느낌이 들어 김동하의 입으로 용린활제에 대한 정보와 그의 혈맥에 관한 지식을 캐내고 싶었다.

평생을 중의학에 대한 자신감으로 살아온 염백천에게 김동하의 용린활제라는 금제술은 치명적일 정도로 염백천을 자극했다.

그 때문에 지금까지 단 한 번도 사용하지 않았던 요방록의 귀색침편에 들어 있던 기이한 침술을 실험해볼 생각이 들었던 것이다.

귀색침편의 침술은 참으로 기묘한 침술이었다.

평범한 숙녀를 요부로 만드는 침술도 있고 온몸의 칠공을 밀폐하여 사람을 지독한 고통에 빠지게도 만드는 침술도 있었다.

아직까지 그 침술을 시침해 본 적은 없었지만 김동하의 눈앞에서 시침하여 자신이 모르는 용린활제보다 자신의 실력이 더 우월하다는 것을 보여주고 싶었다.

염백천의 말에 사해련주 창여걸이 눈을 껌벅거렸다.

"그런 침술이 있소?"

염백천이 웃었다.

"저도 아직 알고만 있을 뿐 시침을 해 본 적은 없습니다. 하지만 침술에 적힌 대로라면 계집에게 침을 놓으면 스스로 요부가 되어 색정에 빠져 몸속의 정혈이 마를 때까지 색욕의 노예가 된다고 하였습니다. 이번에 저도 그게 정말인지 확인해 보고 싶군요 허허."

"그래요?"

창여걸의 눈이 반짝였다.

창여걸이 거실에 모인 모든 사람들을 둘러보며 입을 열었다.

"모두들 같은 생각인가?"

창여걸의 물음에 모두가 웃으면서 머리를 끄덕였다.

"찬성입니다."

"하하 재미있는 구경거리가 되겠군요."

"……."

"……."

대부분의 남자는 찬성했지만 남몰래 머리를 돌리는 두 사람이 있었다.

바로 염백천의 손녀 염소하와 거여방의 방주 황군화의

딸인 황선이었다.

두 여자는 이곳에서 사해련의 식솔들이 한서영이라는 여자 하나를 단체로 강간할 것이라는 말에 본능적으로 거부감이 들었던 것이다.

다만 그것이 사해련주 창여걸의 말이었기에 노골적으로 반대를 할 수도 없었다.

염소하가 김동하를 보며 입을 열었다.

"당신에겐 당신의 여자를 지킬 기회가 없겠네요. 뭐 그렇다고 죽지는 않을 것이니 너무 실망하지 마세요."

김동하가 굳은 얼굴로 물었다.

"무슨 뜻이요?"

거실에서 창여걸과 나누는 대화는 전부 중국어였기에 김동하와 한서영으로서는 듣고도 무슨 말인지 알 수가 없던 차였다.

염소하가 힐끗 한서영을 보며 입을 열었다.

"당신의 남편에게 손이 부서진 단오라버니가 당신을 강간하게 될 거예요. 싫다고 해도 소용이 없을 거예요. 할아버지가 당신의 몸에 침을 놓아 당신이 색정에 빠지게 될 것이라고 했으니 말이에요. 아, 그렇다고 무서워하지 말아요. 당신의 생명에는 지장이 없을 것이니까요. 참, 단오라버니가 당신을 취하고 난 후에 이곳에 있는 모든 사람이 모두 당신을 한 번씩 안을 거예요. 호호 좋겠어요. 이 세상의 모든 남자들이 당신의 손 안에서 놀게 되는 셈이니까요."

염소하의 말에 한서영의 얼굴이 돌처럼 굳어졌다.
그것은 김동하도 마찬가지였다.
김동하가 어금니를 깨물었다.
"참으로 짐승같은 자들이로군."
한서영의 표정도 서늘하게 변하고 있었다.
"감히……."
한서영의 얼굴에 너무나 생경한 표정이 떠오르고 있었다.
그것은 지독한 노기였다.
이 세상에 태어나 처음으로 누군가를 가슴에 담았고 그 사람 외에는 그 누구에게도 보여준 적이 없었던 자신의 몸을 짐승같은 자들이 아귀처럼 달려들 것이라고 하자 결국 참지 못하고 한서영의 노기가 터져 나온 것이었다.
김동하의 눈빛이 달라졌다.
김동하가 묘한 미소를 머금고 서 있는 염소하를 보면서 입을 열었다.
"당신이 우리를 속여서 이곳으로 끌어들인 것이 좋은 계획이었다고 생각하나 보군? 우리가 제 발로 이곳을 찾아오게 만들었으니 말이야."
염소하를 향해 눈 하나 까딱 않고 입술만 움직여 말하는 김동하의 표정은 말 그대로 얼음장처럼 차가웠다.
눈빛이 달라진 김동하의 몸에서 흘러나오는 기운은 지금까지의 김동하가 풍기던 느낌과는 전혀 다르게 너무나 싸늘했다.

염소하는 단번에 달라진 김동하를 보면서 살짝 이마를 찌푸렸다.

"이곳이 어딘지 잊었나 보군요? 비록 한국 땅에 세워진 호텔이라고 하지만 당신들에게는 중국 본토나 마찬가지예요. 뭐 단오라버니를 저렇게 만들 정도의 알량한 실력을 숨기고 있다고 자신할지 모르지만 그게 통하지 않는다는 것을 알아야 해요. 여긴 중국에서도 고수 중의 고수라고 하는 사람들만 모인 곳이란 말이죠. 당신이 병원에서 단오라버니를 상대할 때와는 전혀 다를 거예요."

염소하는 전혀 기세가 누그러들지 않는 김동하와 또한 강제로 겁탈할 것이라는 것을 알려주었지만 그럼에도 전혀 겁을 먹지 않은 한서영이 왠지 마음에 들지 않았다.

염소하의 계산대로라면 김동하와 한서영이 무사히 이곳을 빠져나갈 생각으로 타협을 해 오든가 아니면 두려움에 위축되는 것이 정상적인 반응이었다.

김동하가 VIP실에 둘러선 사람들을 바라보았다.

의자에 앉아 있던 5명의 노인들을 수행하는 것으로 보이는 20여 명의 양복차림의 사내들과 병원에서 만났던 단목승의 일행들이 보였다.

특히 의자에 앉아서 자신과 한서영이 VIP실로 들어서는 것을 지켜보고 있었던 다섯 명의 노인들 중 사해련의 련주 창여걸을 제외한 4명의 노인들의 몸에서 흘러나오는 기운은 김동하로서도 놀랄 정도로 강력했다.

얼핏 김동하의 사숙인 해진의 기운과 비슷한 느낌도 들

었다.

김동하가 무량기를 펼쳐 이곳의 상황을 알아본 결과 VIP실에는 지금의 인원이 전부였지만 복층으로 이루어진 위층에도 이곳의 인원과 비슷한 인원이 머물고 있었다.

사해련의 련주와 사해련 소속의 수좌들이 데려온 수행원들이었다.

"보아하니 이곳에 모인 사람들 중에서는 손에 사정을 두어야 할 사람은 없는 것 같군."

낮게 말하는 김동하의 목소리에서 서늘한 한기가 느껴졌다.

김동하는 VIP실에 머물고 있는 중국인 중 단 한 명도 사정을 두어야 할 사람은 없다고 생각했다.

다만 한 사람, 거여방의 방주 황군화의 딸 황선만이 품고 있는 기질이 이곳에 머물고 있는 대부분의 사람들과는 달리 선한 느낌이 들었다.

그렇다 해도 약간의 차이만 느껴질 뿐 평범한 사람들에 비해 황선의 기질이 좋은 것은 아니었다.

김동하의 목소리는 무척 차가웠다.

그때 사해련의 련주 창여걸이 김동하를 보며 입을 열었다.

"젊은 친구의 배포가 대단하군. 보통 사람들이라면 우리 사련의 수좌들의 기세에 주눅 들어 몸을 움직이는 것도 힘들 것인데 허허."

창여걸은 김동하가 알아들을 수 있게 영어로 말하며 그

의 배포를 대견해 하는 표정을 했다.
창여걸이 머리를 돌려 거여방의 방주 황군화를 바라보았다.
"황방주가 대사관의 왕대사에게 연락하시오. 이들을 대사관으로 옮겨 중국으로 보내야 하니 서둘러야 합니다. 단 방주의 아들이 약속한 일을 마치는 대로 이들을 곧장 대사관으로 이송시켜야 합니다."
창여걸의 말에 황군화가 머리를 끄덕였다.
"알겠습니다."
두 사람의 대화는 중국어였기에 김동하와 한서영은 알아듣지 못했다.
황군화가 품에서 전화기를 꺼냈다.
동시에 염백천이 김동하의 옆에 서 있는 한서영을 향해 걸음을 옮겼다.
"그대는 이리 와서 나에게 침을 맞도록 하지. 죽지는 않을 것이니 두려워 할 필요는 없다. 어쩌면 그대에게는 평생 처음으로 극락이 어떤 곳인지 알게 되는 소중한 경험이 될 거야, 하하하."
다가오면서 영어로 말하는 염백천의 눈이 한서영의 얼굴에 고정되어 있었다.
비록 염백천이 노인의 몸이긴 하지만 한서영의 아름다운 미모는 손녀 염소하가 곁에 있어도 마음이 흔들릴 정도로 출중했다.
염백천이 마치 김동하는 전혀 개의치 않는다는 듯이 걸

음을 옮겨 다가왔다.

한서영을 잡아서 자신이 알고 있는 요방록의 귀색침편의 비술을 펼칠 생각이었다.

그때였다.

한서영을 향해 내민 염백천의 손을 김동하가 자연스럽게 낚아챘다.

"나의 아내에게 사악한 침술을 펼치려는 영감이 당신이었나? 용린활제의 금제가 어떤 것인지 먼저 경험해 보는 것도 나쁘지 않을 거야."

싸늘한 목소리로 나직하게 말한 김동하가 손으로 염백천의 가슴과 목 아래를 가볍게 찔렀다.

순간 염백천의 얼굴이 하얗게 굳어졌다.

숨이 컥 막혀오는 느낌이었다.

"끄극."

염백천의 안색이 순식간에 하얗게 변했다.

숨을 쉬기도 힘들었고 목에 가시같은 것이 걸린 느낌과 함께 엄청난 격통이 느껴졌다.

김동하는 한서영에게 사악한 흉심을 품은 염백천을 절대로 용서할 생각이 없었다.

한서영에게 수작을 부리던 두 명의 멍청이들에겐 칠주야간의 금제를 정했지만 염백천에게는 그런 온정도 베풀 생각이 없었다.

단숨에 염백천의 혈맥을 짚어 용린활제를 펼치는 김동하의 손놀림은 그야말로 번개처럼 빠르고 송곳처럼 예리했다.

"끄그그그."

염백천의 입에서 짐승의 울음소리같은 신음소리가 나왔다.

벌어진 입에서 길게 침이 늘어지며 그의 옷 앞섶을 타고 흘러내렸다.

바닥으로 쓰러지고 싶었지만 김동하에게 손이 잡힌 상황이었기에 쓰러질 수도 없었다.

염백천은 칠십 평생을 살아오면서 단 한 번도 경험해 보지 못한 온몸을 벌레들에게 물어뜯기는 극악한 통증을 느끼고 있었다.

기침을 할 수도 없었고 숨을 쉬는 것도 힘들었다.

예전에 한서영에게 수작을 걸던 두 멍청이에게 펼친 용린활제가 이번에는 염백천을 향해 더욱 강한 위력을 품고 펼쳐졌다.

김동하의 움직임은 너무나 자연스러워 마치 염백천이 스스로 김동하에게 손을 내미는 것 같은 모습이었다.

김동하의 앞쪽에 서 있던 염소하의 눈이 커졌다.

"할아버지에게 지금 뭐하는 짓이야?"

파악—

염소하가 할아버지의 손목을 잡고 있는 김동하의 팔을 향해 빠르게 발차기로 찔러왔다.

몸을 팽이처럼 회전하며 그대로 염백천의 손을 잡고 있는 김동하의 팔꿈치를 노렸다.

쉬익—

파공성이 들릴 정도로 제법 매서운 기세가 염소하의 발끝에 숨어 있었다.

청지림에서 제자들에게 가르치는 중국전통 무예 연려무라는 무공 중 비각술이라는 발차기였다.

청지림의 고유무술인 연려무는 초기엔 사람의 기혈을 자극하여 몸의 건강을 유지하려는 건강체조의 형식이었다.

그런데 수대를 전승하며 초식이 다변화 되어 이제는 사람의 근골을 꺾고 제압하는 무공의 형식으로 바뀌어 있었다.

염소하는 청지림에서도 할아버지인 염백천의 기예를 제대로 전수받은 여자였다.

인보방의 소방주인 단목승이 염소하에게 함부로 하지 못했던 것도 염소하가 염백천으로부터 청지림의 고유무술인 연려무를 제대로 전수받았기 때문이었다.

그런 염소하의 발끝은 아무리 단목승이라고 해도 절대로 무시할 수 없을 정도로 강한 위력을 숨기고 있었다.

김동하가 차가운 눈으로 자신의 팔꿈치를 노리고 찔러오는 염소하의 발을 바라보았다.

김동하가 염백천의 팔을 잡은 손을 앞으로 가볍게 당겼다.

순간 염소하의 발이 그대로 김동하의 팔이 아닌 할아버지 염백천의 팔을 강하게 걷어찼다.

뻐억.

우득—

"끄윽."

이미 김동하에게 용린활제로 금제를 당하고 있는 염백천은 손녀인 염소하가 펼치는 비각술을 피할 엄두가 없었다.

앰백천의 팔이 기이한 각도로 꺾였다.

그 순간 김동하가 잡고 있던 염백천이 팔을 놓아 버렸다.

그러자 염백천이 구겨지듯 그 자리에서 주저앉았다.

풀썩.

염백천의 팔꿈치는 정상적으로는 절대로 꺾이지 않을 각도로 틀어졌다.

꺾이지 않은 염백천의 왼손은 마치 무언가를 긁어내려는 듯이 스스로의 목을 계속 긁어대고 있었다.

해동무의 절기 중 용린활제는 목 부근에 위치한 혈맥을 짚어 마치 목의 안쪽에 용의 비늘이 박힌 듯한 격통을 안겨주는 금제였다.

숨을 제대로 쉴 수도 없고 잠을 잘 수도 없을 정도로 지독한 고통에 시달리게 만드는 수법이다.

심한 고통에 스스로 목을 잡아뜯어버릴 정도로 용린활제의 고통은 상상을 초월했다.

그런 용린활제를 이전과는 달리 아예 극성으로 펼쳤으니 염백천이 자신의 손으로 목을 쥐어뜯을 정도였다.

"크허허헙."

염백천은 숨도 쉴 수 없는 고통에 부러지지 않은 왼손으로 연신 자신의 목 부위를 긁어대고 있었다.

염백천의 목에 시뻘건 손톱자국이 만들어지며 피가 맺히

기 시작했다.
그럼에도 고통은 사라지지 않았기에 아예 목의 살점을 뜯어내려는 듯이 잡아뜯어내고 있었다.
삽시간에 연백천의 목 부위는 시뻘건 핏물로 범벅이 되었다.
염소하의 눈이 커졌다.
"하, 할아버지."
염소하는 자신의 비각술이 할아버지 염백천의 팔을 부러트리자 놀라듯 뾰족하게 비명을 질렀다.
김동하가 한서영의 팔을 잡고 살짝 한걸음 물러섰다.
호텔 VIP실의 입구를 가로막고 서 있던 양복차림의 사내들이 한순간에 벌어진 상황에 놀란 듯 엉거주춤했다.
또한 사해련의 련주 창여걸과 염백천을 제외한 다른 수좌들이 놀란 얼굴로 김동하를 바라보고 있었다.
한서영을 겁탈할 생각에 느긋한 표정을 짓고 있던 단목승의 두 눈이 동그랗게 떠지며 자신도 모르게 한걸음 뒤로 물러섰다.
김동하가 재빨리 한서영을 자신의 등 뒤로 숨기며 싸늘한 목소리로 입을 열었다.
"오늘 이곳에서 단 한 사람도 걸어 나가지 못할 것이다. 그대들 스스로 자초한 일이니 나를 원망할 필요는 없다."
할아버지의 목이 단번에 피투성이가 되는 것을 본 염소하가 스스로의 목을 쥐어뜯고 있는 염백천의 왼손을 막으며 소리쳤다.

"하, 할아버지. 왜 그래?"
염소하의 안색은 하얗게 질려 있었다.
염소하에게 할아버지인 염백천은 이 세상 누구보다 소중하면서도 강한 사람이었다.
그런 할아버지가 자신의 목을 뜯어내고 있는 모습은 염소하에겐 하늘이 무너지는 느낌을 안겨주었다.
김동하가 한서영의 손을 잡고 뒤로 물러서는 순간 호통소리가 들려왔다.
"뭘 하는가? 저자를 잡아라. 단 죽이지는 말고."
사해련주 창여걸이 날카로운 중국어로 외치자 VIP실의 입구를 막고 있던 양복차림의 사내들이 그제야 김동하를 향해 달려들었다.
쉬익—
파악—
사해련주 창여걸과 사해련의 수좌들을 보좌하는 사내들이었기에 나름 날카로운 힘이 느껴졌다.
김동하의 눈빛이 싸늘하게 변했다.
이미 손을 쓰기로 결정을 했기에 손에 사정을 둘 생각은 전혀 없었다.
다행이라면 그들은 김동하에게만 공격을 할 뿐 한서영은 전혀 건드릴 생각은 하지 않았다.
한서영은 김동하의 등을 보면서 지금의 상황에도 전혀 두려워하거나 겁을 먹지 않았다.
이 세상에서 가장 든든한 보호자가 김동하라는 것을 알

고 있었기 때문이었다.
또한 지금의 상황에서 김동하와 떨어지는 것이 오히려 그를 위험하게 할 수 있다는 것을 한서영은 이미 너무나 잘 알았다.
김동하의 입술이 잘근 깨물렸다.
김동하의 머리를 향해 날카로운 파공성과 함께 구둣발이 날아왔다.
상당한 힘이 실려 있어 제대로 얻어맞는다면 단번에 정신을 잃을 수도 있는 위력적인 발차기였다.
김동하가 살짝 뒤로 물러섰다가 이내 머리끝을 스치며 지나가는 구둣발을 향해 발길질로 차올렸다.
쉬익—
빠억.
콰득.
발길질에 발길질로 대응하는 김동하의 몸놀림은 한서영을 보호하고 있었지만 전혀 거침이 없었다.
김동하의 발이 수직으로 쭉 뻗으며 발길질을 한 사내의 무릎 관절을 그대로 부수고 내려왔다.
"끄윽."
털썩.
김동하의 머리를 노리고 몸을 날리며 공격을 했던 사내가 짧은 비명을 지르며 그대로 바닥으로 떨어졌다.
바닥으로 떨어진 사내의 다리는 마치 뼈가 없는 연체동물의 다리처럼 기묘한 방향으로 뒤틀려 있었다.

너무나 위력적인 발차기였다.

양복차림의 사내는 김동하의 단 한 번의 발차기에 정신을 잃은 듯 바닥으로 쓰러진 후에 미동도 없었다.

그리고 그것이 시작이었다.

김동하는 한서영의 앞을 막아서면서 자신을 향해 공격해 들어오는 사내들의 공격을 쉽게 걷어냈다.

좌우를 가리지 않고 김동하의 중요한 급소를 공격해 오는 사내들의 공격은 다른 사람이 보기에는 엄청난 위력을 담고 있는 것으로 보였지만 실제로는 그들의 공격은 김동하의 몸을 단 한 번도 스치지 못했다.

쉬이익—

김동하의 상체를 노리고 주먹을 뻗어오던 양복차림의 사내 손이 김동하가 원형을 그리는 팔에 걸렸다.

순간 경쾌한 소리가 울렸다.

빠직—

따악—

"끄악."

"끙."

김동하를 향해 주먹을 날리던 두 명의 사내가 비명을 지르며 나뒹굴었다.

두 사내의 팔이 부러져 덜렁거리고 있었고 부러진 팔의 뼈가 옷을 뚫고 밖으로 뾰족하게 튀어나와 있었다.

이후 김동하의 손이 옆쪽에서 찔러 들어오는 다른 사내의 주먹을 맞받아쳤다.

콰지직—

"끄으으윽."

사내의 주먹과 마주 부딪친 김동하의 주먹이 사내의 주먹을 뚫고 그대로 팔꿈치까지 밀고 들어가 버렸다.

그 때문에 사내의 얼굴이 김동하의 얼굴과 거의 마주 부딪칠 정도로 가까워졌다.

김동하의 냉정한 표정이 사내의 동공에 맺혔다.

그것이 사내가 정신을 잃기 전 마지막으로 보는 김동하의 표정이었다.

그의 턱을 김동하의 발이 그대로 차고 올라왔다.

빠걱.

"캑."

사내는 턱이 부서진 듯 입으로 피거품을 흘리며 김동하의 앞에서 주저앉았다.

양복 사내들은 소나기처럼 정신없이 김동하를 향해 공격을 펼치고 있었지만 단 한 번도 김동하의 몸을 건드리지도 못했다.

동시에 일방적인 김동하의 위력적인 방어에 걸리면 팔이건 다리건 어느 곳 하나는 부러진 채 꺼꾸러졌다.

순식간에 김동하의 앞에 10여 명의 사내들이 구겨진 휴지조각처럼 널브러졌다.

이 상황을 사해련의 련주와 수좌들은 너무나 황당해서 기가 막혔는지 입을 벌리며 지켜보고 있었다.

아래층에서 들리는 소란이 복층인 위층에도 알려졌는지

거실의 나선형 계단을 통해 위층에 머물고 있던 사내들이 급하게 아래층으로 내려왔다.

수십 명이 김동하를 향해 공격을 했지만 투닥거리는 소리와 뼈가 부서지는 소리 그리고 통증을 이기지 못하고 터트리는 작은 비명소리 외에는 그 어떤 소음도 들리지 않았다.

그것은 김동하를 공격하는 사내들이 나름 잘 훈련이 되어 있는 무인들이라는 것을 증명하고 있었다.

김동하는 이곳에 있는 모든 사람들을 단 한 명도 놓아줄 생각이 없었기에 해동무의 절기 중 가장 위력적인 무술을 사용하고 있었다.

그 때문에 김동하에게 당한 사내들은 단 한 명도 멀쩡한 사람이 없었다.

위층에서 내려온 사내들이 급하게 김동하를 향해 달려들었다.

그때였다.

"죽엇."

쉬이이익—

피잉—

김동하의 얼굴을 향해 은빛의 날카로운 물체가 파고들어왔다.

순간 김동하는 얼굴을 틀어 피하려다 자신이 피하면 뒤에 서 있는 한서영이 위험할 것임을 감지했다.

어쩔 수 없이 얼굴을 향해 쏘아지는 은빛의 물체를 가볍게 낚아챘다.

그것은 살짝 대기만 해도 금방이라도 살이 갈라질 것처럼 날카롭게 벼려진 30cm 정도의 칼이었다.

칼날은 무척 얇았지만 탄성이 느껴졌고 칼의 형태로 보아 중국풍이 물씬 풍겼다.

김동하를 향해 칼을 던진 것은 얼굴에 지독한 독기를 담고 노려보고 있는 염소하였다.

염소하는 할아버지가 김동하에게 당하자 아예 그를 죽일 듯한 살심을 품었다.

염소하의 손에는 또 다른 칼 하나가 쥐어져 있었다.

호신용으로 늘 허리 뒤쪽에 숨겨가지고 다니던 두 자루의 칼 중 하나를 김동하에게 던진 것이었다.

염소하가 김동하의 손에 잡힌 자신의 칼을 보고는 나직하게 코웃음을 쳤다.

"흥, 오늘 사해련에 빚을 지더라도 네놈의 목숨은 내가 가져가야겠다."

염소하가 하는 말은 중국어였기에 김동하와 한서영은 알아들을 수 없었지만 VIP실에 머물고 있는 사해련의 식구들은 모두가 알아들었다.

사해련의 련주 창여걸이 약간 놀란 듯한 시선으로 칼을 던진 염소하를 바라보았다.

김동하와 한서영을 사로잡아서 화신공사의 진고연 회장에게 넘겨줘야 한다는 것을 염소하는 잊고 있는 것 같았기 때문이다.

염소하가 자신의 손에 들린 칼을 고쳐 잡았다.
할아버지 염백천이 고통스러워하며 스스로의 목을 잡아 뜯는 것을 본 염소하는 오늘 반드시 김동하를 죽일 생각이었다.
화신공사의 진고연 회장이 김동하와 한서영에게 5,000만불의 현상금을 걸었다고 하지만 이미 할아버지로 인해 눈이 뒤집힌 염소하에겐 별로 중요한 일이 아니었다.
어쩌면 김동하를 죽임으로 인해 청지림이 사해련에 화신공사대신 5,000만불을 배상해야 할지도 모르지만 그것도 나중의 문제였다.
지금은 어떤 수를 쓰더라도 반드시 김동하의 명줄을 끊어놓는 것만이 염소하에겐 중요하다고 생각했다.
김동하는 자신의 손에 잡힌 칼을 바라보며 머리를 흔들었다.
"너의 그 사악한 손속을 스스로 원망하게 될 거다."
김동하가 나직하게 중얼거리며 염소하를 바라보았다.
염소하가 위층에서 내려온 사람들과 아래층에서 련주를 보호하고 있던 양복차림의 사내들을 보며 입을 열었다.
"이자는 나 혼자 상대할 것이니 다들 물러서요."
싸늘한 염소하의 목소리가 VIP실을 날카롭게 울렸다.
모두가 사해련주 창여걸의 얼굴을 바라보았다.
창여걸이 잠시 눈을 깜박이다가 입을 열었다.
"염림주의 손녀 말대로 모두 잠시 물러서도록 해."
창여걸은 지금까지 무기를 사용하지 않고 김동하를 제압

하려고 했다.

그런데 모두가 당한데다 염소하가 무기까지 들고 나서는 바람에 염소하의 실력을 믿어 보기로 했다.

더구나 위에서 내려온 사해련 수좌들의 부하들은 자신의 호위와는 달리 대부분 무기를 들고 내려왔다는 것이 마음에 들었다.

창여걸의 눈에 비친 김동하는 인보방의 소방주인 단목승의 팔을 저렇게 만들어 놓은 것이 이해가 될 정도로 강하다는 느낌이었다.

하지만 그것도 단순한 주먹과 발을 이용한 투기에 특화되어 있을 뿐.

사람의 생명이 걸린 무기를 들고 하는 싸움이라면 사해련의 부하들이 이길 수 있을 것이라고 생각했다.

그리고 그게 통하지 않는다면 자신에게 비장의 무기가 있다는 것을 상기했다.

창여걸의 품속에는 은제의 리볼버 권총이 들어 있었다.

호신용이자 자신의 권력을 주변에 과시하기 위해 늘 소지하고 있었다.

지금까지 정적을 비롯해 자신에게 반기를 드는 자들을 십여 명 총을 쏘아 죽이기도 했었다.

중국국가 부주석이라는 그의 지위는 사람의 생명까지도 아무런 죄의식 없이 처리할 수 있게 만드는 무소불위의 권력을 가능하게 만들었다.

다만 평소에 의심병과 정적에 대해 불안감을 느끼는 습

성으로 인해 자신 외에는 다른 그 누구도 총으로 무장하는 것은 금했다.

그를 호위하는 호위병들이 배신할 경우 치명적인 타격을 입을 수 있었기에 호위병들에게도 무장을 금지시킨 창여걸이었다.

창여걸은 부하들이나 사해련의 식구들이 김동하를 끝까지 저지하지 못할 경우 어쩔 수 없이 자신이 가지고 있는 총을 이용해 김동하를 잡아들일 생각이었다.

그리고 그것으로 자신의 입지를 다시 한번 사해련의 식구들에게 과시할 수 있다고 믿었다.

창여걸이 지시를 내리자 누구도 더 이상 김동하에게 달려들지 않았다.

다만 적의를 가득 담은 시선으로 김동하를 바라보고 있었다.

김동하에게 오른손이 으스러진 단목승이 놀란 얼굴로 김동하를 보았다.

김동하가 강하다는 것은 이미 병원의 주차장에서 경험했지만 이렇게 많은 사해련의 식구들이 있는 곳에서 전혀 위축되거나 두려워하지 않고 막아 내는 것을 보며 절로 머리끝이 쭈뼛하고 서는 느낌이 들었다.

염소희가 자신의 오른손에 들린 날카로운 칼의 무게를 가늠하듯 왼손으로 옮겨 잡았다.

익숙한 무게였고 손에 쥐면 자신감이 차오르게 만들던 느낌은 그대로였다.

동시에 그녀의 발걸음이 천천히 김동하를 향했다.

염소하가 김동하의 오른손에 들려 있는 자신의 칼 한 자루를 바라보았다.

할아버지에게 연려무를 전수받으면서 같이 익혔던 칼 쓰는 법인 연화비를 익힌 염소하였다.

연화비는 연려무에 실린 도법을 변형한 무술이다.

두 개의 칼을 연환으로 사용하면서 적의 신체를 난도질하는 지독히 빠르고 경쾌한 초식이 기반이 되어 있는 기술이다.

대신 연화비는 날이 긴 칼이 아니라 작은 소도를 위주로 사용했기에 염소하는 자신의 신체에 맞는 두 자루의 엽도를 만들어 소지하고 있었던 것이다.

염소하의 칼은 손잡이와 날이 일체로 이루어졌고 손을 보호하는 호구가 없이 슴베와 칼날이 일자로 이루어진 형태였다.

또한 연검처럼 부드럽게 휘어지지만 탄성이 있어 금방 원위치로 복귀했다.

하긴 이런 형태의 칼이라야만 염소하가 쉽게 소지할 수 있을 것은 당연했다.

한 개의 칼을 김동하에게 던진 염소하는 김동하가 자신의 칼을 잘 사용하지 못할 것이라고 생각했다.

자신의 몸에 특화되도록 만들어진 칼이고 손잡이와 칼날이 일체형이기에 익숙하지 않은 사람이 사용하면 스스로의 손을 벨 염려가 있는 칼이었기 때문이다.

"네 목을 돼지 목을 따버리듯 따버릴 거야."
염소하의 입에서 혼잣말처럼 중국어가 흘러나왔다.
김동하는 자신의 손에 들린 염소하의 칼을 가볍게 움켜쥐었다.
콰드득.
콰직.
은빛의 칼이 마치 비스킷 조각처럼 잘게 부서지며 김동하의 손에서 흘러내렸다.
손가락을 가져다 대기만 해도 베일 것처럼 날카로운 칼이었지만 김동하에겐 마치 플라스틱으로 만든 장난감 칼같이 보인 순간이었다.
김동하가 맨손으로 염소하의 칼을 부숴버리자 그것을 바라보던 사해련의 련주 창여걸과 남은 세 명의 수좌들이 놀란 얼굴을 했다.
자신들도 몸에 강한 힘을 지니고 있었지만 김동하처럼 맨손으로 단단한 쇠를 저렇게 부술 힘은 없었기 때문이었다.
"보통 놈이 아니로군."
창여걸의 입에서 묵직한 침음성이 흘러 나왔다.
그때였다.
"죽어랏 빵즈놈."
쉬익—
칼을 든 손을 바꾼 염소하가 번개처럼 앞으로 튀어나오며 김동하의 품속으로 마치 안기듯 뛰어들었다.

김동하와의 거리는 고작 3m 정도.

단번에 허공에서 솔개가 숲의 토끼를 덮치듯 그대로 김동하의 품속으로 빨려들었다.

파악—

염소하의 손에 들린 하얀빛의 광채가 동시에 김동하의 가슴속으로 쏘아졌다.

염소하는 자신의 몸을 던져 김동하가 방어하는 것을 밀어내고 왼손으로 김동하의 가슴을 찔러 치명적인 상처를 입힌다는 계획이었다.

평소의 염소하라면 이런 극단적인 공격은 하지 않는다.

그런데 할아버지인 염백천이 용린활제의 극심한 고통으로 스스로 목을 쥐어뜯는 것을 보며 아예 김동하를 살려두지 않겠다는 극단적인 살심을 품은 것이었다.

지켜보고 있는 사해련의 식솔들은 염소하가 눈 깜박할 사이에 김동하의 품으로 뛰어들고 그녀의 손에 들린 칼날이 김동하의 가슴에 박힌다는 느낌을 받았다.

콰콱.

무언가 부딪히는 둔탁한 소리가 들리면서 일순 조용한 정적이 찾아왔다.

김동하의 뒤에 서 있는 한서영이 눈을 깜박이며 등을 돌리고 있는 김동하를 바라보았다.

김동하는 전혀 미동도 하지 않고 두 손을 앞으로 내밀고 있는 자세였다.

"도, 동하야."

한서영이 약간 떨리는 목소리로 김동하를 불렀다.
미국에서 킹덤이라는 갱조직을 상대할 때에도 혼자서 총을 든 수백 명의 킹덤 조직원을 상대했다.
그런 김동하가 고작 칼 한 자루를 들고 달려드는 염소하에게 당할 리는 없다고 생각했다.
그럼에도 이 정적은 한서영의 등을 서늘하게 만들었다.
그때 한서영의 귀로 김동하의 나직한 목소리가 들렸다.
"평생을 교만과 편협하게 왜곡된 오만한 아집으로만 살아왔기에 자신이 가진 것이 세상에서 제일 중요하다고 생각한 모양이었군. 당신 같은 사람이 이 세상에 또 한 명 있었지."
김동하는 자신의 품으로 달려드는 염소하의 머리를 오른손으로 밀며 왼손으로는 자신의 가슴을 노리고 찔러오던 칼날을 움켜쥐고 있었다.
염소하는 자신의 머리에 오른손을 올리고 왼손으로 칼날을 쥐고 있는 김동하를 보며 온몸의 소름이 돋아나는 느낌이었다.
마치 단단한 족쇄에 온몸이 단단하게 결박된 느낌이었다.
움직일 수도 없었기에 뒤로 물러날 수도 없었다.
공격을 시작하면서 빠르게 칼을 오른손으로 옮겨 쥐고 김동하의 왼쪽 가슴 심장을 노렸지만 이 한국남자는 마치 예상을 하고 있었다는 듯이 자신의 칼날을 그대로 움켜쥐었다.

자신이 가진 엽도의 예리함은 단번에 김동하의 손가락을 잘라내고 심장까지 뚫을 정도였지만 어떻게 된 영문인지 전혀 움직여지지 않았다.
마치 영화 속에서 영국의 아더왕이 바위틈에 박힌 엑스칼리버를 뽑아내기 위해 안간힘을 쓰는 모습이 오버랩되어 연상이 되고 있었다.
"끄응."
염소하의 입에서 앓는 소리가 흘러나왔다.
용화기를 전력으로 움직여 김동하의 품으로 파고들고 싶었지만 전혀 미동도 하지 않았다.
김동하는 칼날을 뽑으려고 용을 쓰고 있는 염소하를 차가운 눈으로 바라보고 있었다.
"이제 당신이 나와 내 아내를 속인 것이 얼마나 큰 실수였는지 실감하게 될 거야. 평생 당신은 살아 있는 순간순간이 후회스러울 것이다."
차가운 시선으로 염소하의 독기로 가득한 눈을 바라보며 속삭이듯 말했다.
염소하는 자신이 공격이 이렇게 막힌 것이 분한 듯 독기와 살기로 가득한 눈빛으로 김동하를 노려보았다.
그때였다.
스스스스스스.
김동하의 손이 순간 파란색의 빛으로 덮이기 시작했다.
"엇?"
염소하는 자신의 머리에 손을 대고 있는 김동하의 오른

손에서 마치 무언가 전류와 같은 저릿한 느낌이 감지되자 놀란 듯 그를 올려보았다.
그것이 시작이었다.
스스스스스스.
염소하는 김동하의 오른손으로 온몸의 기운이 빠져나가는 듯한 상실감을 느꼈다.
그리고 그것은 한순간에 엄청난 허탈감으로 염소하의 전신을 누비기 시작했다.
파스스스슥—
김동하의 왼손에 잡혀 있던 칼날이 마치 모래처럼 부서지며 가루가 되어 아래로 떨어져 내렸다.
"어, 어떻게……."
염소하는 자신의 귀 옆에서 아래로 흘러내려 있던 머리칼이 백설처럼 하얗게 변하는 것을 눈치챘다.
동시에 칼을 쥐고 있던 그녀의 탱탱하던 손의 피부가 거북의 등껍질처럼 갈라지는 것이 눈에 들어왔다.
"당신의 천명을 회수한다. 남은 천명은 부디 지금까지 당신이 지은 죄를 속죄하면서 살기를 바라도록 하지."
김동하의 목소리는 너무도 차가웠다.
염소하가 김동하에게 천명이 회수당하는 모습은 이곳 크리스탈 펠리스 호텔의 VIP실에 머물고 있는 사해련의 모든 사람들에겐 너무나 무섭게 느껴지는 광경이었다.
"저, 저게 어떻게 된 건가?"
"청지림의 염아가씨가 왜 저래?"

"머, 머리칼이 하얗게 변해 버렸어."

"이럴 수가… 파파할머니처럼 변해버렸어."

김동하가 염소하의 천명을 회수하는 장면은 말 그대로 심장이 떨어질 정도로 충격적이었다.

도도하면서도 한편으로는 농염함과 청순함을 자랑하던 염소하가 단번에 80살이 넘은 늙은 노파의 모습으로 변했으니 가히 두렵고 공포스러웠다.

염소하는 자신의 모습이 달라지는 것을 스스로 느끼고 있었다.

제일 먼저 자신의 손이 변한 걸 알았고 두 번째는 머리칼이 하얗게 변해버린 것을 감지했다.

"내, 내가……."

염소하가 자신도 모르게 칼을 쥐고 있던 손을 놓고 자신의 얼굴을 만졌다.

순간 염소하의 얼굴이 하얗게 질려갔다.

"내, 내가 어떻게……."

염소하는 손끝에서부터 얼굴 전체에 지렁이처럼 흉측하게 패인 주름살을 느꼈다.

탱탱하던 피부는 간 곳 없고 힘없이 늘어진 볼살과 탄력을 잃어 자글자글한 주름투성이로 변해버린 얼굴만 남았다.

염소하에겐 그야말로 악몽 중의 악몽이었다.

"꺄아아아아악."

염소하가 비명을 질렀다.

하지만 그녀의 비명은 조금 전의 젊고 탄력이 넘치던 목소리가 아닌 늙고 지친 노파의 비명소리처럼 처절했다.

김동하가 비명을 지르는 염소하를 바라보며 나직하게 입을 열었다.

"당신의 허튼 계획이 얼마나 무모했던 것인지 평생 후회하며 남은 생을 살아봐."

김동하가 염소하를 가볍게 밀어냈다.

털썩—

염소하가 뒤로 밀려나며 힘없이 그 자리에서 주저앉았다.

조금 전까지는 독기와 살기를 펄펄 날리던 염소하가 한순간에 아무런 힘도 쓸 수 없는 노파의 모습으로 변해 바닥에 주저앉아 있었다.

염소하를 밀어낸 김동하가 하얗게 질린 얼굴로 자신을 바라보고 있는 사해련의 련주 창여걸과 사해련의 남은 세 명의 수좌들을 비롯하여 VIP실에 머물고 있는 모든 사람들을 훑어보며 입을 열었다.

"당신들 모두의 천명을 모두 회수할 것이다. 단 한 명도 남김없이."

나직한 김동하의 목소리가 너무나 섬뜩하고 공포스러운 비수가 되어 이 자리의 모든 사람들의 귀에 비수처럼 박혀들었다.

그때였다.

타앙—

VIP실이 쩌렁 울릴 정도로 날카로운 소리가 터져 나왔다.

김동하가 눈을 치켜뜨는 순간 볼에서 뜨거운 불로 지지는 느낌이 들었다.

동시에 등 뒤에 서 있던 한서영의 가냘픈 비명소리가 김동하의 귓속으로 파고들었다.

"꺄악!"

털썩.

김동하의 등 뒤에서 한서영이 힘없이 아래로 무너져 내렸다.

김동하의 얼굴이 돌처럼 굳었다.

"이, 이런……."

김동하는 염소하의 천명을 회수하면서 등 뒤의 한서영에 대해서는 어느 정도 방심을 하고 있었던 것을 그제야 깨달았다.

머리를 돌리는 김동하의 눈에 시뻘건 피로 덮여 있는 한서영의 가슴이 들어왔다.

핏물이 번지고 있는 곳은 정확하게 한서영의 심장이 있는 위치였다.

김동하의 어금니가 질끈 깨물어졌다.

동시에 김동하의 눈빛이 마치 세상을 모두 태워버릴 것처럼 파란 빛으로 물들기 시작했다.

살계를 열다

김동하의 얼굴이 일그러지고 있었다.
자신의 실수였고 신중하지 못했던 자신의 안배가 아내인 한서영을 위험에 빠트렸다.
그런 생각이 들자 일순 김동하의 심장이 터질 듯 뛰기 시작했다.
이런 느낌은 천공불계를 열기 전 돈의문 밖 고마청에서 뛰쳐나온 미친 말의 발굽에 머리가 깨어져 쓰러진 동생 종희를 보았을 때와 같은 느낌이었다.
바닥에 쓰러진 한서영의 모습은 너무나 애처로웠다.
좀 전까지 생기로 반짝이던 두 눈을 꼭 감고 잠을 자듯 누워 있는 한서영의 가슴에서 흘러나온 붉은 선혈이 너무나 아프게 느껴졌다.

김동하의 입술은 피가 나올 정도로 이 사이에서 깨물려지고 있었다.

얼굴을 돌리는 김동하의 두 눈에서 시퍼런 안광이 이글이글 타올랐다.

김동하의 너무나 기괴한 모습에 사해련의 련주 창여걸과 세 명의 수좌들 그리고 남은 사해련의 식솔들이 주춤 물러섰다.

"저, 저게……."

"뭐야?"

사해련의 식구들은 두렵고 무서운 김동하의 모습에 가슴이 철렁 내려앉았다.

사해련주 창여걸은 눈을 부릅떴다.

"저, 저게 뭔가?"

인간의 눈이 이렇게 두렵게 느껴진 적은 처음이었다.

이 세상이 자신의 손아귀 속에 들어 있다고 자부하고 있었던 창여걸이다.

그런 그가 처음으로 마음속으로 두려움을 느끼고 있었다.

손에 들린 은빛으로 번득이는 6연발의 리볼버 총구가 흔들렸다.

김동하는 품에 안긴 한서영을 조심스럽게 바닥에 내려놓고 자리에서 일어섰다.

"단 한 놈도 살려두지 않을 것이다. 또한 단 한 놈도 나의 허락 없이 이곳을 나가지 못한다. 지옥을 보길 원했으니 원하는 대로 지옥을 보여주지."

김동하의 입에서 얼음장 같은 목소리가 흘러나왔다.

김동하는 한서영에게 총을 쏜 창여걸을 바라보며 주먹을 불끈 쥐었다.

한서영이 총을 맞는 순간 김동하는 억지로 누르고 있던 노기를 그대로 드러냈다.

다른 사람도 아닌 아내가 될 한서영이었다.

평생 지켜줄 것이라고 약속했고 평생을 함께 하기로 서약했다.

그런 한서영이 자신의 눈앞에서 가슴에 피를 흘리며 쓰러지는 것을 보자 참고 있던 인내의 끈이 끊어져 버린 것이다.

지금까지 사람의 생명을 직접 해치는 것보다는 천명을 회수하는 것으로 악의 대가를 돌려받았던 김동하였다.

그런 그의 마지막 이성이 한서영이 총에 맞는 순간 끊어져 버린 것이다.

그때였다.

"뭣들하나? 저놈을 막아. 죽여도 좋으니까 막으란 말이다."

창여걸의 뾰족한 외침이 VIP실을 쩌렁 울렸다.

창여걸은 염소하가 그랬던 것처럼 김동하를 화신공사의 진고연 회장에게 산채로 넘겨주지 않아도 상관이 없다고 생각했다.
자신의 눈앞에서 엄청나게 두려운 광경이 펼쳐지자 아예 김동하를 살려서 중국으로 데려간다는 것을 포기해 버린 것이다.
5,000만불이라는 돈은 이제 받지 않아도 상관이 없었다.
이미 한서영이 자신이 쏜 총에 맞아서 죽어버렸기에 김동하도 제거할 생각이었다.
창여걸은 김동하의 뒷머리를 노리고 총을 쏜 것이지만 겨냥을 잘못 해 한서영이 맞는 바람에 모든 것이 틀어져 버렸다.
창여걸이 이를 악물고 다시 소리쳤다.
"누구든 저놈을 죽이는 자에겐 련에서 큰 보상을 내릴 것이다, 놈을 죽여버려."
창여걸의 탁한 목소리가 다시 쩌렁하게 방 안을 울렸다.
하지만 자신들의 눈앞에서 염소하가 노파로 변하는 모습을 보았던 사해련의 부하들은 련주인 창여걸의 말에도 선뜻 앞으로 나서지 못했다.
더구나 조금 전 김동하의 가공스러운 무술 실력을 자신들의 눈으로 직접 보았기에 자신도 모르게 본능적으로 몸을 사리게 되었다.
그렇다고 모두가 몸을 움츠린 것은 아니었다.
사해련주 창여걸이 제시한 보상이 어떤 의미인지 잘 알

고 있는 사해련의 수하들 중 그 보상에 마음이 흔들린 자들이 먼저 나섰다.

그들은 김동하가 어떤 신위를 보였는지 제대로 확인하지 못했던 VIP실의 이층인 복층 팬트하우스에서 머물던 자들이었다.

제일 먼저 뛰어든 것은 눈앞에서 청지림의 보배라고 할 수 있는 염소하가 김동하의 손에 당하는 것을 지켜보았던 청지림의 식솔들이었다.

"소하 아가씨를 해치다니 살려두지 않을 것이다. 이놈!"

"죽여!"

"내가 먼저다."

쉬이이익—

쉭—

청지림 소속의 부하들은 대부분 무기를 가지고 있었다.

그들의 손에는 한눈에 보아도 시퍼런 예기가 번득이는 칼들이 쥐어져 있었다.

아니 이층에서 내려온 사해련 수좌들 소속의 부하들은 거의 모두가 무기를 지니고 있었다.

창여걸은 자신의 경호를 위해 대동하고 있었던 호위병들에게도 무기를 지닐 수 없게 만들 정도로 자신의 최측근들까지 의심했다.

때문에 무기를 지닌 사해련 수좌들 소속의 부하들은 전부 이층에 올려 보냈다.

사내들이 김동하의 앞으로 달려들었다.

제일 앞에 서서 달려드는 것은 청지림 소속의 수행원 목건위와 이무연 그리고 종하명이라는 사내들이었다.

세 사내는 청지림 소속의 일반 부하들과는 달리 청지림의 림주 염백천에게도 인정받을 정도로 상당한 실력을 지니고 있는 자들이었다.

그중에서 목건위는 평소 염소하의 경호를 자처할 정도로 염소하에 대한 개인적인 충성심이 강했다.

40살이 넘은 나이에도 결혼도 하지 않고 염소하를 위해 그녀의 주변에서 맴돌던 자였다.

하지만 실제로는 염소하가 품고 있던 염의 내기를 해소하기 위해 은밀하게 감춰져 있었던 정부였다.

그 사실은 염소하의 할아버지인 염백천도 모르고 있던 일이었다.

염소하는 염의 내기를 노골적으로 드러낼 경우 지금까지 쌓아온 청지림의 명성이 더럽혀질 것을 염려하여 은밀하게 자신의 염기를 풀어낼 상대로 목건위를 주변에 두었던 것이다.

한번 염의 내기가 타오르기 시작하면 평소의 모습과는 정반대인 천하의 요부의 모습으로 변하는 염소하였다.

목건위는 자신의 눈앞에서 정부이자 자신이 평생 모셔야 하는 주군 염소하가 김동하의 손에 노파의 모습으로 변하자 이미 눈이 뒤집힌 상태였다.

침실에서 그 누구보다 다정했고 뜨거웠던 아름다운 염소하가 너무나 참혹한 모습으로 변했기에 목건위는 이성을 잃었다.

"절대로 살려두지 않을 것이다. 이놈."

목건위가 이를 악물고 손에 쥐어져 있는 은빛의 칼을 힘껏 틀어쥐고 김동하의 품으로 달려들었다.

김동하는 제일 앞쪽에서 달려드는 목건위의 칼을 보며 이를 악물었다.

쉬익—

파앙—

김동하는 자신의 가슴을 향해 찔러오는 목건위의 칼끝을 향해 주먹을 내질렀다.

해동무의 절기 중 가장 강맹하다고 하는 비호붕악이라는 기술이었다.

김동하는 천공불진을 열고 이곳에 도착한 이후 처음으로 온몸의 힘을 모두 개방했다.

무량기가 전신에 가득 퍼졌고 무량기의 기운 속에 하늘이 자신에게 안배한 천명의 기운까지 함께 실었다.

목건위의 칼과 김동하의 주먹이 허공에서 그대로 마주쳤다.

사람들의 눈에는 목건위의 칼이 김동하의 주먹을 뚫고 그대로 김동하의 팔을 관통하는 것처럼 보였었다.

그때다.

따앙—

콰지직.

퍽.

"캑."

목건위의 칼은 그대로 김동하의 주먹과 닿는 순간 마치 수수깡처럼 부러져 깨진 칼날 조각이 사방으로 튀었다.

동시에 김동하의 손이 자신을 향해 칼을 찔러오던 목건위의 오른손을 뚫고 들어가버렸다.

목건위의 오른팔이 마치 찰흙이 뭉개지는 것처럼 팔 안쪽으로 뭉개져 들어가며 김동하의 주먹이 목건위의 어깨까지 완벽하게 부숴버렸다.

목건위는 제대로 비명도 지르지 못하면서 공처럼 뒤로 튕겨나갔다.

공교롭게 목건위가 튕겨나간 곳은 딱딱하게 굳은 얼굴로 김동하를 바라보고 있던 사해련주 창여걸이 서 있는 방향이었다.

창여걸은 김동하를 향해 달려들던 목건위가 마치 누군가에게 던져진 듯 자신을 향해 날아오자 입을 쩍 벌렸다.

목건위의 뭉개진 팔에서 뿜어져 나오는 시뻘건 피가 그가 튕겨져 나간 궤적을 따라 허공에 기묘한 원형을 그리며 바닥으로 떨어졌다.

창여걸은 자신을 향해 날아오는 목건위를 보며 순간적으로 몸이 굳어졌다.

사해련의 련주인 창여걸은 비록 중국의 흑사회를 통일한 사해련의 수장이 되어 있었지만 개인적으로는 비대하게 살찐 늙은이일 뿐 전혀 무술 따위는 익히지 못한 사람이었다.

그가 사해련의 련주가 된 것은 중국정부의 정권 실세인 부주석이라는 지위에 올라 있다는 것과 차기 중국주석으로 제일 유망하다는 것이 이유였다.

하늘을 나는 새도 그의 말 한마디에 땅으로 떨어질 만큼 그의 중국 내 입지는 현 중국의 주석 모영학이라고 해도 함부로 할 수 없을 정도로 막강했다.

그런 그에게 김동하의 주먹에 오른팔과 어깨가 완전히 부서진 목건위가 날아오고 있었다.

창여걸이 입을 벌리고 주춤한 순간 옆에 서 있던 인보방의 방주 단관휘가 앞으로 나섰다.

퍼억—

콰직.

콰당탕.

단관휘는 정신을 잃은 채 련주 창여걸을 향해 날아오는 목건위의 등을 한 손으로 밀며 다른 방향으로 쳐냈다.

받아내기엔 90kg이 넘어 보이는 체중을 가진 목건위를 감당할 자신이 없었기 때문이었다.

하지만 너무나 강력한 힘에 목건위를 쳐내긴 했지만 그 충격으로 몸을 비틀거리며 뒤로 물러서야 했다.

한쪽으로 튕겨져 나간 목건위는 이미 살아 있는 사람처럼 보이지 않았다.

눈은 하얗게 까뒤집혀 있었고 오른팔과 오른쪽 어깨는 푸줏간의 고깃덩이처럼 핏물이 뚝뚝 떨어지는 살덩어리로 보였다.

바닥으로 떨어진 그의 자세도 마치 빨래를 쥐어 짠 것처럼 기묘한 모습으로 뒤틀린 모습이었다.

김동하는 목건위를 튕겨낸 이후 그대로 앞으로 튀어나갔다.

퍼퍼벅.

콰직.

빠버벅—

"크악!"

"끙."

순식간에 VIP실의 방 안은 콩을 볶는 듯한 둔탁한 소리와 더불어 참혹한 비명소리로 가득 채워졌다.

김동하의 손에 걸리는 것은 무엇이든 부서져 나갔다.

김동하는 자신의 눈앞에서 쓰러진 한서영으로 인해 이미 인내심의 한계가 풀려 있었다.

그 모습은 너무나 섬뜩하고 두려웠다.

김동하가 펼치는 광경을 지켜보던 거여방의 방주 황군화가 창여걸을 보며 입을 열었다.

"련주, 아무래도 저놈이 심상치 않으니 일단 이곳을 피하는 것이 좋을 것 같습니다. 이곳은 부하들에게 맡기고 다른 방법을 찾아보는 것이 좋을 것 같군요."

창여걸이 딱딱하게 굳은 얼굴로 머리를 끄덕였다.

"그, 그렇게 합시다."

창여걸도 상황이 전혀 예상하지 못한 방향으로 흐르자 당황하고 있었다.

하긴 눈앞에서 부하들이 핏덩이가 되어 쓰러지는 것을 보고 놀라지 않을 사람은 없을 것이다.
황군화가 한쪽에 하얗게 질린 얼굴로 서 있는 자신의 아들인 황명과 딸 황선을 불렀다.
"명아, 선아. 너희들이 먼저 련주님을 모시고 나가거라."
황군화의 말에 황명과 황선이 하얗게 질린 얼굴로 머리를 끄덕였다.
"아, 알겠습니다."
황군화는 마치 살귀처럼 무자비한 김동하의 몸놀림을 보며 자신도 상대가 되지 않을 것이라고 이미 짐작하고 있었다.
그것은 다른 수좌들도 마찬가지였다.
인보방의 방주 단관휘가 입을 벌리고 후들거리는 몸으로 김동하를 바라본 채 서 있는 자신의 아들 단목승을 향해 소리쳤다.
"승아, 너도 같이 이곳을 나가야 한다."
단목승이 떨리는 시선으로 아버지 단관휘를 바라보았다.
하지만 이내 이곳을 떠나야 한다는 아버지의 말에 허둥거리며 문 쪽으로 향했다.
그때였다.
콰앙—
콰직.

언제 움직인 것인지 김동하가 VIP실의 문 앞에 서 있었다.

김동하의 손이 VIP실의 입구에 채워진 쇠로 만들어진 잠금쇠를 그대로 부숴버렸다.

두터운 나무와 테두리가 단단한 철제로 마감이 되어 있는 VIP실의 문은 잠금쇠가 부서지면 안쪽이든 바깥쪽이든 열 수 없게 만들어져 있었다.

문 앞에 서 있는 김동하의 얼굴은 지옥의 나찰처럼 섬뜩하고 차갑게 보였다.

김동하가 나직하게 입을 열었다.

"내 허락 없이는 단 한 명도 이곳을 나가지 못한다는 말을 잊었느냐?"

마치 얼음이 뚝뚝 떨어지는 듯한 말투였다.

이미 바닥에는 수십 명의 사내들이 쓰러져 꿈틀거리고 있었다.

그중 몇 명은 부러진 자신의 팔과 다리의 상태를 잊은 듯 일어서려 버둥거렸다.

창여걸의 눈이 찢어질 듯 부릅떠졌다.

"이, 이게……."

창여걸은 지금 꿈을 꾸는 듯한 느낌이었다.

그때 인보방의 방주 단관휘가 창여걸의 손에서 리볼버 권총을 뺏어들었다.

창여걸은 단관휘가 자신의 손에서 권총을 빼앗아 들자 멍한 표정으로 단관휘를 바라보았다.

평소라면 절대로 할 수 없는 일이다.

실수로라도 이런 식으로 창여걸을 자극한다면 인보방 자체가 사해련의 배신자라는 낙인이 찍히게 될 행동이었다.

사해련의 배신자라는 낙인은 인보방의 궤멸을 의미한다.

사해련에게 제공한 모든 권리가 사라지게 되고 창여걸이라는 엄청난 배후의 비호가 사라진다.

그리고 지금까지 인보방이 차지했던 모든 재산도 몰수되는 것이다.

그런 상황이었지만 창여걸은 지금 그것을 의식하지 못했다.

창여걸에게서 권총을 뺏어든 단관휘가 그대로 총을 겨누고 김동하를 향해 쏘았다.

타앙—

탕—

두 발을 연거푸 발사한 단관휘는 정확하게 김동하의 미간을 겨냥하고 있었다.

하지만 김동하는 자신을 향해 총을 쏘는 단관휘에게서 전혀 시선을 떼지 않고 있었다.

마치 단관휘의 손에 들린 총의 총알이 자신을 절대로 맞히지 못한다고 생각하고 있는 듯한 얼굴이었다.

김동하의 예측처럼 두 발의 총알은 모두 김동하의 뒤편에 서 있는 두터운 문짝에 맞으며 문짝의 나무속으로 파고들었다.

퍽.

퍽.

두 발의 빗나간 총알이 막혀 있는 문짝의 나뭇조각 파편을 튀어 올리며 박혀들었다.

총알이 빗나간 것을 안 단관휘가 몇 발짝 앞으로 나섰다.

김동하와 단관휘 사이의 거리는 이제 5m도 되지 않을 정도로 가까웠다.

총을 처음으로 사용하는 사람이라고 해도 거의 실수하지 않을 정도로 짧은 거리라고 할 수가 있었다.

아버지 단관휘가 김동하를 향해 총을 들고 다가서자 팔에 붕대를 감은 채 하얗게 질린 얼굴로 서 있던 단목승이 소리쳤다.

"아버지. 저 빵즈새끼 머리를 부숴버려요. 그냥 벌집을 만들어 죽여버려요."

단목승은 아버지의 손에 들린 총을 보고 이번에는 김동하가 피하지 못할 것이라고 생각한 듯 얼굴이 벌겋게 달아올라 있었다.

단관휘 역시 두 발은 어떻게 피한 것인지 모르지만 아직 세 발이 남아 있었기에 김동하가 절대로 피하지 못할 것이라고 생각했다.

중국에서 단관휘가 애용하는 총은 베레타였다.

때문에 그는 련주 창여걸의 리볼버 총에는 익숙하지 않았지만 이런 가까운 거리라면 상관이 없었다.

더 강력한 위력을 지닌 련주의 리볼버라면 저 괴물같은

한국인의 머리를 수박처럼 터트릴 수 있을 것이라고 믿었다.

단관휘가 어금니를 깨물며 입을 열었다.

“네놈의 실력이 이 정도일 줄은 몰랐다. 솔직히 말해서 가슴이 떨릴 정도로 놀랐지. 하지만 그것도 이젠 끝이다.”

딸칵—

철컥.

단관휘가 리볼버의 레버를 뒤로 당겼다.

리볼버의 실린더가 회전하면서 구릿빛의 탄피가 총열에 배치되었다.

이런 식으로 조준하면 격발시의 반동이 줄어들기 때문에 사격이 무척이나 정밀해진다는 것을 단관휘는 잘 알았다.

김동하의 두 눈이 차가운 한기를 담고 총을 조준하고 서 있는 단관휘의 얼굴을 바라보았다.

그때 창여걸이 이를 악문 상태로 입을 열었다.

“단번에 놈을 죽이시오. 단방주.”

“물론입니다 련주님. 놈이 아무리 재빠르다고 해도 피할 수는 없을 겁니다.”

잇새로 말한 단관휘가 그대로 방아쇠를 당겼다.

타앙—

순간 리볼버의 총구와 실린더에서 화염이 터지며 그대로 김동하의 이마 정중앙으로 총알이 쏘아졌다.

그때였다.

티이잉—

김동하의 이마에 격중하여 그대로 머리가 부숴 놓을 것이라고 생각한 리볼버의 탄환이 이마 바로 앞에서 무언가에 막혀 허공으로 튕겨나갔다.

마치 투명한 막이 김동하의 앞쪽에 쳐진 듯했다.

단관휘의 입이 벌어졌다.

창여걸 또한 하얗게 질린 얼굴로 김동하를 바라보았다.

방금 단관휘가 총을 쏘았을 때 김동하의 몸 전체에 투명한 공기가 마치 하나의 막처럼 일렁이는 것을 자신도 보았다.

"이, 이게… 어떻게……."

단관휘는 자신이 쏜 총의 총알이 정확하게 김동하의 이마에 격중했다고 생각했었고 그대로 김동하의 머리가 부서지며 뒤로 넘어갈 것이라고 생각했다.

하지만 그의 눈에 보이는 김동하는 너무나 차갑고 냉정한 모습 그대로였다.

딸칵—

철컥—

타앙.

또다시 한 발의 총알이 발사 되었다.

하지만 이번에도 좀 전에 보았던 그 투명한 막이 김동하의 앞에서 일렁이며 총알은 그대로 튕겨나갔다.

김동하는 온몸의 무량기를 전력으로 일으키고 있었기에 그 무엇으로도 김동하의 무량기를 뚫을 수가 없었다.

그때 김동하의 입이 열렸다.

"그것으로 날 막을 수는 없을 것이다. 그러니 마지막으로 할 수 있는 것은 다 해보거라."

차갑고 냉정하게 들리는 김동하의 목소리가 방 안을 울렸다.

아무도 입을 열지 못했다.

다만 김동하의 목소리가 너무나 차가워서 두렵다는 느낌만 들 뿐이었다.

단관휘가 마지막 한 발 남은 리볼버를 들고 멍한 얼굴로 김동하를 바라보고 있었다.

그로서는 마지막 총알을 쏠 의지까지 무너지고 있었다.

뚜벅 뚜벅.

김동하가 자신을 보고 있는 창여걸과 단관휘 그리고 사해련의 남은 수좌들을 향해 걸음을 옮겼다.

창여걸이 뒤로 주춤 물러서며 주변을 두리번거렸다.

본능적으로 자신을 지켜줄 경호원을 찾는 것이었다.

하지만 그의 눈에 들어온 것은 바닥에 쓰러져 희미한 신음소리를 뱉어내며 꿈틀거리고 있는 부하들뿐이었다.

이미 상당수는 죽은 것인지 바닥에 쓰러져 미동도 하지 않고 있었다.

창여걸이 뒤로 물러서다가 자신의 등에 누군가 닿는 것이 느껴졌다.

급하게 뒤를 돌아보는 창여걸의 눈에 하얗게 질린 얼굴로 몸을 떨고 있는 인보방의 소방주 단목승이 들어왔다.

그 순간 창여걸의 눈이 파르르 떨렸다.

일이 이렇게 된 것은 자신의 등 뒤에 서 있는 단목승과 조금 전 김동하에게 천명을 뺏겨 80살이 넘은 노파의 모습으로 변한 염소하 탓이라는 생각이 들었다.

단목승은 김동하를 도발하여 자극했고 염소하는 김동하를 속여 이곳으로 끌어들였다.

그러니 이 모든 책임은 두 사람에게 있다는 몹시도 이기적인 생각이 그의 머리를 스쳐갔다.

창여걸이 몸을 떨고 있는 단목승의 붕대가 감긴 오른팔을 잡아 당겼다.

확—

"끄악."

단목승은 창여걸이 자신의 오른손을 잡아당기자 머리끝이 쭈뼛 설 것 같은 통증에 비명을 질렀다.

김동하에 의해 손목의 뼈가 완전히 으스러진 그의 손은 치료가 도저히 불가능했다.

중국으로 돌아갈 때까지 억지로 진통제를 먹고 버티고 있던 중이었다.

그러던 차에 창여걸에 의해 우악스럽게 잡히자 팔이 떨어져나갈 것 같은 통증이 재발된 것이다.

"이, 이건 네놈 때문이야. 그러니 네놈이 책임져."

창여걸이 단목승을 다가오고 있는 김동하의 앞으로 와락 떠밀었다.

철푸덕.

단목승은 사해련주 창여걸이 자신을 와락 떠밀자 앞으로

비틀거리며 밀려나오다 김동하의 앞에 털썩 주저앉았다.
몸의 중심을 잃은 단목승은 주저앉은 자신의 눈앞에 김동하의 발이 보이자 자신도 모르게 엉덩이를 비틀며 물러서려 했다.
그런 단목승을 김동하가 물끄러미 내려다보았다.
단목승이 하얗게 질린 얼굴로 김동하의 얼굴을 올려보았다.
얼음처럼 차가운 김동하의 두 눈이 그의 눈에 들어왔다.
"나, 나는……."
단목승은 자신도 모르게 조금이라도 김동하와 떨어지고 싶은 심정에 아픈 손을 흔들며 주저앉은 채로 뒤로 물러서려했다.
김동하의 싸늘한 시선은 단목승에게 떨어지지 않고 있었다.
그때 창여걸이 소리쳤다.
"그놈을 그대에게 줄 것이니 여기서 그만하도록 하지. 그놈은 그대가 마음대로 해도 좋아. 그러니 우린 이만 놓아주게. 이번일도 우리가 의도해서 한 것은 아니었어."
창여걸의 말에 단목승의 얼굴이 파랗게 질려갔다.
그때 창여걸의 옆에 서 있던 단목승의 아버지 단관휘가 창여걸을 바라보았다.
"련주."
단관휘는 자신의 아들을 지옥의 사신같은 김동하에게 던져준 창여걸의 행동에 눈을 찢어질 듯 부릅뜨고 있었다.

"이게 무슨 짓이오? 승이를 저자에게 넘기다니."

단관휘의 얼굴은 돌처럼 굳어져 있었다.

창여걸이 진땀으로 흥건한 얼굴을 흔들며 대답했다.

"이, 이건 내 잘못이 아니야. 난 사해련의 수좌들인 그대들이 한국으로 가자고 해서 따라온 것뿐이었어. 그러니 나에겐 잘못이 없어. 모든 것을 당신들이 책임져야 해."

창여걸은 지금의 상황이 꿈이었다면 좋겠다고 생각했다.

그런 창여걸의 얼굴을 보는 단관휘의 얼굴이 일그러졌다.

"이런 자를 련주라고……."

단관휘는 자신의 아들을 김동하에게 넘겨준 창여걸의 얼굴을 보며 이를 악물었다.

단관휘가 자신의 손에 들린 리볼버 권총을 내려다보았다.

이미 절반쯤 혼이 달아난 단관휘로서는 리볼버에 남은 실탄이 몇 발인지 생각도 나지 않았다.

그때였다.

"사, 살려줘. 끄아아아아악."

지독한 비명소리가 울렸다.

그것은 김동하의 손에 천명을 회수당하면서 단목승이 질러대는 비명소리였다.

단목승은 김동하의 손이 자신의 머리 위에 얹어지자 자신도 조금 전의 염소하처럼 한순간에 늙은 노인의 모습으로 변한다는 것을 알고 비명을 질렀다.

하지만 김동하는 전혀 그런 단목승의 애원을 들어줄 생각이 없었다.

스스스스스스스슷.

김동하의 손을 통해 단목승의 몸에 남아 있던 천명의 기운이 김동하의 몸속으로 빨려들었다.

순식간에 염소하처럼 노인의 모습으로 변해가는 아들 단목승의 얼굴을 본 단관휘가 하얗게 질렸다.

단관휘가 아들의 모습을 바라보다 이를 악물고 김동하를 향해 자신도 모르게 총구를 다시 겨누고 그대로 발사했다.

타앙—

티잉—

이제는 거의 2m도 되지 않는 가까운 거리였기에 절대로 빗나가지 않을 상황이었지만 총알은 이번에도 여지없이 김동하의 무량기에 반탄되어 튕겨나갔다.

다만 이번에는 너무나 가까운 거리였기에 총알이 튄 방향이 나빴다.

바로 총을 쏜 단관휘의 옆에 서 있던 사해련주 창여걸의 아랫배를 향했던 것이다.

그것은 총을 쏜 단관휘나 무량기를 이용해 총탄을 튕겨낸 김동하로서도 예상하지 못한 일이었다.

퍽.

"끄윽."

무량기에 의해 튕겨나간 유탄이 그대로 사해련주 창여걸

의 아랫배로 파고들었다.

순간 창여걸은 자신의 배를 불로 지지는 것 같은 화끈한 통증을 느끼며 그대로 주저앉았다.

두툼한 그의 손이 상처를 입은 아랫배를 가리고 있었지만 그의 손가락 사이로 이내 뜨거운 핏물이 흘러나오기 시작했다.

"끄허허허 이게 어떻게……."

창여걸은 자신이 총에 맞았다는 사실이 믿어지지 않았다.

누군가 자신을 해칠 것을 두려워해 측근인 경호원들까지 총을 소유하지 못하게 할 정도로 지독하게 몸을 사린 창여걸이었다.

그런 상황에서 다른 사람의 총도 아닌 자신이 총인 은제의 리볼버 권총에 장전되어 있던 실탄에 맞았다는 것은 창여걸로서는 악몽중의 최고의 악몽이었다.

움켜쥔 배에서 느껴지는 화끈한 느낌은 온몸에 소름이 돋을 정도로 끔찍한 고통을 동반했다.

털썩.

총에 맞은 배를 움켜쥐고 엉거주춤한 자세로 서 있던 창여걸이 그대로 바닥으로 주저앉았다.

그 모습을 김동하가 무심한 얼굴로 바라보았다.

총을 쏜 단관휘 역시 놀란 얼굴로 련주와 자신의 손에 들린 권총을 번갈아 보았다.

이내 그가 하얗게 머리가 새어버린 모습으로 김동하의

손아래 주저앉아 있는 아들 단목승에게로 눈을 돌렸다.
단목승은 자신의 천명이 회수당하자 마치 넋이 함께 빠져 나간 듯 멍한 모습으로 눈을 껌벅이고 있었다.
지금의 단목승은 자신의 위세를 믿고 이 세상이 전부 자신의 것이라고 생각하며 살아왔던 오만했던 예전의 단목승과는 너무나 다른 모습이었다.
"스, 승아……."
단목승의 아버지 단관휘는 아들이 노인의 모습으로 변한 것을 보며 몸을 떨었다.
하지만 곧 이를 악물었다.
"이 망할 놈."
단관휘는 자신의 손에 들린 총을 김동하의 얼굴을 향해 겨누고 연속으로 방아쇠를 당겼다.
철컥—
철컥—
이제는 탄피만 남은 리볼버의 실린더가 회전하면서 빈 약실을 때리는 공이의 충격소리만 공허하게 들려왔다.
총알이 없다는 것을 모르는 듯 단관휘가 연속으로 김동하에게 계속해서 방아쇠를 당겼다.
김동하는 아무런 표정도 없이 단관휘를 바라보다가 머리를 흔들었다.
"쓸데없는 짓을 하는군."
말을 마친 김동하가 성큼 단관휘의 앞으로 다가섰다.
순간 단관휘가 총을 그대로 김동하에게 던지며 뛰어들

듯이 그의 앞으로 달려들며 몸통을 후려쳤다.

텅텅.

단관휘는 자신이 손이 김동하의 몸에 닿기도 전에 튕겨 나오는 것도 모르는 듯 연이어 김동하의 전신을 후려쳤다.

김동하가 단관휘의 손을 잡아챘다.

동시에 한순간에 단관휘의 몸속에 들어 있는 천명의 기운을 뽑아내 버렸다.

이미 사해련의 련주 창여걸을 비롯하여 이곳에 머물고 있었던 사해련의 4명의 수좌들이 지닌 기운을 모두 읽어서 그들이 어떤 사람인지 알아낸 김동하는 아들의 몰락에 상심한 단관휘도 용서할 생각이 전혀 없었다.

단관휘가 일순 아들 단목승의 모습과 같은 깡마른 노인의 모습으로 변하자 모든 사람들이 몸을 떨었다.

이제 남은 사해련의 수좌는 거여방의 방주 황군화와 식솔이 없이 혼자 사해련주와 동행했던 유관회의 회주 곽문검뿐이었다.

거여방의 방주 황군화는 믿었던 인보방의 방주 단관휘가 련주의 총까지 뺏어서 김동하를 제거하려 했지만 오히려 련주와 함께 김동하에게 당하자 사시나무 떨 듯 온몸을 떨었다.

털썩.

거여방의 방주 황군화가 바닥에 무릎을 꿇었다.

"우, 우리가 실수했소. 그러니 제발 노여움을 풀어주시오. 제발……."

말을 하는 황군화의 얼굴은 온통 식은땀으로 범벅이 되어 있었다.

유관회의 회주 곽문검도 마찬가지였다.

“살려주시오. 원하시는 것은 모두 들어드릴 것이니 제발 살려만 주시오.”

곽문검은 불과 몇 십 분 전만 해도 이곳으로 들어서는 김동하와 한서영을 보며 참으로 운이 없는 자들이라고 생각했다.

이 세상의 그 누구라도 사해련의 그물에 걸리게 되면 벗어날 수 있는 사람은 없을 것이라고 생각하고 있었던 곽문검이다.

설사 신이라고 해도 사해련의 그물을 벗어나는 것은 사해련의 허락이 있어야 할 것이라고 스스로 자부해 왔다.

그로서는 상황이 이렇게 뒤바뀌게 된 것이 너무나 무섭고 두려웠다.

김동하가 남아 있는 사람들을 둘러보았다.

김동하의 눈에 두려움 가득한 얼굴이 눈물로 얼룩이 진 채로 자신을 바라보고 서 있는 한 명의 여인이 들어왔다.

바로 거여방주 황군화의 딸인 황선이었다.

어쩌면 이곳에서 유일하게 김동하에게 용서를 받을 자격이 있다고 해도 좋을 사람은 그녀뿐이었다.

황선은 자신도 언니였던 염소하처럼 노파의 모습으로 변할 것을 예상했는지 두려움에 몸을 바들바들 떨고 울먹이고 있었다.

황선에게 김동하는 사람이 아닌 신이고 귀신같은 존재로 보였었기 때문이다.

황선의 오빠 황명은 어찌해야 할지 모르는 얼굴로 여동생 황선의 손을 꼭 쥐고 있었다.

김동하가 황선을 바라보며 물었다.

"이곳을 정리할 사람들이 있소?"

김동하의 물음에 황선이 어리둥절한 표정을 지었다.

그때 바닥에 엎드려 있던 거여방주 황군화가 입을 열었다.

"이, 이곳에 있었던 일은 중국의 대사관에서 모두 처리할 것입니다. 그러니 제발 노여움을 푸시고 용서해 주시길 바랍니다."

김동하가 물끄러미 황군화를 내려다보며 물었다.

"우리에게 그 현상금을 건 자들이 누구인지 말해 보시오."

김동하는 자기에게 이제 더 이상 투기를 드러내지 않는 사해련의 수좌들에게 잔혹한 수를 쓰긴 싫었다.

황군화가 대답했다.

"사, 상해에 본사를 두고 있는 화신공사의 진고연 회장입니다. 그가 두 분을 데려오면 5.000만불의 현상금을 지급한다고 하였습니다."

황군화는 김동하의 손에서 살아날 수만 있다면 무엇이든 털어놓을 심산이었다.

김동하의 얼굴이 살짝 찌푸려졌다.

"화신공사?"

김동하는 화신공사가 뭘 하는 곳인지 한서영에게 물으려다 자신의 옆에 한서영이 없다는 것을 그제야 자각했다.

김동하가 황군화와 곽문검을 비롯해 살아남은 사람들을 훑어보며 입을 열었다.

"잠시 여기서 기다리시오. 문이 저리 되었으니 도망을 칠 수도 없겠지만."

말을 마친 김동하가 창여걸이 쏜 총에 맞아 쓰러진 한서영의 앞으로 걸어갔다.

한편 아랫배에 총알을 맞은 창여걸은 이대로 자신이 허무하게 죽는 것이 너무나 싫었다.

피투성이가 된 자신의 아랫배를 한손으로 움켜쥔 창여걸이 땀으로 범벅이 된 얼굴로 힘겹게 입을 열었다.

"화, 황방주. 대사관에 연락을… 끄으응."

창여걸은 중국대사관에 연락을 해서 자신이 이곳을 벗어나기만 한다면 다시 살아날 수 있을 것이라고 생각했다.

황군화는 련주가 신음을 흘리며 지시를 내리자 약간 당황한 얼굴로 창여걸을 바라보았다.

"지, 지금 그게 가능하겠습니까?"

창여걸이 얼굴을 일그러트리며 입을 열었다.

"대사관을 통해… 끄응… 나를 어서 병원으로 옮기도록 해야… 하지 않겠소… 끄어어어."

창여걸의 말에 황군화의 얼굴이 살짝 찌푸려졌다.

"이곳은 이대로 두고 말입니까?"

창여걸이 입술을 달싹 거렸다.

"이곳은 황방주나 곽회주가… 남아서 뒤처리를… 해주시면 될 것 아니오. 끄응… 쿨럭."

창여걸은 한시라도 빨리 김동하의 손에서 벗어나고 싶은 심정뿐이었다.

그때였다.

"아, 아빠."

황선이 하얗게 질린 얼굴로 바닥에 엎드려 사해련주 창여걸과 대화를 나누고 있는 황군화를 불렀다.

황군화가 머리를 들어 바라본 황선은 한곳을 향해 시선을 고정하고 있었다.

황군화가 따라 머리를 돌리는 순간 그의 입이 쩍 벌어졌다.

김동하는 사해련주 창여걸이 쏜 총에 맞아 쓰러진 한서영을 안고 있었다.

창백한 얼굴로 눈을 감고 있는 한서영을 지금까지 단 한 번도 본 적이 없는 부드러운 모습으로 가볍게 안고 있는 김동하의 입을 통해 신기하고 신비로운 빛이 흘러나와 손에 고였다.

이내 그 빛의 덩어리를 품에 안긴 한서영의 입을 통해 흘려 넣어주었다.

그 순간 황군화로서는 믿어지지 않는 일이 벌어졌다.

톡.

또르르르르.

한서영의 가슴에 박혀 있던 총알이 절로 빠져나오고 피로 붉게 물들었던 가슴이 아물었다.
그것은 지금까지 수십 년의 세월을 살아오면서 한 번도 들어본 적조차 없는 기적이라고 할 수 있었다.

한서영에게 천명을 돌려주던 김동하는 이왕에 한서영에게 천명을 돌려주는 기회에 자신의 몸속에 들어 있는 무량기를 나누어 줄 생각이 불현듯 들었다.
무량기는 전신의 세맥을 씻어주는 효능과 정신을 맑게 하는 효능을 비롯하여 추위와 더움을 느낄 수 없는 한서불침 등 그 효능이 너무나 광대한 기운이라 할 수가 있었다.
더구나 무량기는 김동하가 익힌 해동무의 바탕이 되는 기운이기도 했다.
그러니 무량기를 제대로 전수하면 한서영에게도 해동무를 가르칠 수가 있을 것이다.
하지만 그것에도 문제가 있었다.
천명은 자신이 가진 권능으로 마음대로 움직일 수 있었지만 무량기는 달랐기 때문이다.
무량기를 뽑아내 한서영에게 불어넣어 주는 것은 문제가 없었다.
다만 정작 무량기를 받아들이는 한서영이 무량기의 기운을 흡수하지 못하면 모든 것이 무용지물이 되는 셈이다.
하지만 그렇다고 포기하고 싶지 않았다.
김동하는 한서영의 몸에 천명의 기운을 가득 넣으면서

동시에 무량기의 기운을 퍼트려 한서영의 세맥을 세심하게 살폈다.

한서영은 달콤한 잠을 자고 있는 느낌이었다.

그러던 한순간 한서영은 자신이 밝은 빛 속에 홀로 서 있는 듯했고 동시에 그녀의 온몸을 마치 너무나 포근하고 시원한 바람이 스며들어 훑어주는 느낌이 들었다.

아픔은 하나도 느껴지지 않았다.

그저 시원하고 편안한 느낌뿐이었다.

마치 남편이 될 김동하가 자신을 부드럽게 어루만지는 느낌이었다.

이 좋은 기분을 놓치고 싶지 않았다.

자신의 전신을 어루만지던 모호한 기운이 점차 뚜렷해지자 한서영은 그 기운의 실체가 뭔지 알고 싶어졌다.

그때였다.

한서영은 자신의 몸을 어루만지던 기운이 가슴의 아래쪽으로 모여들고 있는 것을 느꼈다.

그리고 이내 아랫배 쪽을 향해 내려갔다.

한서영은 갑자기 무서워져 그것을 밀어내려 했지만 점점 아래로 내려온 기운이 배꼽의 아래쪽 한 뼘 아래 머무는 것이 느껴졌다.

동시에 온몸이 따뜻해졌다.

아랫배로 모인 기운은 마치 똬리를 트는 뱀처럼 조용히 그곳에 자리를 잡고 천천히 굳어가고 있었다.

그리고 그것은 한서영에게 이유를 알 수 없는 만족감을

느끼게 만들었다.

반짝—
김동하의 품에 안겨 있던 한서영이 눈을 떴다.
맑은 눈을 몇 번 깜박이자 곧 부드러운 표정으로 자신을 내려다보고 있는 김동하의 얼굴이 보였다.
"어머나."
한서영은 자신이 사해련주 창여걸이 쏜 총에 맞았다는 것을 잠시 잊었다.
"내가 왜?"
한서영은 자신을 애정이 가득 담긴 온화한 표정으로 보고 있는 김동하에게 눈을 깜박이며 물었다.
김동하가 빙긋 웃으면서 입을 열었다.
"잘 잤어요?"
김동하의 물음에 한서영이 살짝 웃었다.
"기분 좋은 꿈을 꾸고 있었던 것 같아."
"그래요?"
김동하는 한서영이 고통을 느끼지 않았다는 것이 마음에 들었다.
더구나 자신이 불어 넣어준 천명은 지금까지 다른 사람에게 불어 넣어준 천명과는 달리 김동하의 몸속에 가득한 천명의 기운을 대부분 남기지 않고 전부 한서영에게 넣어주었다.
또한 자신이 의구심을 가지며 불어넣었던 무량기까지 한

서영의 몸에 순조롭게 안착이 되자 무척이나 만족하고 있었다.

“이제 일어날까요?”

“그, 그래.”

한서영이 김동하의 품에서 몸을 일으키려다 그제야 자신의 왼쪽 가슴이 붉은 피로 물들어 있다는 것을 알아차렸다.

“어머.”

한서영의 눈이 크게 떠졌다.

김동하가 나직한 목소리로 입을 열었다.

“제가 부주의하여 누님이 총에 맞았습니다.”

한서영이 입을 살짝 벌렸다.

그제야 자신이 정신을 잃었던 상황이 머리에 떠올랐다.

또한 이곳이 강남의 크리스탈 펠리스 호텔의 VIP실이며, 병원의 주차장에서 만난 염소하의 속임수 때문에 자신과 김동하가 이곳에 오게 되었다는 것도 모두 기억이 났다.

한서영이 김동하를 보며 물었다.

“그럼 내가 죽었던 거였어?”

김동하가 대답 대신 빙긋 웃었다.

사해련주 창여걸이 쏜 총의 총알은 정확하게 한서영의 심장을 파고들었다.

그 때문에 한서영은 고통을 느낄 시간도 없이 절명했던 것이다.

김동하가 말을 하지 않고 웃기만 하자 한서영은 자신이 죽었다 살아났다는 것을 깨달았다.

김동하의 도움을 받아 몸을 일으키는 한서영의 눈에 엉망으로 변한 호텔의 VIP실이 들어왔다.

마치 전쟁터를 방불케 할 정도로 모든 것이 엉망으로 변해 있었다.

더구나 바닥에 쓰러진 사해련 소속의 중국인들의 모습은 한서영으로서도 눈을 돌리고 싶을 정도로 참혹했다.

한서영은 자신이 죽어 있던 사이에 이곳이 이렇게 변한 것은 자신이 다치는 모습을 본 김동하가 참지 못하고 이들을 응징했기 때문임을 단번에 알 수 있었다.

그리고 그것이 전혀 안타깝다는 생각이 들지 않았다.

자신이 정신을 잃기 전 염소하가 이곳에 모인 모든 사람들이 자신을 강간할 것이라고 했기 때문이었다.

그리고 그것을 응징한 김동하는 그 이유가 충분하다고 생각했다.

김동하는 한서영에게 천명을 돌려주고 함께 일어서서 도망을 치려했던 사해련의 남은 수좌들이 무릎을 꿇고 기다리고 있는 곳으로 향했다.

"어, 어떻게 저럴 수가……."

거여방의 방주 황군화는 련주 창여걸이 쏜 총에 맞아서 죽었던 한서영이 멀쩡한 모습으로 다시 살아나는 것을 보며 입을 쩍 벌렸다.

그것은 다른 사람도 마찬가지였다.

특히 하복부에 총을 맞아 신음을 흘리고 있던 사해련주 창여걸도 놀란 얼굴로 멀쩡한 모습으로 걸어오고 있는 한서영을 바라보았다.

자신의 총에 심장이 뚫려 죽는 것을 똑똑히 지켜보았던 창여걸이었다.

그런 한서영이 멀쩡하게 다시 살아나는 것을 지켜본 창여걸은 온몸이 떨리기 시작했다.

이제야 화신공사의 진고연 회장이 그런 엄청난 거금을 들여서 김동하와 한서영을 잡으려는 이유를 알 수 있을 것 같았다.

그리고 김동하에게 그런 능력이 있다면 자신도 살아날 수 있을 것이라는 생각이 들었다.

"나, 날 좀……."

창여걸이 몸을 일으키려 버둥거렸지만 송곳으로 찌르는 듯한 아랫배의 통증에 몸을 일으킬 엄두가 나지 않았다.

살이 쪄 비대한 그의 팔다리가 버둥거리고 있었다.

이내 창여걸의 눈에 한서영의 손을 잡고 자신의 앞에 다가와서 멈춰서는 김동하의 얼굴이 보였다.

"꽤 피를 많이 흘렸는데 아직 정신을 잃지 않았다니 대단하군."

나직한 김동하의 말이 천둥소리처럼 창여걸의 귀에 들어왔다.

창여걸이 떨리는 목소리로 입을 열었다.
“나, 나를 좀 살려주게. 원하는 것은 뭐든지 줄 테니.”
창여걸의 목소리는 울음소리가 섞여 있었다.
창여걸의 삶에 대한 집착은 무척이나 집요하고 강력했다.
지금까지 그가 이루어 놓은 모든 권력과 재산을 비롯하여 그 누구라도 자신의 지시 하나로 삶과 죽음의 경계까지 갈라놓을 수 있게 만드는 영향력 등을 버리고 이대로 허무하게 사라지고 싶은 생각이 없었다.
그리고 가능하다면 김동하와 교분을 터서 자신도 한서영처럼 죽음에서도 살아날 수 있는 기적의 주인공이 되고 싶은 욕심이 더더욱 그를 죽을 수 없게 만들었다.
창여걸의 애원에 김동하가 입을 열었다.
“당신은 내 아내를 죽였는데 난 왜 당신을 살려야 하지?”
김동하의 목소리는 무척 싸늘했다.
창여걸이 눈물을 쏟으며 애원했다.
“그, 그건 내 실수였어. 진심으로… 내 잘못을 사과하네. 그러니 날 살려만 주게, 그러면 내 모든 것을 주겠네… 돈이라면 평생을 쓰고 죽어도 다 못 쓸 돈을 줄 것이고 권력을 원한다면 한국정부에서도 무시할 수 없을 만큼 강한 권력도 줄 수 있네. 원하는 것은 뭐든지 줄 테니… 끄응… 날 좀 살려주시게 제발…….”
창여걸은 아랫배를 쇠꼬챙이로 쑤시는 것 같은 통증을

억지로 참으며 애원했다.

김동하가 머리를 흔들었다.

"삶에 대한 집착이 당신처럼 집요한 사람은 처음이야. 하지만 선을 넘은 것은 당신이었어. 그대의 삶이 얼마 남지 않았지만 그 약간의 시간조차 당신에겐 사치인 것 같군. 부디 남은 생은 욕심을 버리고 사는 것이 좋을 거야."

김동하는 창여걸의 천명을 회수하지 않아도 창여걸의 남은 천명이 얼마 되지 않는다는 것을 느꼈다.

창여걸의 아랫배에서 흘러나오는 피를 보는 순간 몸 상태를 단번에 알아차렸다.

현대의 의학기술로는 완치가 불가능하다는 것으로 알려진 췌장암 말기의 병증이 느껴졌기 때문이다.

자신이라면 그를 고칠 수 있을 것이지만 김동하는 창여걸이 어떤 본성을 가진 인간인지 알았기에 그를 치료할 생각은 전혀 없었다.

창여걸의 얼굴이 일그러졌다.

"제발 살려주시오 허허헝."

창여걸은 결국 참지 못하고 울음을 터트렸다.

김동하가 머리를 돌려 황군화를 바라보았다.

"아까 나에게 우리에게 현상금을 걸었다고 했던 곳이 어디의 누구라고 했소?"

황군화가 굳은 얼굴로 입을 열었다.

"상해의 화신공사 진고연 회장입니다."

"화신공사가 뭐하는 곳인지 말해보겠소?"

재차 이어진 김동하의 물음에 황군화가 약간 더듬거렸다.

화신공사가 어떤 기업인지 설명하는 것은 조금 난해했기 때문이었다.

화신공사는 중국의 전자, 전기, 철강, 조선, 화학, 물류, 의료기기, 자동화설비, 자동차 등 모든 방면에 문어발식으로 사업체를 확장하고 있는 곳이었다.

"정확하게 어떤 곳이라고 설명하긴 조금 애매하지만 중국 최고의 기업 중 한곳입니다. 중국 중앙정부에서도 무시할 수 없을 정도로 영향력이 큰 곳이지요."

"그곳에서 우리에게 왜 그런 거액의 현상금을 걸었을지 생각해 본 적이 있소?"

김동하는 황군화가 털어놓는 화신공사에 대한 설명을 한서영이라면 바로 이해할 것이라고 생각하며 궁금했던 것을 계속 물었다.

황군화가 대답했다.

"그, 그건 잘……."

"화신공사의 그 진고연이라는 회장은 어떤 사람인지 설명해 보겠소?"

김동하의 물음에 황군화가 대답했다.

"화신공사의 진고연 회장은 현 중국의 모영학 주석의 매제로 알려져 있습니다. 그 때문에 중국 중앙정부도 화신공사만큼은 함부로 건드리지 못합니다."

김동하가 잠시 눈을 깜박이다가 입을 열었다.

"그럼 그 진고연 회장이라는 사람만 없다면 그 5,000만 불의 현상금도 사라지겠군?"

현상금을 지불할 의뢰자가 사라진다면 의뢰자의 의뢰를 이행할 청부업자는 돈을 받아낼 대상을 잃게 되는 셈이니 의뢰자체가 무산되는 건 당연했다.

황군화가 머리를 끄덕였다.

"그, 그럴 것입니다."

"당신들도 그럼 그 의뢰를 받아서 우릴 찾았던 것이오?"

"그게……."

황군화는 자신의 거여방 홍콩지부 금화단에 의뢰가 들어온 것을 설명해야 할지 잠시 망설였다.

하지만 이내 생각을 굳힌 황군화가 대답했다.

"홍콩과 대만 마카오 일대에 세력을 가지고 있는 삼합회와 일본의 야쿠자 세력에게 청부가 들어간 것이기에 저희도 그 청부를 알고 있었습니다."

옆에서 듣고 있던 한서영이 물었다.

"우릴 어떻게 그 화신공사의 진고연이라는 사람에게 넘겨줄 생각이었죠? 우리를 강제로 납치한다면 한국에서 나가기도 힘들 것인데."

황군화가 대답했다.

"저기 누워 있는 분, 아니 저 사람이 현 중국국가 부주석의 지위에 있는 사람입니다. 저 사람의 영향력이라면 한국정부에 있는 대사관이 움직일 것이고 대사관을 통해 외교 행낭을 움직인다면 어려울 것이 없을 것입니다. 외교관의 차량은 수색이나 검문이 불가능하니 그것을 이용해 중국 국적기를 사용하면 됩니다."

황군화의 말에 한서영이 놀란 얼굴로 바닥에 쓰러져 눈물을 흘리고 있는 창여걸을 바라보았다.

그저 살이 찐 비계덩어리 악인인 줄 알았던 창여걸의 실체를 알게 되자 살짝 놀랄 수밖에 없었다.

김동하가 한서영을 바라보며 물었다.

"부주석이라는 것이 어떤 위치입니까?"

"예전이라면 왕의 바로 아래쯤 되는 자리야. 차기 왕위에도 오를 수 있는 사람 정도랄까."

"그래요?"

김동하가 힐끗 창여걸을 바라보았다.

하지만 그럼에도 창여걸을 살려줄 생각은 전혀 하지 않는 무심한 표정이었다.

한동안 거여방의 방주 황군화를 통해 알고 싶었던 내용을 모두 들은 김동하가 황군화를 바라보며 입을 열었다.

"아까 내가 한 말을 기억하겠소?"

황군화가 눈을 껌벅이며 김동하를 올려다보았다.

"어떤 말씀이신지……."

"단 한 사람도 용서하지 않는다는 말과 누구도 내 허락없이 이곳을 나가지 못한다고 했던 말 말이오."

김동하의 말에 황군화가 어금니를 깨물며 머리를 숙였다.

"기억…합니다."

김동하가 머리를 끄덕였다.

"그렇다면 치러야 할 대가를 알겠군요."

황군화가 대답했다.

"예."

대답을 한 황군화가 급히 머리를 들었다.

"저에게 벌을 내리신다면 달게 받겠습니다. 하지만 제발 제 아이들은 용서해 주시기 바랍니다. 저 아이들은 아무것도 모르고 아비가 한국을 방문한다고 하여 따라온 아이들입니다."

황군화의 애원에 김동하가 힐끗 황명과 황선을 바라보았다.

하긴 이제 이곳에 멀쩡하게 남은 사람은 거여방의 방주인 황군화와 그의 자식들인 황명과 황선 그리고 유관회의 회주 곽문건뿐이다.

황군화의 말에 황명과 황선이 급하게 바닥에 무릎을 꿇었다.

"요, 용서해 주세요……."

황명과 황선의 애원에 김동하의 눈빛이 잠시 흔들렸다.

잠시 무언가를 생각하던 김동하가 황군화를 보며 물었다.

"당신이 이곳의 일을 모두 수습할 수 있겠소?"
"부주석인 창여걸이 이곳에 있으니 중국의 대사관을 통해 은밀하게 수습할 수 있을 것입니다."
황군화의 대답을 들은 김동하가 머리를 끄덕였다.
"알겠소, 이곳의 일을 수습하는 대가로 당신들은 그냥 놓아드리지요. 대신 나에 대한 기억은 모두 잊는 것이 좋을 겁니다. 그리고 화신공사의 진고연 회장이라는 사람은 아마 조만간 나를 만나게 될 것이고 그 황당한 5,000만불의 청부도 없어지게 될 것입니다. 내 말이 무슨 뜻인지 이해하시겠습니까?"
김동하의 말에 황군화가 머리가 땅에 닿을 정도로 절을 했다.
"가, 감사합니다."
유관회의 회주 곽문검도 김동하의 손에서 생명을 건졌다는 안도감 때문인지 급하게 머리를 숙였다.
"감사합니다. 정말 감사합니다. 대인."
유관회의 회주 곽문검은 김동하를 아예 대인이라는 호칭으로 불렀다.
황명과 황선도 눈물을 흘리며 이곳에서 살아남은 자신들의 행운을 절감했다.
크리스탈 펠리스 호텔의 VIP실에서 멀쩡하게 살아난 사람은 오직 4명뿐이었다.
그것도 중국전체의 흑사회를 통합한 최고의 조직이라고 할 수 있는 사해련의 실세들이 모두 제거된 것은 엄청난 충격이었다.

김동하는 조금이라도 더 살고 싶어 하는 창여걸의 애원을 무시하고 뒷수습을 거여방의 방주 황군화에게 맡겼다.

그리고 크리스탈 펠리스 호텔 VIP실의 복층 펜트하우스를 이용해서 한서영과 함께 떠났다.

황군화는 김동하와 한서영이 호텔을 떠나는 동안 아무것도 하지 않았다.

행여 자신의 행동이 김동하의 심기를 거슬러 김동하의 마음이 바뀌게 만들고 싶지 않았기 때문이었다.

아랫배에 총탄이 박힌 창여걸은 피를 많이 흘린 상태인지 김동하가 떠난 직후부터 정신이 혼미해져 이내 혼수상태에 빠졌다.

그리고 인보방의 방주 단관휘와 그의 아들 단목승은 시중을 들지 않으면 수저도 들기 힘들 정도로 늙어버려 누구도 알아보지 못할 정도였다.

김동하에게 용린활제를 당한 청지림의 림주 염백천은 용린활제를 견디지 못하고 스스로 목을 쥐어뜯어 숨을 거두었다.

그의 손녀 염소하는 김동하에게 천명을 회수당함으로 인해 단목승과 같이 변해 마치 실성한 듯한 모습으로 벽을 바라보고 알아들을 수 없는 말만 중얼거리고 있었다.

그 외 다른 사해련 소속의 부하들은 대부분 팔다리가 꺾이거나 목이 부러진 중상이었다.

최소한 몇 개월은 병상에서 치료를 해야 겨우 거동이 가능할 정도로 망가져 있었다.
사해련의 부하들에겐 김동하는 두 번 다시 떠올리기 싫은 악마의 탈을 쓴 아수라와 같은 사신의 형상으로 기억되고 있었다.

〈다음 권에 계속〉